Ce voisin-là

AURORE BENITO

À mes amis.

REMERCIEMENTS

À premiers lecteurs et mes correcteurs, mes merveilleux amis : Nathalie, Annette et Olivier.

À mes autres merveilleux amis qui, je le sais, malgré le fait qu'ils ne soient pas très lecture, arriverons à finir mon livre : Chrystèle, Mélanie, Claudine et Patrice

Merci à vous tous pour vos encouragements et vos superbes critiques objectives.

1

Vendredi 1ER NOVEMBRE 2013

14 Heures

« Cui cui, cui cui, cui cui », un réveil s'était déclenché, laissant échapper dans la chambre sombre, une nuée de chants d'oiseaux. Cette sonnerie avait été choisie pour ses potentielles vertus apaisantes, parce que la plupart des courants de développement personnel du moment expliquaient l'importance de se ressourcer au contact de la nature. La jeune femme qui dormait, cherchait, par tous les moyens possibles, à se relaxer et quoi de plus apaisant que de se réveiller avec le doux son de pépiement, plutôt qu'avec la sonnerie mécanique et stressante des réveils électriques modernes.

Une main pâle et fine sortit rapidement de dessous la couette blanche, pour arrêter le réveil. Une fois cette tâche effectuée, la main rentra se réfugier sous cette même couette. Celle-ci remua et un râle se fit entendre, Lucie se retourna pour changer de position. Le calme revint alors dans la chambre, elle s'était rendormie.

Neuf minutes plus tard, le réveil sonna de nouveau. Ce rituel allait durer une demi-heure, pour qu'enfin, violemment repoussée, la couette dévoile une tête aux longs cheveux ébouriffés. Pour arriver à sortir de son lit et profiter ainsi de l'après-midi, Lucie avait dû placer un second réveil, dans le dressing, à l'autre extrémité de la chambre. Celui-là sonnait à l'ancienne avec un bruit tellement strident qu'elle n'avait pas d'autre choix que de se lever. Ce qui était toujours un vrai moment de torture pour elle, elle était si bien au chaud dans son lit, en sécurité sous sa couette, dans sa chambre. Mais la vie est ainsi faite ! Elle enfila sa robe de chambre et ses chaussons afin d'affronter, moins difficilement, le froid qui la saisit à son réveil. Lucie songeait souvent qu'elle aurait voulu vivre dans son lit, c'est si confortable et chaud !

Sa nuit de travail avait encore été trop difficile pour elle. Elle était infirmière, et elle travaillait depuis cinq ans, de nuit, dans un centre de soins de suite et de réadaptation (SSR) à l'hôpital de Bordeaux. Alors, un « SSR » c'est quoi ? En voici la définition : « L'activité de Soins de Suite et de Réadaptation a pour objet de prévenir ou de réduire les conséquences fonctionnelles, physiques, cognitives, et psychologiques ou sociales des déficiences et des limitations de capacité des patients et de promouvoir leur réadaptation et leur réinsertion ».

Lucie, elle le définissait comme : « un club de vacances pour de gros feignants qui, une fois opérés, ne savent plus rien faire de leurs dix doigts ». Comme en attestait une situation qui était devenue récurrente dans son service :

— Oui madame Bajolle, vous avez sonné ? demanda Lucie en rentrant dans la chambre 13.

— Remontez-moi la tête ! dit une dame d'une soixantaine d'années au fond de son lit. Lucie attrapa la manette du lit.

— Je vais vous expliquer comment le faire toute seule, ainsi vous pourrez vous installer à votre goût, vous allez voir, c'est très simple, reprit Lucie comme si elle allait expliquer l'usage d'un produit au télé-achat.

— Je ne vais pas y arriver.

— Mais si vous allez voir, c'est très facile.

— Je vous dis que non !

— Mais enfin, il faut juste appuyer sur un bouton. C'est aussi facile que d'appuyer sur la sonnette pour nous appeler, je vais vous montrer et ensuite vous le ferez.

Lucie s'exécuta.

— Vous voyez…

— Non un peu plus…

— Essayez ! demanda Lucie.

Mais la patiente repoussa violemment la manette. Lucie continua à régler la hauteur de la tête de lit.

— Ah non ! c'est trop haut maintenant, mais descendez. C'est trop bas !

Lucie ajusta la tête de lit cran par cran essayant de garder son calme.

— Stop ! On dira que ça va ! dit la patiente, dédaigneuse.

— Avez-vous besoin d'autre chose ? demanda Lucie.

— Non, ça ira.

Mais juste au moment où Lucie allait refermer la porte, après avoir souhaité une « bonne nuit » très amère à sa patiente, la sonnette de celle-ci se déclencha à nouveau.

— Mais enfin, tapez mon oreiller !

Elle avait dit cela comme si c'était l'évidence même.

— Faut tout vous dire !

N'ayant pas de réponse de Lucie qui restait muette, concentrée à ne pas se laisser submerger par une crise de colère, la patiente reprit :

— Vous avez beaucoup de travail ? Hein ?

Lucie lui répondit par un sourire aussi neutre qu'elle le put. Elle essaya de trouver des excuses à sa patiente « la pauvre, elle doit se sentir seule, diminuée, elle s'ennuie et elle angoisse ».

Mais très vite la colère l'aveugla « quel meilleur moyen de s'attirer la sympathie du personnel soignant que d'être mauvais, exigeant et vexant ? » En refermant la porte de la chambre de sa patiente, Lucie l'entendit marmonner.

— Elle pourrait dire bonne nuit. Mais quelle impolitesse !

Face à de tels comportements, Lucie se contentait de baisser la tête. Elle devait cacher son envie de pleurer.

Et puis il y avait les patients comme monsieur Alves, qui passaient leur temps à hurler, jour et nuit. Monsieur Alves, appelait sa femme.

— Jeanneeeuuu ! JEANNEEEEUUU ! JEANNE JE T'EN SUPPLIE ! VIENS VITE… AU SECOURS…

Lucie ne prenait plus la peine d'aller dans la chambre de monsieur Alves pour lui expliquer que sa femme était décédée depuis de nombreuses années et donc qu'elle ne pouvait pas venir. Elle n'irait pas non plus lui expliquer où il était. Son angoisse attendrait, car monsieur Alves ayant des « troubles », comme on dit entre soignants, il ne comprendrait pas la situation et ne retiendrait pas les paroles apaisantes des soignants.

Les progrès de la médecine font que de nos jours on peut réparer la majorité des organes et ainsi augmenter l'espérance de vie. Tous les organes sauf le cerveau.

Lucie pensait que ce vieillissement n'avait pas que du bon et se demandait si le cerveau était vraiment fait pour fonctionner aussi longtemps. De plus en plus âgés, les patients que rencontrait Lucie étaient également de plus en plus victimes de « troubles », troubles cognitifs, troubles mnésiques (pour ne pas dire démence), ou encore qu'ils étaient « COMPLÈTEMENT PÉTÉS ! »

On disait qu'ils étaient incontinents pour ne pas dire qu'ils en étaient au stade où ils ne se rendaient même plus compte qu'ils devaient uriner ou déféquer. Ils portaient des couches, et quel désarroi lorsque Lucie les retrouvait à terre, baignant dans leurs selles et leurs urines, car ils avaient voulu aller aux toilettes et étaient tombés. Elle avait toujours trois ou quatre patients présentant des « troubles » dans son service.

Jusqu'à présent, Lucie avait tenu bon, car il y avait, fort heureusement des patients comme monsieur Bernard, qui prenait toujours le temps de lui demander comment elle allait, elle. Il pensait toujours à lui dire un mot gentil ou lui faire une remarque sur son importance et la qualité de son travail. Même si certains soirs, Lucie n'avait qu'un sourire à lui donner, il l'en remerciait chaleureusement.

Il y avait aussi madame Brel qui avait toujours un bonbon, ou un chocolat à donner aux soignants et comme monsieur Bernard avait une parole gentille et encourageante, quelle que soit leur humeur.

Elle se souvenait aussi de madame Brethes, qui avait été tellement satisfaite de la prise en charge et de la gentillesse de Lucie, qu'elle lui avait donné en cadeau un roman dédicacé qu'elle avait elle-même écrit. Lucie en avait été tellement émue que c'est la larme à l'œil qu'elle remerciât sa patiente.

Ces patients-là, par leur gentillesse et leur reconnaissance étaient capables à eux seuls contre une cinquantaine d'autres de remotiver toute une équipe médicale. Des aides-soignants aux médecins, chacun se rappelait pourquoi il avait choisi son métier. Ils retrouvaient le feu sacré, car ces patients les revalorisaient. Ils étaient reconnus pour leurs compétences techniques et relationnelles. Ils étaient reconnus pour leurs bons soins.

Malgré ces quelques belles personnes, ces merveilleuses rencontres,

Lucie était aujourd'hui, selon le nouveau terme à la mode, en « Épuisement professionnel », après seulement huit ans d'ancienneté dans le secteur. Ce qui en vérité correspondait à la durée d'exercice moyen d'une infirmière. Lucie était arrivée au bout de ses limites et n'avait plus de ressource pour supporter ses patients, ses collègues et ses supérieurs.

La nuit dernière, en plus de ces patients difficiles, Lucie avait dû travailler avec Olivier, un aide-soignant intérimaire, venu remplacer au pied levé sa collègue attitrée, Sandrine, qui avait eu un problème avec l'un de ses cinq enfants. Elle n'avait pas plus de détail, peu importe d'ailleurs, elle ne s'intéressait pas aux enfants ni aux problèmes de sa collègue.

Le courant était passé entre eux comme il passe entre un chien et un chat. Pas comme dans les vidéos de YouTube où chiens et chats se font des mamours, non, on parle ici de guerre, de combats à mort entre ces deux bestioles. Il lui avait déplu au premier regard. Il était grand, blond, la quarantaine mal supportée, on lui donnait cinquante ans. On voyait, à son teint grisonnant, ses rides prononcées, ses joues creusées et sa toux spastique qu'il fumait trop et Lucie le soupçonna de tâter de la bouteille.

Lucie l'accueillit d'abord aussi chaleureusement qu'elle en était capable.

— Merci d'être venu dépanner à la dernière minute, c'est sympa à toi. Elle réussit même à faire un petit rictus qui se voulait un sourire d'accueil.

— De rien ma poule, je suis l'homme de la situation ! avait répondu Olivier, en riant de son trait d'humour et de ce fait en soufflant à la figure de Lucie une haleine de vieux tabac, ce qui lui donna la nausée. Mais calme-toi ma poule, je suis déjà en main. Il montra l'alliance à son doigt et reprit « marié et heureux en couple… »

Il dit cela, en posant la main sur l'épaule de Lucie, épaule qu'il commença à caresser. Lucie s'écarta d'un geste rapide, elle n'avait pas ri à ses blagues et son sourire avait disparu. Olivier, l'air déçu, eut un mouvement d'humeur.

— Ça va, t'énerve pas, tu m'plais pas, je vais pas te draguer, dit-il avec amertume, déçu et vexé qu'elle n'ait pas répondu favorablement à ses avances.

Lucie ne trouva rien à répondre. Comme toujours dans ce genre de situation, elle était tellement choquée par le comportement de ses semblables qu'elle resta pétrifiée. Plus tard, elle ruminerait les réactions et les réponses qu'elle aurait pu lui faire.

« Connard ! Mais ne me touche plus ou je te fais la peau ! »

Elle se dit que la nuit allait être longue et que finalement elle aurait préféré être seule. Il avait un humour qui ne lui plaisait pas du tout. D'ordre général, elle ne sympathisait jamais avec ses collègues. Elle se contentait de rapports réservés, polis et professionnels. Elle s'agaça, car il faisait également des blagues et des remarques déplacées aux patients. Il avait osé dire à madame Brethes qu'elle avait une belle paire de miches. Lucie avait lu dans son regard à quel point cela lui avait déplu.

Malgré tout, la nuit commença normalement et après le premier tour des patients, le personnel se retrouva pour manger, dans la tisanerie commune de cet étage.

L'hôpital comptait deux services différents par étage, qui étaient au nombre de six. Pour chaque service était prévu un binôme de soignants de nuit. Sur l'étage de Lucie, au rez-de-chaussée, étaient réunis le service de chirurgie orthopédique et le SSR. Pratique ! On vous opérait d'une hanche et la semaine suivante vous alliez faire votre rééducation dans le service d'en face. Deux infirmiers et deux aides-soignants étaient donc réunis dans la tisanerie, petite pièce triste et froide mise à leur disposition pour les pauses.

Des travaux commencés et jamais finis laissaient des câbles électriques pendre des plafonds et des murs avec des interrupteurs accrochés à leurs extrémités. Certains trous avaient été rebouchés avec de l'enduit, mais la peinture n'avait jamais été refaite. La pièce ressemblait à un chantier abandonné, accentuant la sensation de malaise provoquée par le grésillement des néons qui éclairaient d'une lumière pâle les visages blanchâtres de ces insomniaques professionnels.

Les infirmières, Lucie et Audrey, prirent leurs repas, rapidement, en silence. Seul le bruit d'un évier qui gouttait se faisait entendre, dans un bruit régulier et irritant. Puis elles allèrent préparer les piluliers de médicament des patients. Les aides-soignants prirent leur temps pour se restaurer puis partirent aussi pour nettoyer et ranger leurs chariots.

Il était établi, dans le service de Lucie, que l'aide-soignant répondait aux appels des patients pendant que l'infirmière se concentrait sur sa tâche, trois heures à mettre des petites pilules dans des petites cases. Lucie avait fait une photocopie de la fiche de poste de l'aide-soignant de nuit en poste au SSR, pour qu'Olivier connaisse ses tâches sans qu'elle soit obligée de tout lui expliquer et donc de lui parler plus que nécessaire.

Après un certain temps, Lucie, sortit de son état de concentration quasi hypnotique et se rendit compte que personne ne répondait à la sonnette d'un de ses patients, qui s'affichait depuis dix minutes, sur l'écran en face d'elle. Était-elle seule ? Elle partit voir ce qui se passait, tout en jetant un coup d'œil dans les couloirs à la recherche de son collègue. Peut-être avait-il oublié d'éteindre la sonnette ou peut-être avait-il besoin d'aide ? Elle lui avait pourtant dit qu'en cas d'urgence il devait l'appeler directement depuis le téléphone de la chambre. En ouvrant la porte de la chambre de la patiente qui sonnait, et voyant qu'il n'était pas dans la pièce, elle demanda, poliment, bien que légèrement agacée, à la patiente…

— Oui ? Vous avez sonné ?

La patiente, couchée dans son lit, la regarda en souriant, puis sans un mot, elle se tourna sur le côté afin de lui présenter son postérieur.

— Vous voulez le bassin ? demanda Lucie avec une voix de plus en plus irritée.

La patiente ne répondit pas, elle était sourde et avait ses habitudes, elle ne prenait plus la peine de faire des phrases ni des politesses.

Le temps que la patiente fasse ses besoins, Lucie se rendit dans la deuxième salle de soins de l'étage, chez ses collègues de chirurgie orthopédique, en espérant y trouver son aide-soignant, mais il n'était pas là non plus.

— Hé les filles ! vous avez vu l'intérimaire qui est censé être avec moi ? demanda Lucie.

— Non, répondit Nicole l'aide-soignante.

— Moi non plus, répondit à son tour l'infirmière.

Elles avaient déjà fini leurs tâches et étaient en train de lire des magazines. Elles avaient, en effet, vingt-cinq patients, alors que Lucie en avait cinquante. Mais le travail n'était pas le même. La chirurgie impliquait des patients en situation de semi-urgence, les opérés du jour étaient souvent douloureux et risquaient des complications postopératoires. Ils demandaient beaucoup d'attention et de surveillance. La moitié des patients de Lucie, autonomes, n'avaient pas besoin de soins la nuit et l'autre moitié sonnait pour se faire servir des verres d'eau, se faire aider dans leurs besoins naturels ou se plaindre. Ils avaient mal, il faisait trop chaud, le repas du soir était infect, la télé fonctionnait vraiment mal !

— Putain, il s'est barré sans me dire où ! dit Lucie en poussant sa voix dans les aigus. Il vous a rien dit ?

— Non ? Il abuse ! répondit Nicole, en reprenant sa lecture... (Closer ?) Si je le vois, je lui dirai qu'il a du boulot.

— Ouais... Super... Merci ? dit Lucie perplexe, en repartant pour sortir le bassin de sa patiente qui sonnait de nouveau. Elle aurait voulu que Nicole propose de répondre aux sonnettes en attendant le retour d'Olivier, ou, au moins, qu'elle parte à sa recherche, mais encore une fois elle n'osa rien demander et rumina ses réflexions, leur faisant prendre des proportions démesurées. La patiente ne fut pas plus causante. Pas de merci, rien ! « De la merde ! On est de la merde qui nettoie la merde ! ».

Deux heures plus tard, Olivier vint la trouver, alors qu'elle faisait une pause cigarette avec ses collègues, dans la petite cour réservée aux soignants.

— T'étais où ? demanda Lucie sans plus de préliminaires. Nicole et Audrey la regardèrent, intriguées. Elles n'avaient jamais vu Lucie s'énerver pour quoi que ce soit.

— À l'étage, répondit Olivier, sans percevoir l'agacement de Lucie. Je connais très bien Estelle, tu sais l'infirmière d'urologie et...

Lucie lui coupa la parole, tout en essayant de garder un ton cordial.

— Alors, je vais te demander de relire ta fiche de poste. Pendant que je fais les piluliers, tu dois répondre aux sonnettes. Elle monta dans les aigus en prononçant « sonnettes ». Ensuite quand tu quittes le service ce serait bien que tu me dises où tu es que je puisse te joindre. Parce que tu comprends...

Olivier l'interrompit à son tour.

— Ça va, commence pas, répondre à quelques sonnettes va pas te tuer.

— J'ai besoin de concent…

— Me saoule pas, madame la patronne ! Et avec un sourire carnassier, il rajouta. « Allez va, je vais pisser, je serai aux toilettes, au fond du couloir, dans celles de droite ».

De nouveau, il rigola de sa propre blague. Lucie s'énerva pour de bon.

— Elles ne me font pas rire tes blagues à la con ! Le poste est comme ça, je te préviens que si tu continues, je vais être obligée de te signaler à la surveillante de nuit et…

Lucie ne put terminer sa phrase devant le spectacle qui se déroulait devant ses yeux, ses deux collègues restèrent elles aussi muettes d'étonnement. Olivier, les doigts dans ses trous d'oreilles, était en train de chanter.

— « Tralala lala… », comme un enfant de quatre ans, qui ne veut plus écouter ce qu'on lui dit.

Sauf qu'Olivier en avait quarante-trois, ce qui était beaucoup moins mignon. C'était aussi pathétique qu'inattendu et mit fin à la conversation, car il remettait ses doigts dans les oreilles dès que Lucie ouvrait la bouche. Mais Lucie insista voulant faire passer son message à tout prix, il devait comprendre.

— Écoute il va quand…

— Lalalala…

— … Même falloir…

— Patitipata…

— … Trouver une solution…

— Nanannaannaa…

— Si un patient a besoin, tu vas être obligé de me parler et d'écouter ma réponse. Elle dit cette phrase en le retenant par la main afin d'être sûre qu'il entende. Mais au lieu de lui répondre, il partit en chantant.

Désemparée, elle s'inquiéta. Comment allait-elle faire si un patient avait mal ? Elle craignait qu'Olivier ne lui en parle pas et que le patient se plaigne auprès de ses supérieurs. Elle lança un regard angoissé à ses collègues, mais celles-ci ne dirent rien.

« Elles pourraient quand même me soutenir », pensa Lucie.

Encore une fois, Lucie se retrouva dans une situation inconfortable, car elle n'avait pas su communiquer efficacement avec son collègue. Elle ne savait pas communiquer ! C'était à se demander comment elle avait pu devenir infirmière. Elle écrivit un courrier qui fut lu par la direction quelques semaines plus tard. Personne n'y donna suite.

2

Ses longs cheveux roux sur la figure, elle avança maladroitement dans la chambre, son corps endolori par les manutentions de ses patients de la nuit. C'était une jeune femme de trente-deux ans, menue (elle pesait 50 kg pour 1 mètre 65), d'allure sportive, bien que ne pratiquant aucun sport.

Sa lampe de chevet ne fonctionnant plus depuis des semaines, elle devait aller jusqu'à l'interrupteur situé à l'entrée de la chambre pour avoir de la lumière. Une fois celle-ci allumée, Lucie se dirigea devant le miroir de plain-pied qui se trouvait à l'entrée de son dressing. Avec un autre soupir d'agacement, elle ouvrit de grands yeux bleu pâle pour s'y regarder. Ils étaient encore entourés du mascara qu'elle n'avait pas pris la peine d'enlever avant d'aller se coucher le matin même. On aurait pu croire qu'elle avait passé des heures à pleurer, car de longues coulées noires se dessinaient sur ses pommettes. Au moment où elle referma sa robe de chambre, elle aperçut le reflet de son pyjama délavé et troué et se promit d'en acheter un autre le jour même, résolution qu'elle rejeta finalement. Elle ne voyait pas l'utilité d'être élégante pour dormir.

Elle ressemblait donc à une folle échappée d'un service de psychiatrie, très loin du mythe de l'infirmière sexy.

Lucie colla son oreille contre la porte de la chambre et prit quelques secondes pour écouter s'il y avait des bruits dans l'appartement.

Elle soupira de soulagement. Elle était seule. Depuis cinq mois, elle vivait avec Fred, son compagnon depuis près d'un an.

Lucie avait bien eu quelques aventures avant, mais elle n'avait encore jamais vécu avec quelqu'un. Elle ne se doutait pas à quel point elle aimait sa solitude, sa tranquillité et les habitudes qu'elle avait mises en place. Elle aimait se lever dans le calme et vaquer à ses occupations, tranquillement, à son rythme, et surtout sans personne pour lui parler à son réveil.

Elle ne supportait plus d'entendre de bon matin.

— Tu as bien dormi, ma chérie ?

« Ma chérie ! » Pff… Mais quelle horreur ! elle avait l'impression que Fred la confondait avec sa mère. D'ailleurs qui donnait encore ce genre de surnom à une femme aujourd'hui ?

— Alors ta nuit s'est bien passée ? Et blablabla…

Au début de l'installation de Fred dans « son » appartement, elle avait essayé de se raisonner en se disant que cela partait d'une bonne intention, il était attentif, il voulait savoir comment elle allait, c'était plutôt prévenant.

Mais à présent, elle rêvait de lui fourrer une paire de chaussettes dans la gorge afin de le faire taire, voire de l'étouffer. Un peu violent ? Certes, mais elle lui avait déjà demandé à plusieurs reprises, patiemment, de ne pas lui parler tant qu'elle n'avait pas fini son petit déjeuner. Ce à quoi il avait répondu qu'il la trouvait un peu excessive.

Premier besoin non pris en compte !

Elle dirigea sa main vers la commande des volets électriques pour les ouvrir. La chambre était assez spacieuse pour y mettre un lit King-Size à baldaquin, un grand dressing et un petit bureau, tout en gardant la sensation d'espace.

Il faisait beau, elle s'en réjouit, car elle allait pouvoir en profiter pour faire une petite heure de bronzage. Cette année, le mois de novembre était particulièrement doux et ensoleillé. Elle se dirigea vers la salle de bain, également spacieuse, avec une douche à l'italienne, très à la mode. Elle comata sur les WC, puis elle comata devant le miroir en se lavant les dents. Un peu mieux réveillée à présent, elle alluma la radio.

« Karma police, Radiohead »

Zut, un de ses morceaux préférés et elle avait raté le début. Elle se regarda dans la glace et fit de nouveau la grimace devant sa tête de folle. Quelqu'un frappa alors à sa porte. Elle l'ignora. Elle ne répondait jamais avant d'avoir pris son petit déjeuner, c'était sa règle ! Puis la radio joua « Mr. Jones, Counting Crows ». Yes ! La journée pouvait commencer.

Elle se doucha rapidement en chantant à tue-tête, enfila un pantalon en jersey et un top et se dirigea vers sa cuisine pour préparer son petit déjeuner. La cuisine était ouverte sur le séjour, le tout faisant une pièce rectangulaire d'environ trente mètres carrés. Elle avait choisi, pour cet espace des peintures écrues afin qu'il soit un peu plus chaleureux que le reste de l'appartement qui était blanc, puisque c'était ici qu'elle passait le plus clair de son temps libre. Dans ses livres de développement personnel, les couleurs étaient très importantes et elle avait suivi au mieux leurs conseils quand elle avait décoré son appartement.

Lucie se déplaça tel un zombie dans la cuisine et se dirigea vers le plan de travail pour attraper son plateau de repas. Depuis plusieurs années elle l'utilisait afin de s'éviter la corvée de nettoyer la table. Elle se répétait sans cesse que sa flemme la rendait astucieuse.

Mais ce qu'elle n'avait pas encore vu, car il était caché par la corbeille à fruits, c'est le plateau que Fred avait laissé après son petit déjeuner du matin. Il était posé sur le sien, sale.

— Putain de bordel de merde… Il va encore falloir que j'aie cette discussion !

Elle sentit une violente colère qui montait en elle, comprimant sa cage thoracique et puis reprenant son souffle, elle se rappela une conversation qu'elle avait eue avec une amie. Elle se mit alors à ricaner en pensant à ce qu'elle allait faire, mauvaise, telle une sorcière de dessins animés et elle prépara son petit déjeuner.

Toute la journée, elle repenserait à ce plateau : en déjeunant, en regardant ses mails, en faisant du rangement, alternant entre jubilation, quant au mauvais tour qu'elle allait jouer à Fred, et crise de rage d'être obligée d'en arriver à de telles extrémités.

Lucie ne pouvait s'empêcher de se demander comment elle pourrait se sentir en sécurité avec lui alors qu'il n'était pas capable de faire des choses aussi simples que de nettoyer un plateau après avoir pris un repas. Il n'était pas fiable !

La suite de ses réflexions l'amena à se demander pourquoi elle vivait avec cet homme et elle se mit à chercher comment elle en était arrivée là. Pourquoi vivait-il chez elle, comment avait-elle pu le laisser s'installer dans son nid et y foutre la merde ? D'ailleurs, pourquoi sortait-elle avec lui ? Quels étaient les avantages, pour elle ? Elle ne se sentait pas amoureuse, elle se demandait même si elle le respectait.

Elle n'arrivait pas à se rappeler comment elle avait pu se mettre dans une telle situation. Son charisme ? Sa confiance en lui ? C'est ça qui l'avait séduite au début. C'était pour apprendre de lui qu'elle était sortie avec lui. Elle l'admirait elle qui avait une piètre estime d'elle-même. Il était un modèle pour elle, une source d'inspiration. Elle n'avait pas anticipé à quel point il lui serait difficile de partager son espace vital.

Puis elle se demanda comment un être avec ce physique pouvait avoir autant confiance en lui. Il n'était pas le genre de mec sur qui on se retournait dans la rue…

Sortant de ses pensées, elle se conforta dans sa décision d'appliquer à son amant la méthode de sa copine pour l'éducation de ses enfants. S'il ne comprenait pas « Ouste à la porte ! »

Après son petit déjeuner, elle avait pris l'habitude de faire sa vaisselle et un brin de ménage. Aujourd'hui au lieu de vider les restes de son petit déjeuner à la poubelle, elle les mit sur ce maudit plateau, en fredonnant la chanson de Benny Hill qui passait lors des scènes de poursuite « Yakety Sax, Boots Randolph ».

Elle piocha même dans la poubelle des épluchures de pommes de terre, des mouchoirs sales et du gras de jambon, non sans dégoût, pour les y rajouter. La journée allait être très dure pour elle, mais il fallait qu'il comprenne. Elle cacha son propre plateau afin qu'il n'ait pas l'occasion de se défiler.

Elle s'étonnait encore de ce contraste entre l'intelligence dont il semblait pourvu et la difficulté qu'il avait à intégrer les nombreuses règles de la maison, pourtant simples, qu'elle imposait. Elle se rappela qu'au début de leur relation, il avait tendance à laisser traîner ses affaires par terre. En y repensant, ses poils se dressèrent sur ses bras.

Elle lui avait pourtant laissé de la place sur une étagère dans la salle de bain. Heureusement à cette époque, LeChat, encore tout petit, avait pris l'habitude de faire ses besoins sur tout linge qui trainait par terre. Il suffit donc d'une fois pour que Fred intègre la règle « ne pas laisser trainer son linge par terre ». Elle n'avait pas précisé qu'après la castration de son chat, celui-ci ne marquerait plus son territoire de cette manière.

Lucie chercha à stopper ses pensées répétitives.

« Allez ! N'y pense plus pour l'instant ! Il fait beau et chaud. Va prendre ton bain de soleil ! »

Elle voulait s'accorder trente minutes à une heure de détente, au soleil, avant de s'installer devant son ordinateur et d'y rester pendant des heures. Elle commencerait par regarder ses mails, y répondrait, puis regarderait son mur Facebook et ceci entrainant cela, elle y resterait une bonne partie de la journée.

Lucie échangea son pantalon contre un short. Il y avait encore quelque temps, lorsqu'elle sortait dans le jardin pour bronzer, elle se mettait en maillot de bain, sur son transat, avec crème solaire, et tous les accessoires nécessaires à une journée plage : revues people, jus de fruits, gâteaux et une glacière qui permettait de les garder au frais. Elle était, en effet, sûre de ne tomber sur personne, car en semaine, tous ses voisins travaillaient la journée. En cas de doute, elle vérifiait la présence ou non des voitures sur le parking. Mais ça, c'était avant.

Depuis peu, un nouveau locataire ou plutôt le colocataire de la nouvelle voisine, venait perturber ses habitudes. En général, il restait chez lui à fumer des joints, volets clos, et elle pensait ne rien risquer de ce côté-là. Mais un jour, allez savoir pourquoi, elle fut embarquée dans une situation très gênante.

C'était au mois de mai, le temps était clément offrant de belles journées chaudes et ensoleillées. Allongée à plat ventre sur son transat, elle lisait un roman sur son iPad. Prise de panique en entendant les volets de l'appartement d'en face d'elle s'ouvrir, elle fit rapidement la liste de toutes les solutions qu'elle avait pour cacher ses formes, à peine dissimulées derrière son maillot de bain deux pièces, noir : se cacher la poitrine avec son iPad ? Non, il était bien trop petit, s'enrouler façon rouleau de printemps dans sa serviette ? Ou peut-être se cacher sous le transat façon commando ? Mais rien ne se passa. Elle resta figée.

Son voisin avait ouvert les volets de sa chambre et ils se retrouvèrent nez à nez, alors qu'elle hésitait encore entre s'enrouler dans sa serviette ou prendre tout simplement la fuite. Il avait allumé sa chaine stéréo qui jouait une chanson de rap « FDP (Fils de pute), SEFYU ».

Ce qui ne permit pas d'adoucir la gêne de Lucie.

Quand il la remarqua, le voisin changea ses plans — il voulait se rouler un joint et manger le reste de pizza qui trainait depuis 5 jours sur le meuble télé — et décida de s'installer, coudes appuyés, sur le rebord de la fenêtre.

Elle lui bredouilla un simple bonjour, n'ayant finalement pas bougé, et baissa la tête vers son iPad pour reprendre sa lecture.

— Et alors la meuf, on fait bronzette, on prend un petit bain de soleil ? dit-il avec un fort accent du sud.

— Euh oui… je lis ! lui répondit-elle froidement, pensant ainsi couper court à la situation gênante qu'elle subissait.

— Et vous vivez ici depuis longtemps, mademoiselle ?

« Oh non ! Il n'a pas compris et en plus je suis à moitié à poil ! »

Après une hésitation, elle lui répondit, sans lever la tête de son iPad.

— Euh… deux ans.

Son voisin, dont elle ne savait rien alors, décidant d'ignorer le fait qu'elle voulait être tranquille pour lire, escalada son rebord de fenêtre pour venir discuter avec elle.

— Je viens de Marseille, moi.

« Et aller c'est reparti ! Il va me raconter sa vie ! »

En l'espace de cinq minutes, il lui fit un résumé de sa vie : son enfance à Marseille, son entrée dans l'armée (il voulait être pompier professionnel), comment il s'était fait remercier pour une banale histoire de conduite en état d'ivresse avec « agression » sur les forces de l'ordre.

— Tu viens d'ici toi ? Chaude comme tu l'es, tu dois pas être du coin ! Y'sont coincés les gens d'ici. Ah les bâtards ! L'autre jour y'en a un qui…

Lucie ne pouvait pas s'expliquer pourquoi, mais chaque fois qu'elle rencontrait un « psycho-pété », comme elle se plaisait à les surnommer, ils se mettaient à lui raconter leur vie. Le clochard du coin venait pleurer sur son épaule quand elle attendait une amie devant le cinéma, une autre fois, ce fut un dépressif lors d'un concert. Ses collègues de travail lui racontaient toutes leurs histoires tristes, Lucie se demandait si elles faisaient le concours de l'aide-soignante la plus malheureuse au monde.

— Tu sais, moi, mon mari, il me regarde plus ! disait Sandrine.

— Eh bien, moi, le mien, il regarde trop la voisine ! surenchérissait Nicole.

— Oui, mais le mien, il est malade, il est diabétique !

— Le mien est cardiaque !

— Le mien il a peut-être un problème d'alcool.

— Et le mien blablabla…

Cela pouvait durer des heures.

À croire qu'elle avait écrit sur son front « Sainte vierge des paumés, je vous écoute ».

Elle vivait ses expériences comme de véritables agressions. Comment ces personnes pouvaient-elles déverser des pans entiers de leurs vies personnelles sur de parfaits inconnus et surtout sur elle ? Jamais elle n'irait raconter sa vie à ses collègues encore moins à de parfaits inconnus. Et bien sûr, elle n'avait pas encore trouvé le moyen de se sortir de ces situations gênantes.

Elle regardait le voisin et réfléchissait, tout en faisant semblant de l'écouter en hochant la tête.

« Trouve une excuse. Envoie-le chier ! Mais pourquoi tu me racontes ça, je m'en fous, je ne veux pas savoir, CASSE-TOI ! »

Elle hurlait dans sa tête, espérant qu'il entende inconsciemment ses pensées.

— Et alors tu fais quoi dans la vie ? continua-t-il. Dis, t'as pas froid aux yeux toi, t'es pas farouche !

— Elle avait senti son visage s'empourprer, mélange de gêne et de rage. Elle se sentait vulnérable, mise à nue et très énervée qu'il n'ait pas la bonne éducation de la laisser bronzer tranquille.

— Euh… pardon, je… euh… enfin je dois… euh partir euh… un coup de fil à passer… pardon ?

— Hé ben quoi, t'es pressée ? Attends, reste un peu là !

Elle avait essayé de se lever, mais avait été arrêtée dans son mouvement quand le voisin indélicat avait posé sa main sur sa cuisse.

Elle fut incapable de se dépêtrer de cette situation. Elle ne voulait pas qu'il la touche. Elle ne voulait pas qu'on la touche sans permission, mais ne savait pas comment le dire sans soit, faire une crise d'hystérie, soit le vexer et peut-être même l'énerver. Et elle ne voulait pas le mettre en colère.

En effet il avait le physique du mec à ne pas chatouiller. Grand, très grand, et très musclé aussi, il n'avait pas un gramme de gras, tous ses muscles étaient saillants à travers son tee-shirt. Un visage dur, mat de peau, des yeux noirs profonds. Son regard était perçant, il la mettait mal à l'aise. Il lui souriait en parlant, dévoilant ses dents lui donnant l'impression qu'il voulait la mordre. Il lui faisait penser à un Pharaon qu'elle avait vu dans un film. Elle ne se rappelait plus ni le nom du film ni le nom du Pharaon, mais elle se rappelait qu'il était cruel, sadique et tuait tous ceux qui le gênaient.

Il se mit à malaxer la cuisse de Lucie, elle se leva alors d'un coup. C'était trop, tant pis si elle lui en montrait encore plus, elle fit semblant d'entendre son téléphone sonner, s'excusa en ramassant ses affaires et partit rapidement, en ignorant les remarques du voisin sur son « beau cul, putain ».

Après cette mésaventure, elle avait hésité longtemps avant de reprendre ses habitudes. Puis un jour, elle décida qu'il était hors de question qu'elle renonce à ses petits plaisirs à cause d'un emmerdeur. Mais elle ne se mit plus en maillot de bain, tant pis pour les traces de bronzage. Et elle garda son portable à portée de main pour faire semblant de recevoir un coup de téléphone et ainsi pouvoir s'échapper. Et surtout avant de s'installer sur son coin d'herbe, elle vérifiait que les volets du voisin étaient bien fermés.

3

Lucie se dirigea vers sa porte d'entrée, attrapa son sac de plage et appela son chat, qui était resté sur son arbre à chat en attendant que sa maîtresse soit bien réveillée.

LeChat, magnifique Bengal « rosette brown », était joueur, malicieux, et faisait preuve d'une grande intelligence. Lucie l'aimait plus que tout au monde. Ils avaient une vraie complicité, ils respectaient leurs habitudes mutuelles et avaient leurs routines. Bien que son chat soit de race, elle le laissait sortir toute la journée et vaquer à ses occupations : grimper aux arbres, chasser, faire de longues balades...

Tous les jours, après son petit déjeuner, elle allait chercher son courrier et LeChat en profitait pour sortir. Au début, ce fut assez compliqué de lui faire comprendre qu'il devait passer la nuit entière à l'intérieur. Cela dit, il prit vite le pli. Quand il commença à miauler à cinq heures du matin pour sortir, elle le dressa en lui faisant prendre une douche, il comprit vite que miauler est égal à eau froide et que tant qu'elle était dans son lit ce n'était pas la peine d'essayer d'obtenir quoi que ce soit, elle était de trop mauvaise humeur.

Alors il vivait comme elle, repos la nuit, balade la journée. Petit, la découverte du monde extérieur lui fut facile, il n'avait peur de rien et au contraire il était curieux de tout. Il faisait ses balades, quand il avait faim, il se rendait dans la petite niche qu'elle avait aménagée pour lui, dans un coin du jardin. À l'entrée de la niche, elle avait posé une chatière à reconnaissance de puce, ainsi il n'y avait que son chat qui pouvait y entrer, elle ne voulait pas nourrir tous les chats du quartier et celle-ci offrait un refuge de jour à son chat.

Elle se réjouissait de la fidélité de son animal. Quand elle l'appelait, il venait dans les dix secondes, quand elle sortait dans la résidence, il venait à sa rencontre puis la suivait comme un chien. Ils faisaient souvent de petites balades ensemble. Quand elle garait sa voiture, elle le voyait arriver en courant et en miaulant. Elle s'imaginait qu'il miaulait « maman » et elle en frissonnait de plaisir.

Cette après-midi-là, Lucie sortit donc de chez elle avec son grand sac de plage.

Les communs étaient propres, les murs étaient recouverts de crépi blanc, le sol et les escaliers étaient en carrelage gris pâle. Elle les descendit et arriva au rez-de-chaussée de son bâtiment. Après avoir pris son courrier, elle se dirigea vers la porte vitrée qui la mènerait sur l'extérieur et l'ouvrit. La porte grinça, elle se dit qu'il faudrait rapidement qu'elle y remette du produit dégrippant, elle ne voulait pas se faire remarquer quand elle sortait du bâtiment.

Elle oublia de jeter un coup d'œil en direction du parking, car au moment où la porte se referma derrière elle, elle entendit un drôle de bruit. Elle se rappela que l'un des voisins situés derrière le mur du fond de l'arrière-cour avait laissé un mot pour prévenir qu'ils allaient refaire le crépi de sa maison et qu'il risquait d'y avoir du bruit… Elle n'avait pas imaginé un tel boucan.

Elle plongea la main dans son sac de plage et y attrapa ses bouchons d'oreilles. Elle ne supportait pas le bruit, malheureusement le silence en copropriété est impossible. Surtout avec l'isolation phonique des constructions des années soixante-dix et encore plus quand on vit décalé du reste du monde.

Quand elle se mettait au lit à sept heures du matin, ses voisins faisaient sonner leur réveil, allumaient leur radio, leur télé, leur cafetière et leur micro-ondes. Elle entendait tous les bruits à travers les murs et gaines techniques. Elle les entendait même discuter, sans pour autant entendre les mots exacts. Elle ne pouvait rien y faire ni ses voisins, sauf à refaire tout le bâtiment, « un peu cher ».

Mais justement, il n'y avait que quatre appartements par bâtiment et fort heureusement dans celui de Lucie les résidents avaient des habitudes de vies et des loisirs discrets. Et puis chacun connaissait les habitudes des autres. Sachant qu'elle travaillait de nuit, personne ne bricolait le matin pour qu'elle puisse se reposer.

Pour le reste, elle avait ses bouchons d'oreilles, des bouchons pour chaque situation. Elle avait ceux pour quand elle allait se coucher, en silicone sur mesure, ceux pour aller aux concerts ou au cinéma, avec filtres, ceux pour faire ses cours de yoga, pour ne pas entendre la fille à côté d'elle, qui respirait comme si elle était en train de faire l'amour, en mousse.

Elle enfonça donc ses bouchons en mousse dans les oreilles avec un soupir d'agacement et se dirigea sur sa gauche, pour accéder à l'arrière de la résidence, en empruntant le passage que formait l'espace entre les deux bâtiments.

C'était là-bas qu'elle s'était aménagé un petit coin pour elle. Un transat, qu'elle avait fini par fixer avec une chaine pour que les rôdeurs ne le lui piquent plus, au troisième vol, elle avait enfin compris la leçon. Rien que d'y repenser cela la rendait malade et lui donnait une raison supplémentaire de détester l'espèce humaine. Elle trouvait injuste de travailler pour que d'autres viennent et lui volent les fruits de son dur labeur.

« C'est pas eux qui iraient torcher des culs toute la nuit, pour avoir un salaire minable ! »

Elle respira lentement trois fois, se rappelant les conseils d'un de ses bouquins de développement personnel. Lucie allait tâcher de se concentrer sur autre chose, quelque chose de plus positif, quelque chose qui devait améliorer sa vie. Elle avait commencé, depuis quelques jours, la lecture d'un nouveau bouquin sur « l'art de manipuler les gens et d'obtenir tout ce que l'on désire ! » Elle comptait bien s'instruire et mettre en pratique toutes les techniques conseillées dans ce livre. Ainsi, elle pensait qu'elle pourrait agir sur les causes de son mal-être et reprendre le contrôle de sa vie, grâce à un gros travail sur elle-même.

Elle avançait son livre au niveau des yeux. Mais plus elle se rapprochait du fond du passage, plus elle percevait, à travers ses bouchons d'autres sons inhabituels.

« Des voix ? Il y a des gens dans l'arrière-cour ? Mais non, mais pourquoi ? Ils me font chier ! C'est mon seul moment de détente ! »

Lucie avait oublié que c'était un jour férié : vendredi 1er novembre. Quand elle en prit conscience, elle s'agaça, d'abord contre elle-même puis contre les gens qui n'en avaient pas profité pour partir en long weekend.

Lucie se dit alors qu'avec un peu de chance, les éclats de voix qu'elle entendait provenaient peut-être du chantier des travaux des voisins, espérant que les protagonistes s'engueulaient, en désaccord sur quelques sujets de bricolage et que c'était pour cela qu'elle les entendait si bien malgré ses bouchons.

Elle en retira un, le gardant dans sa main et avança doucement vers l'arrière-cour pour vérifier sa théorie. LeChat, lui, avançait deux pas derrière Lucie, prenant le temps de sentir tous les recoins, vérifiant la présence d'autres chats sur son territoire et urinant pour leur rappeler qui était le maître des lieux. Mais les voix provenaient malheureusement bien de l'arrière-cour et pas de chez les voisins, Lucie pouvait à présent apercevoir Jérôme…

Lucie avait craqué sur Jérôme dès qu'elle l'avait vu. C'était le jour de la première visite de son futur appartement.

Elle sortait du bâtiment, accompagnée de l'agent immobilier, très contente de ce qu'elle venait de visiter, mais essayant de ne pas le montrer.

Jérôme rentrait dans l'autre bâtiment, 1m80. Il était physiquement parfait aux yeux de Lucie, musclé, juste ce qu'il faut, grandes jambes, des mollets de rêve !

Elle avait pu profiter de ce spectacle, car faisant beau, Jérôme était vêtu d'un short et d'un débardeur moulant. Il était en sueur et ses muscles étaient bien bandés. Il devait rentrer d'un footing, pensa Lucie. Il avait les cheveux châtains, courts et les yeux bleus. Un léger teint hâlé lui donnait une aura chaleureuse.

Elle s'en fit une image de protecteur, d'homme chaleureux, confortable… idéal… Elle croisa les doigts pour que cette septième merveille du monde habite là. Bingo ! En apercevant l'agent immobilier, Jérôme lui fit un signe de la main et l'agent lui confirma ce qu'elle soupçonnait déjà…

— Je lui ai vendu son appartement l'année dernière… avec sa compagne ils ont…

Mais Lucie n'écoutait plus, son esprit s'étant arrêté sur le mot « compagne », elle était déçue qu'il soit en couple. Elle trouvait soudain le monde injuste, il était fait pour elle ! D'ailleurs, il lui avait souri et son regard en disait long, elle était sûre qu'il l'avait remarqué, elle était sûre de lui plaire.

Mais pour l'instant, Jérôme lui tournait le dos, il était face à la fenêtre de l'appartement du rez-de-chaussée, il parlait fort et son corps était tendu, crispé même. Elle comprit aussitôt avec qui il était en train de se disputer, avec qui d'autre aurait-il pu ?

— Y'en a marre de ta musique à n'importe quelle heure du jour et de la nuit ! hurlait Jérôme.

Lucie ne l'avait jamais vu énervé ni même entendu hausser le ton, ce côté bestial lui plut immédiatement.

— Je t'emmerde, enculé, va te faire foutre ! répondit Nicolas avec la voix d'un homme bourré ou défoncé… les deux sûrement.

L'accent de Nicolas était accentué par son état.

— Ne me parle pas comme ça ! Je… reprit Jérôme, mais il fut coupé dans son élan.

— Va enculer ta grognasse… Nicolas se leva de son canapé et se dirigea vers la fenêtre.

Pendant ce temps, Lucie faisait rapidement le tour de ses options et prit très vite la décision de rentrer chez elle, discrètement, sans intervenir dans cet échange de politesses.

Après tout, ils ne l'avaient pas remarquée, pris dans leur pugilat. Mais bien sûr qu'elle était du côté de Jérôme !

« Il est trop mignon et Nicolas est vraiment un emmerdeur… »

Mais elle ne voulait pas prendre le risque de le soutenir maintenant, alors que Nicolas était présent. Elle avait peur que dans cet état de fureur, ne faisant pas la différence entre Jérôme et elle, il s'attaque physiquement à elle.

Et puis, finalement, son appartement était suffisamment éloigné de celui de Nicolas, elle n'était que peu gênée par les bruits et les autres incivilités de celui-ci. C'était donc leur problème.

Au moment précis où elle décida, lâchement, de faire demi-tour, elle entendit la porte d'entrée du bâtiment s'ouvrir.

« Et merde ! »

— Salut Lucie, dit une voix grave derrière elle. Elle fût parcourue par un frisson d'angoisse, prise sur le fait de sa lâcheté, elle se retourna et vit David venir vers elle d'un pas assuré. Bien sûr, David ne savait pas qu'elle était sur le point de s'échapper.

C'était un bel homme de grande stature, 1 mètre 95 pour 110 kg, plutôt enrobé que musclé, il était imposant par ses mensurations et son charisme. Il venait de fêter ses 45 ans. Il était chauve, avait des yeux bleus, intelligents et amicaux, une barbe blonde de 3 jours, toujours impeccablement bien taillée. D'ailleurs, il était toujours impeccable, dans sa toilette comme dans sa tenue vestimentaire ou encore son attitude. Il était marié depuis 6 mois à Edward, un petit mec frêle de 1 mètre 65, très mince, blond, les cheveux mi-longs.

David lui expliqua rapidement que lui et son mari avaient entendu Jérôme et que cette fois-ci il avait décidé d'intervenir.

— Et physiquement s'il le faut ! On n'en peut plus ! Et ça tombe bien que tu sois là aussi, tu seras témoin.

— Euh… OK ? lui répondit Lucie mal à l'aise.

Ils entrèrent dans le jardin, au moment précis où Nicolas sautait par la fenêtre de sa chambre en hurlant et en menaçant Jérôme de son poing. Le CD sur sa chaine Hifi était à fond.

— Espèce de petite pute de merde, tu crois m'impressionner ? Son accent marseillais était encore plus prononcé quand il était en colère. Eh ? Tu viens pas chez moi me faire chier. Eh ?

Il aurait presque été risible du fait de son accent mélangé à l'élocution de poivrot s'il n'avait pas eu ce regard de fou.

Jérôme était agent de sécurité dans un supermarché la journée et trois soirs par semaine il donnait des cours de Krav Maga. Il était entrainé à réagir à ce genre de comportement. Il fit preuve de sang-froid, et recula agilement en se mettant en garde. Le combat ne pouvait pas être équitable, car Nicolas lui, était défoncé. Il pouvait soit se montrer très maladroit soit très dangereux, sans inhibition et ne ressentant pas la douleur.

Il avançait vers Jérôme en titubant.

Il se prit les pieds dans les déchets et débris des pots de fleurs, laissés là par les travaux que les résidents de la copropriété avaient commencés. Puis, il tomba dans l'une des nombreuses anfractuosités.

Nicolas se releva comme le font les enfants quand ils apprennent à marcher. Il se mit d'abord à quatre pattes, les fesses en l'air, puis poussa sur ses bras pour relever son buste.

Jérôme s'avança vers lui et lui tendit la main pour l'aider à remonter du trou. Mais Nicolas, haineux, le griffa en la repoussant violemment, ce qui le fit retomber en arrière, la tête en premier sur les débris d'un gros pot en terre cuite, au moment précis où une chanson se terminait.

Le bruit du choc fut terrible et produisit un son sourd. Il résonna dans l'arrière-cour malgré le bruit des machines à crépir des voisins.

Son esprit n'arrivait pas à analyser ce qui venait de se passer. Heureusement, le CD reprit et la musique interrompit ce passage à vide qui ne dura que quelques secondes. Lucie avança vers le corps inerte de Nicolas pour lui porter les premiers secours.

Elle ne courut pas pour éviter de tomber à son tour. Elle se rappelait les notions de base de son stage aux urgences : il fallait aller vite, mais sans ajouter un suraccident.

Elle s'accroupit près de la tête de Nicolas, et lui prit la main essayant de se rappeler comment on « bilantait » un accidenté.

— Nicolas ? Tu m'entends ? Elle serra sa main. Serre-moi la main si tu m'entends, aller… fait un effort !

Elle se pencha pour écouter s'il respirait.

— C'est grave ? demanda Jérôme.

Elle regarda ce dernier d'une expression neutre. Dans son boulot, on ne montrait jamais quand il y avait un truc grave, elle ne sentait pas le pouls de Nicolas. Elle vérifia en essayant de le trouver au pli de l'aine, Jérôme et David attendirent en silence, ce qui leur parut une éternité.

Puis, enfin, Lucie se retourna de nouveau vers eux en secouant la tête pour leur faire signe que, non, il n'y avait plus de pouls.

Ce fut à ce moment très précis que Sophie, la femme de Jérôme et Edward, le mari de David, arrivèrent dans l'arrière-cour. Ils comprirent, aux gestes de Lucie, l'annonce de la mort de Nicolas.

La machine à projeter le crépi s'arrêta subitement, ainsi que la musique de Nicolas, les laissant dans un silence de mort, angoissant, jusqu'à ce que les voisins se mirent à discuter, les sortant de leur torpeur.

— Bon ! Je fais une pause pendant que tu taloches, dit une première voix d'homme.

— Ah ? Et pourquoi j'ai pas le droit à la pause moi ? répondit la deuxième voix sur un ton agacé.

— Commence pas Justin… bon, écoute, on va boire un coup et on s'y remet !

Le groupe était à l'affût des propos que s'échangeaient les voisins.

Lucie se concentra sur les soins à apporter à son « patient ». Elle se dit que vu le bout de céramique qui lui entrait dans la nuque, les cervicales devaient être touchées, il fallait mieux ne pas le réanimer, enfin, si on ne voulait pas en faire un légume, ce qu'elle trouvait très cruel, même pour un emmerdeur comme Nicolas. Et justement, alors que les voix des voisins s'éloignaient, Sophie lui demanda, en chuchotant.

— C'est le coup du lapin ? Tu ne lui fais pas le bouche-à-bouche ?

Sophie était une très jolie fille de vingt-sept ans, plus petite que Lucie, elle avait de beaux cheveux bruns lisses qui tombaient, parfaitement coiffés, dans son dos et de magnifiques yeux noirs. Elle aussi, comme Jérôme, avait le teint hâlé et une silhouette de rêve bien qu'elle fût enceinte de plusieurs mois. Elle devait, à vue de nez, en être au début de son troisième trimestre.

Lucie, jalouse, ne pouvait pas la sentir. Ainsi, se réjouit-elle de la question de Sophie, trouvant qu'elle lui donnait un air stupide.

— Ça dépend, répondit Lucie d'un ton prétentieux. Tu veux te venger de lui ? Parce que si on le réanime maintenant on a de fortes chances d'en faire un handicapé. Mais enfin, regarde sur quoi sa nuque est tombée !

Et elle se releva fièrement pour appuyer son propos.

À ce moment précis, le pot de fleurs sous la tête du corps inerte de Nicolas se brisa dans un fracas terrible et sa tête bascula en arrière, dans une position qui, au vu de la déformation de son cou, ne laissa plus aucun doute aux observateurs de la scène, sur la mort de leur voisin et sur l'inutilité de faire une réanimation.

C'est alors que Lucie se rendit compte, qu'à part Jérôme qui conservait un air grave, elle, ainsi que tous les autres témoins de la scène, passée la surprise, étaient en train de sourire. Edward était même pris d'un début de fou rire, devant la position ridicule de la tête de Nicolas.

— Ah la tronche ! dit-il, tu fais plus le malin maintenant. Connard !

Comment cinq personnes pouvaient-elles ainsi sourire, et même se réjouir devant un cadavre ? Pour le comprendre, nous devons revenir quelques années en arrière…

4

8 ans plus tôt

En avril 2005, Lucie sortit diplômée de son école d'infirmière.

Elle sut qu'elle avait fait une grave erreur d'orientation en arrivant sur son premier lieu de stage, trois ans plus tôt, quand l'infirmière qui devait être sa référente avait dit :

— Encore une élève ? Fais chier !

— Euh… pardon ?

— Lucie ne savait pas ce qu'elle avait fait de mal, mais elle s'excusa poliment devant l'attitude manifestement contrariée de celle qui devait lui apprendre son futur métier. S'ensuivit un échange virulent entre la cadre du service et l'infirmière qui aboutit à la décision finale.

— Bon, de toute façon c'est votre première année, vous allez suivre les aides-soignantes ! conclut la surveillante, une petite femme d'une cinquantaine d'années qui portait une paire de lunettes rondes.

— Quoi ? C'est moi qui récupère la merde des autres ? dit l'aide-soignante du service, outrée.

L'ambiance dans le secteur médical était loin d'être aussi glamour que celle que l'on trouvait dans les séries américaines que Lucie affectionnait.

Le stage se passa douloureusement, car en plus de se sentir parfaitement larguée, n'ayant pas les connaissances nécessaires sur les pathologies du service, se rajoutait sa déception face aux comportements de ses futures collègues. Lucie trouvait que les infirmières étaient en vérité sans cœur, jalouses et aigries, très loin des anges auxquels on les comparait. Lucie les gênait. Elles en avaient assez de ses questions incessantes, et les aides-soignantes ne voulaient pas fricoter avec l'ennemie.

— Si t'as rien à faire, va répondre aux sonnettes, puisque quand tu seras diplômée, toi aussi, tu seras devenue trop bien pour ces basses besognes.

Lucie, timide, ne sut pas trouver sa place et finit pas devenir le bouc émissaire de l'équipe. Chaque fois que son infirmière référente la voyait à proximité d'un médecin ou d'un interne elle lui passait un savon, l'humiliant.

Lucie fuyait se cacher dans les toilettes pour pleurer.

Parfois, elle essayait de prendre sur elle et de courir après ses futures collègues pour les aider dans la mesure de ses capacités.

— Tu veux de l'aide pour ranger ? demanda-t-elle à une aide-soignante du service.

— Non ! c'est bon ! lui répondit-on.

Elle tenta sa chance auprès d'une infirmière qui rangeait des papiers.

— Non ! va voir les filles à côté !

Mais à côté, elle eut la même réponse. Et qu'elle ne fut pas son désarroi quand elle entendit la première aide-soignante parler d'elle à une autre de ses collègues.

— Non, mais quand même tu l'as vue, elle est bonne à rien cette élève, elle pourrait au moins nous aider à ranger ! Ça promet !

Le jour où il fallut la noter, elle vit son infirmière référente qui l'observait de loin, mauvaise, un sourire de connivence en coin, se baladant avec sa feuille de note, demandant et questionnant le personnel sur cette « attardée ». Elle lui mit 8/20 et des commentaires à lui faire renoncer à jamais à cette profession. Mais voilà, Lucie ne savait pas quoi faire d'autre et puis il ne fallait pas s'arrêter sur une mauvaise expérience.

Lucie avait peu d'amis.

« Je préfère la qualité à la quantité ».

Mais c'était faux, elle avait conscience que ce n'était pas son choix, elle avait un vrai problème relationnel. Elle n'avait pas confiance en son prochain et n'aimait pas les gens.

Elle se demandait souvent comment elle avait pu choisir ce métier, elle, qui était introvertie et voyait parfois les autres êtres humains comme des ennemis.

C'était pour ces raisons, qu'après avoir eu son BAC, elle s'était orientée vers un travail qui lui permettrait de travailler de nuit, pour fuir au maximum les gens, et qui était en lien avec sa matière préférée au lycée : la biologie. Elle choisit le métier d'infirmière sans pouvoir imaginer les situations auxquelles elle allait se retrouver confrontée.

Deux heures du matin, sa collègue Anita était partie boire le café avec ses copines au premier étage, elles se connaissaient depuis longtemps et elles avaient pris cette habitude depuis des années. Lucie n'avait pas eu son mot à dire, dernière arrivée qu'elle était. Elle restait donc seule une heure, le temps nécessaire à sa collègue pour échanger, avec ses pairs, sur les ragots de l'hôpital.

En allant aux toilettes, Lucie entendit la télévision à travers la porte de la chambre d'un patient.

Le son était vraiment trop fort, si elle ne faisait rien, d'autres patients pourraient se réveiller et l'appeler pour qu'elle vienne régler la situation.

Lucie engloutit son dernier bout de pain et tourna doucement la poignée de la porte afin de faire le moins de bruit possible.

Elle passa doucement la tête par la porte, car si le patient s'était endormi, elle ne voulait pas prendre le risque de le réveiller et de faire du relationnel à cette heure avancée de la nuit.

Quand elle regarda en direction du patient, elle le vit bel et bien réveillé, se débattant dans son lit, les yeux rivés sur la télévision, l'écume aux lèvres. Ses draps et ses vêtements avaient été jetés à terre et, dans la pénombre, elle vit des traces foncées suspectes un peu partout dessus.

Elle alluma pour confirmer ses soupçons.

Puis, elle mit une paire de gants, qu'elle sortit de sa poche puis trouva la télécommande de la télévision sur la table de nuit du patient et se tourna vers elle pour l'éteindre. Elle se retrouva devant les images d'un couple, nu, gémissant, haletant… un film pornographique !

L'hôpital offrait Canal+ dans son bouquet.

Elle se retourna de nouveau vers son patient, essayant de se souvenir de qui il s'agissait. Monsieur Ader, soixante-cinq ans, démence précoce, qui s'était fait opérer de la hanche quelques semaines plus tôt. À ce moment précis, monsieur Ader avait les quatre membres maintenus par des sangles et « heureusement ! » se dit-elle, car le film que regardait monsieur Ader l'avait vraiment excité et la suite logique était… qu'il s'était recouvert de matière fécale, lui et tout ce qui se trouvait à portée de main.

Lucie se demanderait tout au long de sa carrière comment des gens ainsi contentionnés pouvaient réaliser de telles prouesses. Il était donc nu dans son lit, à « la sauce chocolat ». Lucie ne savait pas comment, mais il y en avait aussi sur la fenêtre en face du lit.

Attacher les patients n'est pas chose facile pour une équipe médicale, ni physiquement ni psychologiquement. Les soignants se mettaient à leur place : comment faire si l'on avait envie de se gratter ? Mais s'il ne l'avait pas été, monsieur Ader serait probablement tombé à terre, il y aurait eu des selles dans toute la chambre, avec le risque de blessures et de traumatismes pour le patient.

La limite entre la maltraitance et la sécurité faisait souvent débat autour des patients. Personne n'avait dit à Lucie qu'être infirmière c'était vivre ce genre de situation. Elle finit d'avaler sa bouchée de pain et partit chercher de quoi nettoyer…

Une autre fois, entrant dans la chambre 50 pour faire son injection d'anticoagulant à sa patiente :

— Madame Lemos, je viens vous faire votre piqûre du soir.

— Certainement pas ! répondit agressivement madame Lemos.

— Ben… si.

— Je vous dis que NON ! hurla-t-elle. Lucie vérifia son dossier, la date, le traitement et enfin le nom de la patiente.

— Si c'est bien vous, mais ne vous inquiétez pas, l'aiguille est toute petite, dit Lucie se voulant rassurante.

— Elle est conne celle-là c'est pas possible ! marmonna madame Lemos, puisque je vous dis non.

— Mais madame, ce sont les ordres du médecin.

Lucie avait une boule d'angoisse qui gonflait dans la poitrine et qui commençait à l'empêcher de respirer.

— Le médecin avait dit une dizaine de jours et c'est le onzième aujourd'hui.

— Je vois, dit Lucie en lui souriant, elle respirait rapidement, mais il a dit une dizaine comme ça, parfois c'est un peu plus, on attend que les gens marchent mieux sinon ils risquent…

— Vous ne croyez pas m'apprendre comment fonctionnent les traitements, je le sais mieux que vous. SORTEZ DE MA CHAMBRE.

Lucie fut paralysée l'espace d'un instant puis elle se reprit, s'assit au bord du lit pour se mettre à la hauteur de madame Lemos. Elle supposa qu'elle devait se sentir oppressée, voir humiliée être dans son lit.

— Madame, vous ne marchez pas encore suffisamment…

— Qui vous a permis, levez-vous et SORTEZ IMMÉDIATEMMENT, mais vous êtes assise sur ma jambe, AHHHH VOUS ME FAITES MAL. Et vous vous dites infirmière !

Lucie se leva, son cœur se mit à battre très vite et très fort. Elle voulut lui expliquer les conséquences de son refus du traitement, mais la patiente ne la laissa pas placer un mot de plus et hurla de plus belle.

— Qu'est-ce qui se passe ? demanda Anita en entrant dans la chambre.

Lucie et Anita en sortirent rapidement, sans faire les traitements. Lucie se sentit obliger de se justifier auprès de sa collègue, bien sûr que non, elle ne s'était pas assise sur sa jambe, elle avait juste voulu lui faire comprendre le soin et ça avait dégénéré, elle ne comprenait ni pourquoi ni comment. Et ce fut la larme à l'œil et la gorge serrée qu'elle reprit le cours de sa nuit.

Mais quelques minutes plus tard, madame Lemos rappela. Lucie prit son courage à deux mains et repartit elle-même voir la patiente, car sa collègue était occupée dans une autre chambre.

— Je vous rappelle pour vous dire que vous êtes TOXIQUE et que vous feriez bien de changer de métier !

— Quoi ?

— SORTEZ !

— Attendez, je ne vais pas ressortir pour que vous me rappeliez dans deux minutes pour m'insul…

— SORTEZ ! hurla la patiente comme une furie, faisant de grands

31

gestes avec ses bras.

Lucie s'imagina s'avancer vers elle pour l'attraper à la gorge et la pousser violemment en arrière, pour la plaquer contre la tête du lit afin de la faire taire. Madame Lemos essayerait de hurler, mais n'y arriverait pas, de son autre main, elle attraperait les joues et les serrerait aussi fort qu'elle le pourrait, telle une serre d'aigle autour de sa proie, enfonçant ses ongles dans la peau flétrie, ce qui ferait prendre à la bouche de madame Lemos la forme d'un cul de poule.

— Ta gueule ! Tu vas la fermer ta grande gueule de connasse !

Mais en vérité, Lucie sortit de la chambre, suffocante, sans avoir rien dit de plus. Troublée par cette vision, cette pulsion, elle se dit qu'elle devait être « un peu stressée en ce moment ».

— Qu'est-ce qu'elle voulait ? demanda sa collègue en arrivant vers elle.

Lucie lui raconta l'échange qu'elle venait d'avoir et pour ne pas s'effondrer en larme elle se mit à rire.

— J'aurais dû lui dire que de toute façon elle n'avait pas le choix, que j'étais la seule infirmière ! Et puis si elle n'est pas contente, elle n'a qu'à rentrer chez elle ou aller se faire soigner ailleurs !

Lucie n'avait à présent plus qu'une seule envie : aller voir madame Brel en espérant que ce soir elle ait des caramels ! Malheureusement pour Lucie, mais heureusement pour madame Brel, celle-ci était en permission dans sa famille. Le médecin l'avait autorisée à sortir de l'hôpital pour aller fêter l'anniversaire de sa fille.

Lucie ne pouvait pas non plus se réconforter chez monsieur Bernard, il était rentré chez lui.

Plus Lucie avait d'expérience dans son métier et moins elle arrivait à supporter le stress qu'il entraînait. Elle avait régulièrement de l'eczéma, des migraines et les après-midis, quand elle devait aller travailler le soir, elle faisait des bouffées d'angoisse. De plus, elle arrivait de moins en moins à écouter les plaintes « hôtelières « de ses patients, qui souvent n'avaient rien à voir avec son objectif de soin :

— Excusez-moi, mais pourriez-vous rappeler la femme de ménage, le bac de douche est vraiment douteux ?

— Non, madame je suis désolée, il est 22 heures, il n'y a pas d'ASH à cette heure-là.

— C'est inadmissible ! Vous vous laveriez là-dedans vous ?

— Lucie jeta un coup d'œil dans la salle de bain. En voyant les traces noires au fond du bac à douche, la moisissure dans la bonde du lavabo et la poussière en haut des murs elle pensa que la patiente avait raison de se plaindre, mais ce n'était pas à elle de prendre une éponge pour faire le ménage.

Elle expliqua que malheureusement les taches dans le bac de douche étaient incrustées et ceci depuis des années.

Une autre fois on l'appela pour réparer une télévision dont la réception était mauvaise.

— Mais enfin je paye !

— La nourriture est dégueulasse, je n'en donnerais pas à des cochons !

Et il y avait les plaintes liées aux soins.

— Je ne veux pas le cachet rouge, je veux le bleu !

Lucie, démunie, n'avait que du rouge dans sa pharmacie.

— Madame, je veux voir un médecin immédiatement, vous comprenez, cela fait 3 jours que je me gratte. Regardez, je me suis fait piquer par un insecte.

Lucie essaya de faire comprendre à sa patiente qu'elle ne pouvait pas réveiller un médecin à 3 heures du matin pour un bouton, car cela ne relevait pas de l'urgence et que si le bouton la dérangeait depuis 3 jours, il aurait été judicieux d'en parler la journée, quand les médecins étaient dans le service.

— Ça fait deux heures que je sonne ! « En vérité vingt minutes » mais enfin heureusement que je n'avais pas un problème grave ! dit une patiente à Lucie qui arrivait enfin dans sa chambre.

En effet, elle et sa collègue avaient dû faire transférer en service de réanimation un patient qui faisait une décompensation cardiaque. Avec l'urgentiste, il avait fallu qu'elle stabilise le patient avant de l'y faire partir. Lucie avait essayé d'expliquer la situation, mais la conclusion de la malade fut :

— Mon comprimé c'est plus important, je veux dormir ! Et fermez mes volets !

Lucie ne supportait plus les demandes, les exigences des patients, elle aurait voulu leur hurler que la sonnette était là pour les urgences, pour les problèmes conséquents à l'intervention et non pas pour jouer.

Pour finir, il y avait les plaintes des collègues.

— Alors je ne sais pas ce qui s'est passé cette nuit, sous-entendu : « vous avez bien dormi ? », parce que ce matin on a retrouvé monsieur Martin et madame Mathieu entièrement couverts d'urine, dit agressivement une collègue de jour de Lucie lorsqu'elle embaucha un soir. Et franchement, c'était le bordel dans leur chambre.

Plus tard dans la soirée, elle en discuta avec sa collègue, ayant ruminé ses réflexions depuis le début de sa prise de poste.

— Elle a dit ça comme si on avait mal fait notre travail, dit Sandrine.

— C'est comme si elle avait oublié de quels patients elle parlait, lui répondit Lucie.

— Oui t'as raison.

Monsieur Martin était un homme de 80 ans, très gentil et de bonne éducation, alors c'était encore plus triste de le voir se dégrader sur le plan mental. Il oubliait sans arrêt où il était et était obsédé par ses urines. Les équipes avaient beau aller le voir régulièrement pour le changer, le lever pour l'accompagner aux toilettes et malgré les nombreux rappels de sonner pour qu'on l'aide cela ne servait à rien. Il oubliait à l'instant ce qu'on venait de lui dire, alors les équipes le retrouvaient par terre, inondé d'urine ou dans son lit aussi inondé d'urine. Cet homme leur brisait le cœur tellement il faisait peine à voir.

Quant à madame Mathieu, il suffisait de la réveiller pour lui changer sa protection pour qu'elle refasse aussitôt une autre miction. Alors, même si Lucie et Sandrine s'occupaient d'elle 5 minutes avant les transmissions, l'équipe ne pouvait que la retrouver inondée.

Elles avaient tout essayé pour ce genre de patient : plusieurs couches, couches et bambinettes, barrières, couches accrochées à l'envers, réveil puis re-réveil…

— Qu'est-ce que tu veux qu'on fasse de plus ? Lucie cherchait des solutions. Que je lui dise de pas pisser tant que l'équipe de jour n'a pas fini les transmissions ? Que je l'empêche de boire ?

— On lui fait un nœud à la bite ! souffla Sandrine en souriant.

— Si même nos collègues s'y mettent, c'est foutu ! conclut Lucie.

Lucie savait que le travail du personnel de jour était encore plus difficile, car il devait supporter les demandes des médecins, des familles et ce téléphone qui sonnait sans interruption.

Mais Lucie trouvait injuste de reporter la faute sur les équipes de nuit. Aussi injuste qu'un client qui s'en prend à une caissière dans un supermarché parce que la promo ne correspond pas à ce qu'il a vu sur le catalogue. Mais est-ce la faute de la caissière ? Ce n'est pas elle qui enregistre les prix, comme ce n'est pas non plus de la faute de Lucie si les patients sont de plus en plus déments et que la direction n'augmente pas les effectifs.

Elle ne supportait plus non plus, les réflexions de ses collègues qui se rejetaient leur rancune les unes sur les autres ne pouvant s'en prendre à la vraie responsable : la direction, qui n'engageait pas de renfort, préférant noyer ses employés sous le boulot. Lucie était, de plus, submergée par ses propres frustrations, ses plaintes, et cela commençait à empiéter sur sa vie personnelle. Elle répondait mal à ses amis et à son conjoint, se vexait s'ils n'étaient pas de son avis n'arrivant pas à argumenter ses opinions. Elle était de plus en plus souvent en colère, et ses colères étaient de plus en plus violentes.

Mais grâce à ce métier, Lucie avait pu acheter son appartement.

5

Jeudi 28 octobre 2010

Lucie était officiellement devenue propriétaire le jeudi 28 octobre. Debout au pied de SA résidence, garée sur SA place de parking, le sourire aux lèvres, la larme à l'œil, elle était émue d'avoir réussi son challenge et heureuse d'acquérir ce bel appartement. Le plus beau des appartements à ses yeux.

Elle déménagerait définitivement à la fin du mois de novembre, le temps de faire quelques travaux de rafraîchissement. Mais elle avait tenu à venir mettre quelques objets personnels, histoire de marquer le coup... ou plutôt son territoire. Elle était donc allée récupérer SES clefs, chez l'agent immobilier, sa voiture remplie de quelques cartons. Dans ces cartons, elle avait mis les objets dont elle n'aurait pas besoin dans l'immédiat.

En salopette bleue de toile de jean et casquette assortie, Lucie déposait sur le sol de son futur salon le premier de ses cartons de déménagement. Dessus elle y avait inscrit au marqueur noir : en premier.

Elle en sortit son vieux poste stéréo qui l'accompagnait depuis son adolescence. Elle chercha ensuite une prise électrique à laquelle le brancher, elle n'avait pas encore ses repères dans l'appartement.

Elle jubila malgré tout :

« Je suis propriétaire ! Enfin je le serais dans vingt-cinq ans. Mais ce n'est qu'un détail ».

Elle sortit ensuite du carton plusieurs CD, mais choisit finalement « Brave, Marillion », cette ambiance musicale sera parfaite pour prendre connaissance des lieux. Elle augmenta le volume et se mit à chanter en dansant lentement.

Puis au rythme de la musique, Lucie sortit ensuite du carton une cartouche de cigarettes et son cendrier fétiche, rapporté d'un voyage en Tunisie. Elle se balada dans l'appartement, fumant sa cigarette et ouvrant les fenêtres et les volets de chaque pièce, l'illuminant.

Lucie emménageait dans son premier vrai « chez-soi » : un appartement de deux pièces, acheté par elle seule, coupant la chique à ses amis et collègues qui lui disaient tous qu'une femme célibataire ne pourrait jamais acheter.

— Tu ne te rends pas compte, les banquiers ne te prêteront jamais ! lui disait sa collègue Anita. Et tu n'as pas de caution ! Mais tu rêves ma pauvre fille ! Je te le dis à nouveau, personne ne voudra te prêter !

Anita était sa collègue aide-soignante depuis deux ans que Lucie avait pris le poste d'infirmière de nuit au Service de Soins et de Réadaptation de l'hôpital. Mais plus que pour deux mois, elle partait à la retraite, et tant mieux, car Anita était toujours très négative et plaintive et cela déprimait Lucie, qui était sensible aux humeurs des gens autour d'elle.

— Tu veux t'engager sur vingt-cinq ans ? Tu vas y perdre ta liberté ! lui avait prédit François le mari de sa meilleure amie, Laure, un jour, où ils en discutaient, au bar d'un restaurant, en attendant que leur table soit prête.

— Et en plus, avec les intérêts, tu vas le payer deux fois ton appart ! avait surenchéri Laure.

Devant les témoignages de ses proches, Lucie avait pris peur. L'angoisse d'une telle responsabilité l'avait prise à la gorge, puis elle s'était dit qu'il ne lui coûtait rien de faire les premières démarches, elle voulait juste voir si ce projet était si irréaliste.

De plus, visiter des appartements pouvait être divertissant.

Et puis ses amis étaient sûrement bienveillants, mais ils donnaient leur avis sur une situation qu'ils n'avaient jamais vécue et que donc, ils ne connaissaient pas. Ils l'avaient également mis en garde sur le fait qu'elle ne pourrait plus déménager pour vivre à l'étranger, comme elle voulait le faire depuis des années. Mais tous savaient, y compris Lucie, qu'elle n'aurait jamais le courage de partir pour vivre dans un pays qu'elle ne connaissait pas. Ce désir resterait un fantasme.

Elle commença donc à visiter des logements, pour s'amuser, en faisant semblant d'être prête à acheter. Elle visita d'abord des maisons, pour le rêve, laissant penser aux agences immobilières qu'elle avait les moyens. Puis elle visita des studios, équivalents en termes de dimensions, à celui qu'elle louait.

Devant les questions récurrentes des agents immobiliers sur ses capacités d'emprunt, elle finit par prendre rendez-vous avec son banquier.

Depuis quatre ans qu'elle travaillait comme infirmière et grâce à une rigueur financière qu'elle s'était imposée, elle avait réussi à mettre de côté un bel apport pécuniaire qui joua en sa faveur auprès des banquiers. Les étapes s'enchaînèrent facilement jusqu'au jour où elle visita un appartement qui lui plut vraiment.

Il était situé au 32 de la rue du Béarn à Bordeaux. La résidence n'était pas facile à trouver, car là où l'on cherchait un bâtiment, se trouvait à la place un petit chemin. Le numéro de la résidence se trouvait sur un poteau à droite de l'entrée de ce chemin. Peint en blanc, il devait y avoir quelque chose comme une vingtaine d'années. Avec le temps, il était devenu grisâtre. Blanc sale sur poteau gris on ne le voyait plus et bon nombre de visiteurs pestaient de ne pas trouver leur destination. Ceux qui connaissaient, pour avoir presque fait une crise de nerfs en cherchant, savaient qu'il fallait aller jusqu'au bout de ce chemin verdoyant pour arriver sur la résidence.

C'était un petit coin de tranquillité qui se trouvait à cinq minutes d'une zone commerciale. Au fond du chemin le bruit de la circulation était peu important. Quand on marchait le long du chemin, par-delà les clôtures, on voyait les potagers des voisins, certains avaient même des poules, on aurait pu se croire à la campagne. La végétation y était à l'aise, un peu trop parfois et le calme était omniprésent, de jour comme de nuit.

Le parking se trouvait sur la gauche, en arrivant au fond de l'impasse. En face de leur place de parking, les résidents avaient leur box, un pour chaque appartement.

À droite, les deux bâtiments, deux blocs comprenant quatre appartements T2, sur un étage. Les bâtiments étaient séparés par une petite allée qui menait sur le « jardin ». Des haies mortes, remplies de vermines en tout genre, poussaient devant les façades des bâtiments.

Les plates-bandes le long des murs de clôture, que les voisins avaient dû dresser pour se protéger de leur envahissement, n'étaient plus que flore sauvage, indisciplinée, débordante et envahissante.

Et enfin, au fond du « jardin » se trouvaient : une carcasse de vélo, des vieux pneus, des pièces rouillées de voitures, des gravats et ce qui semblait avoir été un potager, avec de nombreux pots de fleurs cassés, de toutes tailles.

Bref un petit coin qui aurait pu faire un joli petit jardin, mais qui servait de déchetterie.

On voyait rapidement que la résidence avait été laissée à l'abandon par son ancien propriétaire, ce qui expliquait que les charges étaient si faibles, pourtant Lucie avait eu un vrai coup de cœur, rien qu'en voyant la photo de l'annonce.

L'agent immobilier lui avait confirmé que l'ancien propriétaire ne s'en occupait plus et se débarrassait de l'ensemble des lots depuis l'année dernière. Lucie achetait le huitième, le dernier.

— Et c'est pour cela que nous sommes prêts à faire un geste sur les frais d'agence, lui avait généreusement annoncé l'agent immobilier. Lucie avait alors pensé qu'elle avait vraiment de la chance pour son premier achat immobilier.

Le premier bâtiment, en arrivant au fond du chemin, se nommait officieusement « Le tranquille ». Un ancien locataire ou bien l'ancien propriétaire avait décidé de mettre un peu d'originalité dans ce lieu et avait dessiné puis peint une arche en arc-en-ciel, au-dessus de l'entrée de chaque bâtiment. Le premier était nommé : « Le tranquille », le deuxième, celui de Lucie : « Le paisible ».

Lucie avait imaginé un homme d'une cinquantaine d'années, cheveux longs grisonnants, mal coiffés, habillé d'un pantalon en jeans pattes d'éléphant, une chemise à fleurs et d'un gilet marron en laine, pieds nus, un joint dans le bec, tenant son pinceau d'une main, sa palette de peinture en bois de l'autre.

Il peignait en dansant sur une chanson des Doors. Pendant que sa femelle hippie et leurs amis dansaient dans le jardin, lui, recevant une illumination de sa "fée créatrice", dessinait et ce faisant, baptisait leur nouveau lieu d'habitation.

— Radeuuuurs on the Steuuuurm, chantonnait la femelle hippy, Radeuuuurs on the Steuuuurm…

— Ah oui, je te sens ma muse, chuchotait l'artiste.

— Radeuuuurs on the Steuuuurm, Intouuuu this house we're borneee, intouuu worldeux we'reux throwneuuux... »

Lucie passait son temps à imaginer des situations loufoques à partir de petits détails de ce genre. Ce qui en soit était la preuve d'une très grande imagination et d'un esprit créatif, mais qui dans la vie de tous les jours était vraiment handicapant.

Pour preuve le jour où, en primaire, imaginant que le trou au-dessus du tableau avait été causé par l'attaque ratée des parents du lapin Choupette, mascotte de la classe de CE1, venus libérer leur petit, elle avait raté l'information cruciale expliquant qu'il ne fallait pas utiliser les toilettes du couloir, sous peine de se faire éclabousser par la chasse d'eau défectueuse.

Cet épisode était, à ce jour, encore très douloureux pour elle. Tout d'abord, parce qu'elle avait passé les trois dernières heures de classe humide, mais surtout parce qu'elle avait passé les deux années suivantes avec le surnom de « chasse d'eau », Chéché pour les intimes. Elle détestait les enfants !

De retour sur le parking pour attraper un autre carton, Lucie vit les rideaux d'un des appartements du bas bouger, ce qui la sortit de son état de plénitude. Elle entra alors dans SON bâtiment et remonta rapidement au premier étage, les bras chargés de son deuxième carton, qui contenait les livres qu'elle avait déjà lus.

En ouvrant la porte d'entrée, elle arrivait directement sur un couloir. À droite se trouvait un grand placard. Elle ferait sauter les portes pour que l'utilisation en soit plus pratique. En face du placard, la porte de la cuisine.

En avançant au bout du couloir, si on allait sur la droite on allait dans un autre petit couloir par où on pouvait accéder à la salle de bain, aux WC et pour finir sur la chambre. Ces pièces donnaient sur le « jardin ».

En face de la porte d'entrée, au bout du couloir se trouvait la porte du salon. Pour optimiser l'espace, elle allait faire abattre la cloison entre la cuisine et le salon et supprimer les portes.

Jusqu'à présent, tous les événements s'étaient bien enchaînés. Une annulation d'un chantier avait permis que les travaux de son appartement commencent la semaine suivante. Ainsi elle ne serait pas forcée de supporter les inconvénients occasionnés par des travaux, puisqu'elle avait encore un mois de préavis sur la location de son studio. L'entreprise qu'elle avait trouvée lui avait assuré que le plus gros, abattage des murs, électricité et plomberie, serait fait en deux semaines. La dernière semaine suffirait pour la décoration. Les travaux rentraient dans son budget, alors elle en avait profité ! Et puis, elle aurait été incapable de passer ne serait-ce qu'une couche de peinture.

Lucie posa le carton dans le salon. Elle resta quelques instants à jubiler, de nouveau, et finit par réfléchir à l'endroit où elle pourrait ranger ses affaires, pour ne pas gêner les travaux. Elle décida de les mettre dans le placard de la chambre. Ce serait la seule pièce qui ne serait pas modifiée, sauf embellissement.

Elle redescendit pour finir de vider sa voiture.

En sortant du bâtiment, elle eut la mauvaise surprise de voir une femme d'un certain âge devant sa voiture qui observait ses cartons à travers la portière ouverte. Elle devait avoir la soixantaine. Lucie apprendrait plus tard qu'elle avait en fait cinquante-quatre ans. Elle était petite et en surpoids. Elle portait un pantalon de jogging noir, un tee-shirt rose fluo et un bandeau vert dans les cheveux, plus orange que roux et mal frisés, comme si elle avait raté couleur et permanente.

Lucie vit à ses pieds un petit chien, un bichon, il était entièrement blanc sauf le bout de sa queue qui était noir. Quand celui-ci remarqua Lucie, il se mit à aboyer, prévenant la voisine indiscrète de la présence de Lucie.

— Mon chien voulait monter dans votre voiture, dit-elle en rigolant. Vous êtes la nouvelle du 8 ? Enchantée, je suis Fabienne, je suis au numéro 5…

Ce faisant, elle s'avança rapidement sur Lucie. Lucie trouva qu'elle était bien rapide pour sa corpulence, elle avait l'impression que sa voisine mettait toute son énergie pour arriver sur elle, tel un boulet de canon.

Elle vit son bras qui se levait pour lui faire une accolade et sa joue qui se rapprochait pour lui faire la bise.

« Mais elle essaye de me sauter dessus ! » pensa Lucie horrifiée.

Lucie ne supportait pas que l'on entre dans son espace intime sans en avoir été invité, elle trouva que ce premier contact commençait mal.

Son premier réflexe, « sauve qui peut », la fit reculer, rapidement, d'un mètre, en mettant sa main devant elle, invitant à une poignée de main courtoise pour indiquer à l'intruse de stopper son invasion. Des années de pratique lui permettaient aujourd'hui ce genre de réflexe. Sa voisine eut l'intelligence de ne pas s'obstiner dans le franchissement de son espace personnel.

Bien que prise au dépourvu l'espace d'un instant, Fabienne se reprit très vite et serra la main de Lucie.

Lucie, choquée, classa immédiatement Fabienne dans les personnes dangereuses et à éviter. Et la suite de leur rencontre lui donna raison.

— Et alors vous avez acheté quand ? Fabienne parlait doucement, d'une petite voix fluette. Vous emménagez aujourd'hui ? C'est pour ça les cartons, mais vous n'avez pas beaucoup d'affaires, dites-moi !

— Euh…

Mais Lucie n'eut pas le temps de répondre que ça ne la regardait pas, Fabienne enchaîna directement.

— Moi j'ai acheté il y a un an, avant de me faire opérer de la vésicule. Vous faites quoi comme métier ? Elle le savait déjà, elle avait interrogé l'agent immobilier. Infirmière ! C'est formidable ! Je vous admire, j'ai subi plusieurs opérations, j'ai eu des problèmes d'hémorroïdes il y a deux ans et avant cela c'était les reins, et j'ai du psoriasis aussi ! Regardez dit Fabienne en lui montrant son bras recouvert de squames. Mais ça, c'est à cause de ma dépression.

« Et voilà en cinq minutes j'ai tous les antécédents médicaux ! pensa Lucie sans plus prêter attention à ce que disait sa voisine. Mais pourquoi ne lui ai-je pas dit que j'étais inspecteur des impôts ! Oh-la-la mais elle ne va pas s'arrêter de parler, mais j'en ai rien à foutre de ce que tu me dis ! Comment je pourrais mettre fin à ce désagréable échange ? »

— Vous en avez un beau métier ! continua Fabienne.

— Il paraît, murmura Lucie, sachant que de toute façon Fabienne ne l'écoutait pas.

— Moi, je suis au conseil général, mais là, je suis à mi-temps, car je suis en dépression depuis dix ans, depuis mon divorce, je m'en sors pas, mon mari était si méchant… vous auriez vu la doctoresse de la médecine du travail : « Mais non, madame Laurent, vous ne pouvez pas reprendre à plein temps dans l'état où vous êtes ! »

Elle avait dit cela avec une telle fierté que Lucie en eut un haut-le-cœur.

— Vous comprenez je suis au fond du bout du rouleau... j'ai un garçon de trente-cinq ans, mais il ne vient jamais me voir ou que quand il a besoin d'argent...

Lucie ne comprenait pas ce besoin de déballer sa vie à des inconnus. Elle trouvait cela gênant et intrusif. Ce genre de situations lui arrivait pourtant sans arrêt. Et pour cela, elle n'avait pas encore trouvé de défense, car il n'est pas poli de couper la parole à quelqu'un, qui plus est, s'il est mal dans sa peau. Cela aurait été cruel et non respectueux.

Elle tenta quand même une échappée, elle prit plusieurs cartons dans ses bras.

— Lui là, c'est Igor, c'est mon amour de petit chien... dit Fabienne en attrapant son chien et en l'embrassant grassement.

— Pardon, mais c'est un peu lourd, dit Lucie en commençant à avancer vers son bâtiment.

— Mais bien sûr, vous voulez de l'aide ?

— NON ! Euh non, pardon je suis pressée...

Et elle continua son avancée.

« Surtout ne pas commencer à l'inviter chez moi, sinon elle va s'incruster ! »

— Vous êtes sûre ? Bon, je n'insiste pas, de toute façon avec mon canal carpien je ne peux pas porter de choses lourdes et puis je vais faire ma balade, c'est pas pour rien que je suis en jogging, on fait de la marche sportive tous les jours avec mon Igor...

Lucie se retourna pour pousser la porte vitrée de l'entrée du bâtiment avec ses fesses, elle vit sa voisine lui faire de grands gestes pour lui dire au revoir en se mettant à marcher, d'une démarche lente et lourde, suivi par son chien, obèse lui aussi. Lucie le trouvait vraiment très moche pour un bichon.

Ainsi, commençait un nombre incalculable de moments extrêmement gênants et désagréables avec cette voisine intrusive. Lucie la trouvait plus indiscrète et insupportable au fur et à mesure de leurs nouvelles rencontres. Mi-décembre, seulement une semaine après son emménagement définitif, Lucie avait eu droit à tous les ragots de la résidence. Elle avait pourtant tout fait pour éviter Fabienne…

Les bâtiments dataient des années soixante. Deux blocs blancs rectangulaires, parfaitement semblables. Les murs étaient recouverts de crépi blanc, salis par le temps et le manque d'entretien. Chacun des appartements était construit sur le même modèle. Cuisine et pièce à vivre étaient orientées sud-ouest, face aux parkings, ils étaient agrémentés d'un balcon suffisamment grand pour y mettre deux chaises autour d'une petite table. La chambre et la salle de bain étaient exposées côté jardin, plus calme.

Lucie habitait dans le bâtiment surnommé « le paisible », le plus en retrait dans l'impasse, le plus au calme. Au rez-de-chaussée de son bâtiment se trouvait l'appartement de Fabienne, sur laquelle elle avait appris beaucoup trop de détails personnels à son goût. En face de Fabienne vivait Lionel. Comme Fabienne et Lucie, il était propriétaire de son logement.

Un jour, alors que Lucie était dans le hall pour récupérer son courrier et qu'elle ouvrait sa boîte aux lettres, le grincement de ladite porte résonna dans le hall, signalant, par le fait, sa présence.

Ainsi ne put-elle éviter sa rencontre avec Fabienne, qui sortit de chez elle en une fraction de seconde.

« Comme par hasard ! Note perso : mettre du dégrippant sur cette foutue porte ! »

— Bonjour Lucie, vous allez bien Lucie ? Bien installée Lucie ?

Lucie commençait à détester son prénom.

« Pourquoi a-t-elle besoin de le répéter après chaque phrase ? On dirait qu'il lui sert de point ».

Au moins, vous êtes pas dérangée par ce voisin, Lucie, reprit Fabienne avec un hochement de tête en direction de la porte d'en face de chez elle. Voyez-vous Lucie, pour des raisons qui me sont inconnues, il n'est pas très souvent là. Toujours en voyage, Lucie, à droite, à gauche !

Puis sur un ton plus complice, Fabienne précisa :

— Lucie, il a de l'argent celui-là, croyez-moi Lucie ! Ça c'est sûr, Lucie ! Il roule en Audi !

Lucie serra son courrier sur sa poitrine, comme pour se protéger de cette nouvelle attaque.

Puis elle commença à reculer, lentement, vers les escaliers, en baissant les yeux sur ses enveloppes, faisant semblant d'avoir des lettres très importantes, voire urgentes.

Encore une fois, même si elle le comprit, sa voisine ne tint pas compte du langage corporel de Lucie et elle continua à lui parler de ses soupçons sur l'origine de la fortune de leur voisin, ce qui força Lucie, encore une fois, à trouver une excuse pour s'échapper.

— C'est quand même bizarre, je ne sais rien sur son emploi, et puis il n'est pas très loquace, un peu comme vous… lui dit-elle en gloussant.

Lucie lui répondit avec un sourire crispé.

— Excusez-moi, j'ai un truc sur le gaz, bonne journée.

— Mais Fabienne continuait à lui parler bien qu'elle fut déjà en haut de l'escalier.

— Et puis il a des drôles de visites, des gens vêtus d'une manière assez… je ne saurais comment…

— Ah ! la ! la ! Ça va brûler !

— Et toutes ses femmes !

— Bonne journée ! répéta Lucie en fermant sa porte d'entrée.

Elle apprit que le couple qui vivait sur son palier était originaire de Belgique, un jour où elle sortait ses poubelles. Le local à poubelles était à l'extérieur, à l'entrée de l'impasse. Elle tomba sur Fabienne en se retournant pour rentrer chez elle juste après avoir jeté sa poubelle. Comme si cette dernière était arrivée là par magie.

— Ahhhhh !?! Lucie ne put s'empêcher de crier de surprise.

— Oh pardon je vous ai fait peur, Lucie ? dit Fabienne avec un petit sourire amusé.

Lucie aurait juré que Fabienne s'était cachée dans un coin pour pouvoir la surprendre. Celle-ci tenta de nouveau, une approche pour l'embrasser que Lucie put éviter en se retournant de trois quarts pour observer la voiture qui rentrait dans le chemin de la résidence.

— Tiens ! Vos voisins de palier, Lucie, ils sont Belges vous savez Lucie, ils sont…

Fabienne fut coupée par le début d'une averse et Lucie saisit cette opportunité pour s'éclipser.

Ici, le temps changeait très rapidement. Quand Lucie était sortie de chez elle, il faisait grand soleil, cinq minutes plus tard la mousson commençait. Le soleil réapparaîtrait dix minutes après, finalement triomphant.

Elle profita donc de cette opportunité et se mit à courir pour se mettre à l'abri, elle courut bien plus vite que Fabienne et ne l'attendit pas pour avoir la suite de l'histoire de ce jeune et discret couple.

Fabienne lui avait aussi parlé des deux frères du rez-de-chaussée de l'autre bâtiment, des jumeaux. Gilles et Dorian, des musiciens

Puis de l'appartement qui venait de se libérer. Son ancien propriétaire avait préféré vivre dans une belle maison tout juste construite.

Et cet appartement en verrait défiler des locataires. Mal exposé et au rez-de-chaussée, il n'avait droit au soleil que le matin entre 9 heures et 12 heures. Le reste du temps, il était à l'ombre si bien que les résidents devenaient rapidement dépressifs par manque de lumière, sans parler des problèmes d'humidité qui y régnaient. Ni les bâtiments ni les appartements n'étaient correctement isolés. Il moisissait littéralement. Il resta vide jusqu'à l'emménagement de Nadia et de son boulet de… son colocataire, en juillet 2013.

Fabienne lui parla aussi des « homosexuels » du premier. Elle avait chuchoté « homosexuel », vérifiant par de petits regards que personne ne l'entendait.

— Ils se sont mariés en début d'année, Lucie, continua de chuchoter Fabienne.

Lucie n'avait pas compris pourquoi Fabienne avait commencé son ragot en chuchotant, leur mariage était de notoriété publique puisqu'ils se promenaient régulièrement main dans la main et s'embrassaient goulûment en public. De plus, ils avaient décoré leur boîte aux lettres : « Messieurs David et Edward Soinel, mariés de 2013 jusqu'au reste de leur vie » était inscrit en impression noire, sur un décor de coucher de soleil, en dessous de leur photo de mariage, le tout plastifié, afin de résister aux intempéries.

— Et bien sûr, ils en ont profité pour faire une grande soirée sur la résidence, reprit Fabienne avec un air méprisant. Pour que tout le monde soit au courant de leur… état… ils avaient également déposé dans nos boîtes aux lettres des invitations… d'une vulgarité, Lucie, mais si vous aviez pu voir, Lucie, non vraiment les gens n'ont honte de rien, Lucie ! Je suis balance et Edward est taureau alors…

Puis elle lui parla de Jérôme et sa compagne. Ils venaient de se marier eux aussi.

— Il n'empêche qu'ils se sont mariés bien vite, si vous voyez ce que je veux dire Lucie ! À mon avis elle ne va pas tarder à prendre du poids. Vous vous rendez compte Lucie, ils ne se sont rencontrés qu'en début d'année… s'était scandalisée Fabienne. C'était sur leur lieu de travail. Mais remarquez, c'est une histoire bien romantique Lucie. Lui était agent de sécurité à Carrefour, Lucie, depuis quelques années déjà quand elle y a pris un poste de comptable…

Cette fois-ci, Lucie écouta attentivement l'histoire du séduisant Jérôme pour avoir des informations sur la solidité du couple. Après tout, il lui avait lancé des regards pénétrants et il lui avait souri très chaleureusement. Cela voulait sûrement dire quelque chose.

Jérôme et Sophie avaient vécu un vrai conte de fées moderne, de leur rencontre, il y a un an, jusqu'à aujourd'hui, en partant d'un coup de foudre malgré leur différence de statut social, passant par une entente parfaite et une complicité infaillible, jusqu'à l'évidence du mariage.

« Hum, c'est donc ça la suite de : ils se marièrent, eurent beaucoup d'enfants et vécurent heureux jusqu'à la fin des temps ? » pensa Lucie pendant que Fabienne lui racontait leur histoire.

— Ils disent qu'ils sont des âmes sœurs, Lucie, dit Fabienne avec une pointe d'ironie.

— Mouais, c'est bien pour eux, avait répondu Lucie faisant semblant de trouver cela adorable, essayant de cacher sa jalousie. En réalité, elle pensait qu'il était impossible que ce couple reste uni très longtemps !

Encore aujourd'hui, Lucie ressentait toujours un petit pincement de jalousie quand elle voyait Jérôme et Sophie. Et cela depuis sa première rencontre avec le couple. Elle avait croisé Jérôme le jour où elle visitait son futur appartement et connaissait un peu leur histoire grâce à Fabienne et à ses indiscrétions. Elle avait rencontré le couple quelques semaines après son emménagement définitif, un peu avant les fêtes de fin d'année.

Lucie avait fini son déménagement, mais il lui fallait à présent aménager son nouveau logement. Elle avait habité dans un studio le temps de finir ses études et avait décidé d'y rester quelque temps, après l'obtention de son diplôme, pour économiser plus rapidement l'apport qu'elle voulait investir pour l'achat d'un appartement. Elle avait donc peu de meubles et, doublant sa surface de vie, elle avait besoin d'investir dans des nouveaux ainsi que dans des accessoires de décoration. Elle avait pris le temps de la réflexion pour les choisir afin d'optimiser son nouvel espace de vie.

Elle était tombée sur le couple au moment où elle essayait de décharger l'une des bibliothèques qu'elle venait d'acheter chez IKEA : 45 kg le colis. Au magasin elle avait pu demander de l'aide à l'un des magasiniers pour charger les colis dans sa voiture, mais arrivée chez elle, impossible d'en soulever un.

Elle était sur le point de partir chercher un cutter pour ouvrir les emballages et ainsi monter ses nouveaux meubles planche par planche, quand le couple était arrivé sur le parking pour se garer.

En sortant de leur voiture, Jérôme et Sophie avaient, tous deux, remarqué ses difficultés.

Sophie voulait saisir l'occasion pour prendre la température de cette nouvelle locataire et voir si elle pouvait être un danger pour elle. Elle la trouvait assez jolie et savait qu'elle était célibataire, donc possiblement dangereuse.

Jérôme, altruiste, proposa immédiatement de venir à son secours. En relevant la tête de son coffre, Lucie les remarqua.

— Bonjour, salua Lucie, émue de voir ce bel homme avancer vers elle.

— Bonjour, vous avez besoin d'aide ? demanda Sophie.

Elle connaissait bien son homme et savait qu'il n'avait pas d'autre intention que celle d'aider une personne en difficulté. Ce n'était pas pour autant qu'elle appréciait son côté chevaleresque, surtout auprès des jeunes femmes en détresse.

— Merci, mais ne vous embêtez pas, je vais ouvrir les paquets, répondit Lucie en rougissant. Elle se sentait comme une adolescente amoureuse de son prof de sport, de petits papillons lui traversaient le thorax.

— Ne dites pas de bêtises, c'est trop lourd pour vous, répondit Jérôme, avec une voix grave et sensuelle qui fit fondre Lucie.

Alors non seulement il était beau à en tomber par terre, mais en plus il était son sauveur. Lucie ne pouvait que tomber amoureuse de lui. Il reprit, s'adressant à sa femme :

— Tu peux m'attendre à la maison ma puce !

Lucie s'imagina immédiatement que Jérôme voulait éloigner sa femme pour passer un moment seul en sa compagnie.

Elle avait remarqué le sourire qu'il avait fait quand il lui avait dit bonjour. Elle était sûre de lui plaire. Lucie tourna rapidement la tête vers Sophie, mais fut très déçue quand celle-ci répondit :

— Non, ça va mon amour, je vais vous soutenir moralement, dit elle en souriant.

« La garce ! »

Jérôme fit glisser avec aisance le premier colis hors du coffre de la voiture, puis le hissa jusque sur son épaule. Lucie resta figée et bavait de désir devant ce grand mec bien bâti.

Mais soudain, elle se rendit compte que Sophie l'observait. Mal à l'aise, elle détourna l'attention en disant d'une petite voix aiguë :

— Vous avez la forme !

Et elle se remit en mouvement pour attraper un sac rempli de babioles en tout genre. Mais pourquoi ne l'avait-elle pas rencontré en premier ? Elle fut coupée dans ses réflexions par la conjointe, du beau mâle en question :

— C'est normal, il est ceinture noire de KRAV MAGA, 4e DRAGA, c'est un très haut niveau, il a toujours été très sportif.

Sophie marquait ainsi son territoire. Elle les suivit pendant qu'ils montaient les marches et elle leur ouvrit la porte de l'appartement grâce aux clés que Lucie finit par lui confier.

— C'est incroyable, tous les appartements sont identiques. Ah ! Nous aussi on a ouvert la cuisine, c'est bien plus moderne… et pratique.

Sophie visitait, commentait, agaçait…

Grâce à eux… à Jérôme, tous les colis furent montés dans son appartement en un quart d'heure. Elle se sentit obligée de leur offrir un petit quelque chose pour le remercier… les remercier.

— Je te… vous offre un café ?

Elle croisa les doigts pour qu'ils refusent, elle ne voulait pas faire ami-ami avec ses voisins. Et encore moins avec eux. Quelle souffrance de les voir ensemble alors qu'elle rêvait d'être à la place de Sophie !

— Avec plaisir ! répondit Sophie trop contente de profiter de la situation pour en apprendre plus sur Lucie.

« Merde ».

Cela dit, en allant s'asseoir, Jérôme la frôla, ce qui fut leur premier contact physique et aux yeux de Lucie un acte volontaire de la part de Jérôme.

— Pardon Lucie.

— C'est rien Jérôme… lui répondit-elle avec un sourire entendu.

« Bien sûr, vas-y, touche discrètement la marchandise ! Tu ne vas pas être déçu ! »

Lucie resta discrète autant que possible sur sa vie privée, ne révélant que des informations d'ordre général : oui elle était infirmière. Oui, elle avait acheté seule. Oui, elle était célibataire.

Pour cela, elle recentrait systématiquement la conversation sur ses invités en posant rapidement des questions au couple, dont elle n'écoutait qu'à moitié les réponses. Quand ils lui racontèrent l'histoire de leur rencontre, Lucie repartit dans son imagination pour jouer la scène dans sa tête, mais elle prit le rôle de Sophie…

Elle commençait sa première journée de travail au supermarché. Elle était stressée et c'était normal, elle ne connaissait ni le travail ni ses collègues. La matinée se passa plutôt bien, les gens étaient patients avec elle. Il fallait dire qu'elle avait un fort pouvoir d'attraction, elle avait l'air si fragile, mignonne et gentille. Les femmes voulaient toutes devenir sa meilleure amie et les hommes son amant. Elle avait cette faculté de se faire aimer instantanément. Elle était sublime et elle savait dire aux gens ce qu'ils avaient besoin d'entendre au moment où ils avaient besoin de l'entendre, choses que Lucie ne savait pas faire.

Après la pause de midi, elle attendait un café devant la machine à instantanés, mais celle-ci refusait de fonctionner malgré les nombreuses pièces, qu'elle avait englouties. Quand Jérôme était arrivé et avait vu cette jeune fille en détresse, il l'avait bien sûr sorti de ce mauvais pas, lui payant un autre café. Et par là même, lui indiqua que la fonction qu'elle avait choisie ne fonctionnait jamais. Ils s'étaient alors regardés droit dans les yeux et étaient restés comme cela le temps de reconnaître leurs âmes sœurs. Coup de foudre, flammes, tonnerre, météorites : ils ne se quittèrent plus.

Lucie était tellement envieuse : Jérôme était beau, gentil, serviable, toujours volontaire, il était toujours présent aux travaux de la résidence, patient, calme. Et elle, elle avait quoi ? Elle, elle avait Fred !

6

JUIN 2012

Fred, donc, qui depuis cinq mois, vingt-huit jours et six heures, qu'il avait emménagé chez elle, avait promis de réparer sa lampe de chevet, de laver son plateau après ses repas, qui avait dit « oui, je vais faire ceci ou cela », mais qui ne le faisait pas, et dans tous les cas pas assez vite aux yeux de Lucie. Fallait-il vraiment plusieurs mois à un homme pour apprendre les règles d'une maison et tenir ses promesses ou bien pensait-il qu'elle allait se lasser et finir par s'en occuper elle-même ?

Lucie avait rencontré Fred en juin 2012, lors du cours de mécanique qu'elle prenait dans une association : « Mécan'O ».

Le principe était très simple et Lucie y voyait un intéressant moyen d'économiser de l'argent de manière ludique : en échange d'une cotisation peu onéreuse, vous pouviez profiter, sur rendez-vous, d'un espace de travail, dans l'atelier de mécanique, ainsi que de l'accompagnement d'un professionnel. Vous pouviez ainsi venir réparer toute sorte d'appareils, de son grille-pain jusqu'à sa voiture, en passant par son vélo et sa machine à coudre.

L'atelier permettait également à des jeunes en difficulté de se former à un métier lié à la mécanique. L'association avait pour but la réinsertion, mais aussi, et surtout, celui de promouvoir l'écologie, en diminuant le gaspillage.

Lucie y allait pour économiser. Elle avait pris le temps de faire toute sorte de calculs et en avait conclu que c'était bien moins cher de payer la cotisation que de faire réparer par son dépanneur ou que d'acheter un appareil neuf. Et la plupart du temps, les « mécanos » faisaient à sa place.

« C'est tout bénef ! »

L'association, grâce aux dons de ses mécènes, avait acheté un ancien garage automobile à l'abandon pour s'y installer. Le local était spacieux, la partie atelier faisait à elle seule près de deux cents mètres carrés. Ils avaient gardé l'esprit hangar, mais refait entièrement l'isolation et la décoration intérieure et extérieure en faisant intervenir des graphistes urbains pour définir l'état d'esprit de l'association.

On pouvait y pénétrer par deux entrées distinctes. La première donnait sur la rue principale. Il s'agissait d'une porte vitrée qui ouvrait sur l'espace dédié à la petite mécanique. À droite se trouvait un comptoir avec la secrétaire. Elle s'occupait des inscriptions, des rendez-vous, en fonction de votre réparation et des factures. À gauche un espace détente avec des tables de bar et des tabourets. Il y avait une machine à café et de quoi faire réchauffer les repas.

Ils n'avaient gardé qu'un pont pour les réparations des voitures, car ils n'avaient qu'un mécanicien spécialisé. De plus, ils ne voulaient pas que l'atelier soit encombré par plusieurs véhicules. Ils avaient besoin de place pour aménager les nombreux postes de travail avec leurs étagères où étaient rangés les outils de l'association et de vieux appareils en tous genres, provenant de dons, pour la plupart, qui, du fait, servaient de décoration. Il y régnait une ambiance de caverne d'Ali Baba, de brocante…

L'atelier « petite mécanique » était constitué d'une dizaine de longues tables, sur lesquelles étaient disposées des multiprises. Tout le matériel et les outils étaient disposés sur des étagères contre le mur de gauche, faisant suite à l'espace détente. Un coin était réservé à la couture.

Ici, tout se réparait.

L'autre entrée était au fond du bâtiment. On y accédait par un chemin sur la droite du hangar. Les portes étaient suffisamment grandes pour qu'une voiture y rentre. Le fond du bâtiment était réservé à la grosse mécanique. S'y trouvait donc le pont qui permettait de faire toutes les réparations de véhicule. On ne pouvait stationner que deux voitures au total, une sur le pont et la suivante. On s'occupait aussi de scooters et de vélos.

Un jour, alors qu'elle attendait au comptoir de l'accueil qu'on lui attitre son mécanicien et son poste de travail, Lucie vit un homme inconnu se présenter à elle au lieu du chef d'atelier habituel.

— Bonjour, avait dit Lucie hésitant devant cet étranger. Je suis mademoiselle Bernato, j'ai réservé un cours pour 11 heures.

Elle était venue pour réparer son ancien appareil photo, elle l'avait démonté étant petite fille et n'avait jamais su le remonter. Or c'était un bel objet, elle pourrait peut-être en tirer un bon prix s'il plaisait à un collectionneur. Elle l'avait retrouvé lors d'un week-end chez sa mère, qui était la conservatrice de tous les souvenirs d'enfance de Lucie.

— Oui, 11 heures, Lucie, c'est bien cela, mademoiselle ? répondit Fred après avoir vérifié sur l'agenda de l'atelier.

— Excusez-moi, mais Lucien n'est pas là ?

Lucie ne releva pas son interrogation sur sa condition matrimoniale, elle ne voulait pas se mettre en retard.

— Non, il ne travaille plus ici.

— Comment on fait alors ? Lucie n'aimait pas qu'on lui change ses habitudes.

Cela dit, ce changement semblait bénéfique. Passé le moment de panique, elle remarqua que l'ambiance chez « Mécan'O » semblait moins lourde. Elle regarda autour d'elle à la recherche de ce qui avait changé.

Du temps de l'ancien chef d'atelier, la journée était rythmée par des cris, des engueulades et parfois des pleurs d'employés, humiliés par un chef tyrannique. Aujourd'hui, elle remarqua que l'ambiance était vraiment détendue, les gens souriaient.

— Suis-moi, je vais t'amener à ton poste, avait dit Fred.

Lucie se retourna lentement vers lui : « The eyes of the tiger, Survivor » passait à la radio.

C'était ça les nouveautés que Lucie avait perçues à son arrivée : le petit fond musical et une ambiance bonne enfant puisque maintenant on se tutoyait dès le premier contact.

Il l'accompagna, d'une démarche assurée, sur le rythme de la musique, au poste numéro 3 en lui expliquant qu'il était le nouveau chef d'atelier. Lucie sentit monter en elle une émotion nouvelle : elle se sentait comme dans un film, suivant le héros qui marchait au ralenti, cheveux au vent.

Il lui présenta un jeune homme d'une vingtaine d'années qui l'attendait pour « l'aider » à faire sa réparation. Et Lucie expliqua son objectif tout en observant discrètement ce nouveau personnage afin de juger s'il était dangereux ou pas.

— Je l'ai démonté quand j'avais huit ans pensant pouvoir le réparer, dit-elle au mécanicien en déballant sur le plan de travail un amoncellement de petites pièces. Déjà à l'époque il ne fonctionnait pas.

— Ça a l'air d'une belle pièce ! Je peux ? demanda-t-il excité comme un enfant devant ses cadeaux de Noël.

— Bien sûr.

Et comme elle s'y attendait, le mécanicien commença la réparation en lui expliquant de temps en temps ce qu'il faisait.

— Passe-moi le cruciforme s'te plait, demanda-t-il à Lucie.

Ce qu'elle fit avant de se remettre à son observation.

Elle avait été impressionnée par le dynamisme de Fred. Son énergie était communicative. On aurait dit un chef d'orchestre dirigeant un énorme capharnaüm où les instruments de musique étaient remplacés par des marteaux, des tournevis, des perceuses et autres fers à souder. Il se déplaçait rapidement de poste en poste, ayant un œil ultra-professionnel sur tous, employés et clients, donnant des conseils et des ordres de manière si diplomate que tous en étaient reconnaissants.

Elle avait remarqué les regards soutenus qu'il lui lançait, mais se dit qu'elle devait se faire des idées. Mais lors de leur deuxième rencontre, elle n'avait plus eu de doute quant au fait qu'elle lui plaisait. Il trouvait toujours une excuse pour venir voir le gars qui lui était affecté et chaque fois, qu'elle se retournait, il était là, derrière elle ou en train de l'observer à l'autre bout de la pièce.

Elle aimait beaucoup, mais alors vraiment beaucoup la manière dont il la regardait. Elle avait l'impression d'être « La p'tite Lady » de la chanson des années 80. Il lui donnait l'impression que plus rien ne comptait à part elle et comme dans la chanson il était hors de question « qu'il la laisse partir avec quelqu'un d'autre… », « La p'tite lady, Vivien Savage ».

Elle se sentait désirée. Elle se sentait flattée aussi. Il n'était pas n'importe qui, c'était « le chef de l'atelier », il avait énormément de charisme. Tous ses employés le respectaient. C'est en tout cas ce qu'elle imaginait. Quand il rentrait dans la pièce, elle voyait que tous les regards se tournaient vers lui. Il avait quelque chose de magnétique. Les gens se précipitaient vers lui pour lui parler telle une rock-star entourée par ses groupies à la fin d'un concert. Cela lui faisait penser à certaines scènes de films où, le héros apparaissait à l'écran. Dans ces moments-là, il y avait toujours une musique inspirante, le héros marchait au ralenti vers une jolie fille, « MOI », cheveux au vent, d'un pas très assuré. Ce mec avait vraiment une bonne estime de lui et elle qui n'était pas sûre d'elle, était très admirative, envieuse aussi.

Pourtant elle ne fit rien pour l'encourager à la courtiser. Elle ne le trouvait pas très beau. Ce n'était pas qu'elle n'aimait pas les garçons dégarnis…, pour les cheveux au vent, c'était raté. Il n'était pas beaucoup plus grand qu'elle, peut-être 1m70, elle aimait les hommes avec de longues jambes, lui était court sur pâtes, avec de petits mollets, elle adorait les mollets bien dessinés ! Et pour finir, elle aimait les hommes appétissants, bien en chair, mais harmonieux. Il avait concentré tout son embonpoint dans un ventre bien gras.

Dernier détail qui avait son importance, il avait dix ans de plus qu'elle. Elle avait déjà eu des relations avec des hommes plus âgés. Elle savait que, premièrement, encore célibataire et sans enfant à cet âge-là c'était qu'il y avait un truc louche et deuxièmement, il serait, sans cesse, à jouer le rôle du papa, à lui rappeler que « lui, il savait mieux, car il avait de l'expérience ».

Il voudrait lui imposer sa vérité à lui, sa volonté et ses désirs.

« Non, NON, et NONNN ! », elle ne voulait pas vivre cela encore une fois. Elle ne supporterait pas qu'on lui dise quoi faire et comment le faire ! Elle resta donc polie, mais froide et distante, fuyant ses regards, lui parlant à peine.

Cela dit, troublée par l'ambivalence de ses sentiments, elle était très attirée par lui malgré des arguments rédhibitoires, elle décida d'en parler avec sa psychiatre, qui lui conseilla de profiter de la situation, et lui dit « c'est le printemps, prenez-le comme amant pour l'été et ensuite vous verrez bien ! »

Lucie voulut changer de psy sur le champ, ce à quoi sa psychiatre lui répondit qu'elle était dans « l'évitement ». Lucie était coincée.

Elle resta donc indécise jusqu'à leur troisième rencontre, un vendredi de novembre 2012 où, Fred devint plus audacieux et l'invita à boire un verre…

— Plus tard dans la soirée, et pourquoi pas un dîner si on ne s'ennuie pas ? Fred dit cela en rigolant de sa propre blague.

Elle ne trouva pas cela très drôle, limite agaçant même, mais sourit quand même.

— Fred, tu peux venir ?

Il fut, à ce moment crucial, appelé par un collègue, ce qui permit à Lucie de prendre le temps de réfléchir.

Elle savait que si elle sortait avec lui, cela allait mal finir. Toutes ses histoires de cœur finissaient mal et il y avait déjà quelques petites choses qui l'agaçaient chez lui.

Immature comme elle l'était, après leur rupture, elle n'aurait plus voulu revenir à l'atelier ne voulant plus voir « ce connard ». Elle ne pourrait donc plus venir aux cours de mécanique. Ce qui l'embêtait, car elle faisait beaucoup d'économies en réparant par « elle-même ».

Donc elle décida de trouver une excuse, « Non ! C'était non ! » Elle était déterminée, elle allait lui dire qu'elle… qu'elle… qu'elle…

Elle n'était pas très réactive, en situation de stress, pour inventer des mensonges.

Ce fut à ce moment-là qu'il revint vers elle d'un pas très, mais alors vraiment très assuré. Elle entendit à nouveau la « p'tite lady » dans sa tête, ralenti de film, et se mit à sourire comme une idiote sous le regard profond de Fred.

Quand il arriva à sa hauteur, pénétrant directement dans son espace intime en avançant son visage contre le sien et en lui demandant :

— 20 heures ? Devant l'opéra ?

Elle s'entendit répondre :

— OK.

« Et merde, c'est foutu ! »

Le rendez-vous commença quand Fred arriva après une demi-heure de retard, il choisit un restaurant qui ne plut pas à Lucie et la saoula de parole pendant tout le repas.

— Ah non, je n'aimais pas beaucoup l'école, j'ai poussé jusqu'en terminale à cause de la pression paternelle, mais une fois que j'ai eu 18 ans je suis parti de chez moi. À cette époque, j'ai failli faire carrière dans l'armée, je voulais devenir général, mais va savoir pourquoi après quelques semaines ils ont prétendu que mes tests psychologiques ne me permettaient pas de faire carrière. Ils ne savent pas ce qu'ils ont perdu ! J'avais déjà signalé plusieurs erreurs dans l'organisation de la caserne et j'allais m'attaquer au ministère quand ils m'ont congédié. Les cons ! Une bande d'imbéciles et d'incompétents…

— Excusez-moi monsieur, dit la serveuse afin de déposer le plat que Fred avait commandé.

— Qu'est-ce que c'est que cela ? répondit-il avec un ton guindé et fort.

— Votre plat monsieur lui répondit la serveuse perdant son assurance, vous n'aviez pas commandé des pâtes au saumon ?

— Justement !

— Eh bien, ce sont des pâtes au saumon.

— Non, mademoiselle, vous pouvez ramener ce plat et dire à votre cuistot de bas étage qui se prend pour un « chef » que s'il ne me fait pas des pâtes au saumon avec des tagliatelles, comme il se doit, je quitte immédiatement cette table !

— Euh… répondit la serveuse avant de repartir en cuisine.

Lucie ne dit rien, mais n'apprécia pas les regards que les gens des tables voisines leur lançaient. Elle se fit aussi petite qu'elle le put.

Fred continua à lui raconter sa vie avec un flot de paroles incessantes et trop rapides, couvertes par le bruit ambiant du restaurant. Lucie avait chaud et mal à la tête à force de devoir se concentrer sur les paroles de Fred. Malgré cela, elle était sous le charme, comme hypnotisée par cet homme. Il avait tellement confiance en lui, tellement de charisme, et il la regardait si profondément. Elle rougissait comme une adolescente. Elle le voulait. Mais pourquoi ? Aujourd'hui encore elle se le demandait.

Le parcours de Fred n'était pas commun. Après l'armée, il avait commencé beaucoup de choses très intéressantes : il avait fait une première année d'école d'ingénieur, une première année de journalisme puis il avait voyagé à l'étranger. En Chine, il avait failli travailler dans une entreprise de recyclage. En Inde, il avait failli devenir directeur d'une usine de textile et enfin en Espagne, il avait failli intégrer le personnel chargé de la protection du roi. Pendant qu'il racontait ses aventures à Lucie, elle se demandait comment croire à de telles histoires. Serait-il possible qu'il essaye de l'épater pour la mettre dans son lit ? Peu importait en vérité, quelque chose l'hypnotisait chez lui et même si elle pensait qu'il se moquait d'elle, elle voulait vivre une histoire avec lui.

— J'ai rencontré une actrice de porno, très célèbre, mais je ne te donnerai pas son nom, je suis un gentleman, on a failli se marier. Malheureusement, la vie m'a éloigné d'elle, j'ai dû rentrer en France et elle n'a pas voulu me suivre... Ces histoires doivent te paraître incroyables... fausses peut-être ?

— Eh bien... je ne sais pas trop quoi en penser, effectivement, répondit Lucie.

À ce moment-là, la serveuse revint avec un plat de tagliatelles au saumon.

— Voilà monsieur, lui dit-elle en déposant le plat.

Fred l'empêcha de s'en aller.

— Une minute, je vous prie.

Il goûta les pâtes et rapidement fit une grimace. Manifestement, ses pâtes étaient infectes. Puis il fit un signe à la serveuse pour lui signifier que le plat pouvait repartir en cuisine.

— Elles sont trop cuites, dites à votre cuistot de me faire une salade niçoise, ça au moins il ne pourra pas le rater.

Puis il dit à Lucie :

— Même pas capable de faire des pâtes al dente, quel bouffon !

Lucie décida de revoir sa psychiatre pour se faire aider dans cette relation, car grâce à ses nombreuses années d'analyse, elle avait assimilé que les problèmes qu'elle rencontrait lors de ses aventures sentimentales venaient en grande partie d'elle.

— Je ne comprends pas ce qui se passe, mais j'ai vraiment envie d'être avec lui.

— Qu'il y a-t-il de mal ?

— Je ne sais pas. Je ne le sens pas.

— Pourquoi ?

— Je ne sais pas… c'est peut-être ce qu'il m'a raconté, j'avais l'impression qu'il mentait. Et puis vous l'auriez vu au restaurant, il avait une façon de parler aux serveurs, comme s'il était un prince… Un prince con.

— Si vous ne le sentez pas, n'y allez pas, conclut la psychiatre.

— Mais enfin, c'est pas bien de juger sur sa première impression.

— On a déjà pointé ce problème chez vous, qu'allez vous mettre en place ?

— Oh je ne sais pas trop, est-ce vraiment la peine, après tout je suis sûre que ça va mal finir. Je ne vais pas le supporter…

— Et pourquoi ne pas vous donner une chance pour une fois ? Vous n'avez pas commencé votre relation que vous vous en êtes déjà fait une idée précise. Vous ne pouvez pas savoir comment vont se dérouler les événements. Laissez-lui une chance à lui aussi, arrêtez de tout anticiper et vivez l'instant présent pour une fois. Peut-être allez-vous finir par le désirer physiquement…

— J'ai déjà couché avec lui, répondit Lucie.

— Qu'est-ce qu'on avait dit sur le fait d'attendre de connaître son partenaire et de laisser monter le désir ? Donc pour résumer vous ne le sentez pas, vous pensez que ça va mal finir, mais vous y allez quand même ?

— Oups !

Lucie créa de nouvelles habitudes en incluant son nouveau compagnon, après tout elle devait grandir et apprendre à faire des concessions.

Et puis, au début de leur relation, Fred se montra facile à vivre, il comprenait rapidement quand Lucie était tracassée par quelque chose et crevait l'abcès aussitôt.

Il comprenait qu'elle avait besoin de temps pour elle, étant habituée à vivre seule. Il se pliait à ses moindres envies, ses moindres caprices, et allait dans son sens.

Mais les choses changèrent quand il emménagea chez elle. Cinq mois après le début de leur relation, Fred lui demanda si elle pouvait envisager qu'il s'installe chez elle, il ne pouvait plus habiter avec son colocataire, car celui-ci souhaitait emménager avec sa copine.

En y repensant aujourd'hui, Lucie se rendit compte qu'il préparait le terrain depuis un moment, il faisait souvent des sous-entendus sur leur vie en couple.

— Je vis déjà presque chez toi…

— … On se retrouve à l'appart ce soir…

Et il avait déjà un double des clés : « ce sera plus pratique », un tiroir pour ses vêtements, et il avait envahi l'étagère de la salle de bain.

Avant qu'il n'emménage, Lucie et Fred avaient eu une grande discussion, car Lucie, psychorigide et consciente de ce trait de caractère, lui avait imposé ses règles de vie en colocation. Après tout, il s'installait chez elle, dans un superbe appartement, à moindres frais.

Il pouvait s'estimer chanceux : elle ne voulait pas qu'il fasse le ménage, la lessive ni qu'il s'occupe des autres corvées de la maison, car c'étaient ses petits plaisirs quotidiens, ses petits moments de détente et de décompression. Elle rangeait son appartement, elle rangeait sa tête et ses idées noires.

— Bon, je fais comme chez moi ? demanda Fred, avec un grand sourire, en déposant ses deux sacs de voyage qui contenaient ses affaires.

— Non, répondit Lucie pour lui souhaiter la bienvenue, ici, il y a des règles. Rappelle-toi de notre décision. Tu en connais certaines, mais maintenant que tu vis ici il faudra sûrement en mettre en place de nouvelles pour que je ne me sente pas envahie, oppressée et dérangée.

— Bon, dis-les-moi ! lui demanda Fred enthousiaste.

— Eh bien… comme ça il n'y a rien qui me vient. En plus, on verra au fur et à mesure. Je ferais mieux de noter celles qu'on a déjà vues.

— Minute ma chérie, n'oublie pas que je suis suffisamment intelligent pour pouvoir les retenir, lui dit-il avec orgueil.

Lucie se retourna vers lui lentement avec un regard noir.

— Commence par te rappeler que je t'avais demandé de ne pas

m'appeler « ma chérie », lui lança-t-elle sèchement.

— Oh, mais c'est mignon !

— Non

— Mais si.

— Non.

— Bien et comment je t'appelle alors ? Ma biche ? Mon crapaud… ma vache ? répondit Fred en rigolant.

— Lucie, je m'appelle Lucie.

— Poulette ? dit Fred en souriant, mais moins fier à présent.

— Arrête.

— Chaton ? Fred ne souriait plus.

— Je ne le répéterai pas.

— Mais allons, tu aimes pourtant ça les chats !

— Tu veux que je te surnomme « petite bite » quand je viens à l'atelier ?

Fred n'insista pas, alors Lucie continua son discours de bienvenue :

— Je te demande de ne pas me rajouter du boulot en mettant du désordre.

Pour fêter son emménagement, elle lui avait fait du confit de canard avec des frites.

— Tu aimes ça, j'espère ?

— Oui, j'adore ! Tu as décidé de me gâter ce soir ! dit Fred en se frottant les mains et en la regardant lubriquement.

Ils avaient joué au jeu de la séduction jusqu'au moment où Fred lui dit :

— Oh ! là ! là, suffit ! Je crois que la viande est assez cuite.

— OK, je sors la tienne, car il faut encore quinze minutes pour la mienne, j'aime quand c'est bien cuit. Par contre, les frites sont cuites !

— Tu plaisantes, j'espère ? Elles sont à peine dorées !

Très exigeant en cuisine, il lui demanda de mieux les cuire. Elle sortit donc sa portion et continua la cuisson de celle de Fred.

Lucie avait installé les plats sur sa table basse, qu'elle avait pris soin de décorer pour l'occasion. Il y avait un chemin de table, des sous-plats et des bougies, le tout arrosé de pétales de roses. Lucie s'était habillée ultra-sexy, et mangeait ses frites le plus érotiquement qu'elle pouvait. Elle fut donc surprise que Fred relance le sujet de la cuisson des aliments.

— Je ne comprends pas que tu puisses manger tes frites comme ça ! avait dit Fred devant les frites à peine dorées de Lucie.

— Eh ben, c'est comme cela que je les aime, avait répondu Lucie, séductrice, en croquant dans une frite.

Mais Fred ne plaisantait pas avec la cuisson des aliments et ne dévia pas de son idée première. Ils parleraient de cuisson pendant les quinze prochaines minutes et tout au long du repas. Ce qui fit passer à Lucie l'envie de prendre le dessert dans la chambre, comme elle l'avait prévu au départ.

Depuis, chaque fois qu'ils mangeaient des frites, Fred lui faisait la même réflexion et elle répondait de la même manière puis ils se disputaient. Mais au bout de trois mois à raison de deux à trois fois par semaine, Lucie s'impatienta, lassée de cette routine, agacée de toujours devoir répéter les mêmes choses. Elle ne fit plus de frites. Mais ce ne fut que le début d'une série de longues disputes.

Fred avait dit oui ! Promis ! Alors, aujourd'hui, elle ne comprenait pas pourquoi il n'arrivait pas à intégrer ce fichu plateau ainsi que les autres règles de vie qu'elle lui imposait. Au début, quand elle lui rappelait les consignes, très calmement, comme à un enfant qu'on éduque de manière positive, Fred répondait :

— J'ai oublié. Oui, j'ai promis, je vais le ranger tout de suite.

Alors elle lui expliquait.

— Tu comprends, moi je reste ici toute la journée, je n'ai pas envie de ranger le bordel des autres ! Je ne suis pas ta bonniche ni ta mère !

Mais, après plusieurs semaines à répéter les mêmes choses, Fred eut l'impertinence de lui répondre qu'un plateau qui traînait ce n'était pas important et qu'elle était vraiment difficile. Lucie vit rouge.

— Alors soit je dois vivre toute la journée avec ta merde sous les yeux, soit je la range moi-même ? Je crois que tu ne comprends pas l'importance que cela a pour moi. Je ne pourrais pas vivre avec toi dans de telles conditions.

Fred l'avait regardé, penaud, en se demandant s'il avait bien compris ce qu'elle était en train de dire. À son expression, il comprit qu'il n'y avait pas de doute possible, c'était soit un plateau nettoyé et rangé soit la porte. Alors pendant quelque temps, il fit attention, même s'il trouvait cela complètement ridicule.

Finalement, vivre avec quelqu'un n'était vraiment pas la tasse de thé de Lucie. Et Fred au quotidien lui devenait de plus en plus pénible. Pour le linge qui traînait par terre, LeChat avait réglé le problème en une seule et unique intervention. Mais les autres mauvaises habitudes de Fred lui tapaient de plus en plus sur le système.

Le soir, après sa journée épuisante de travail, Fred avait adopté un premier rituel. Il ouvrait la porte, déposait sa veste et sa sacoche dans le dégagement de l'entrée en poussant un long soupir bruyant. Il lâchait ainsi sa pression et se préparait à se détendre.

C'était ce qu'il avait expliqué à Lucie la première fois où il avait adopté ce comportement, quand entendant son soupir elle était rapidement venue voir quel était le problème.

— Ça va pas ?

— Si, avait répondu Fred.

— J'ai mal rangé un truc ?

Lucie avait cherché dans l'entrée ce qui avait pu déclencher ce soupir qu'elle avait interprété comme un râle.

— Pourquoi tu me demandes ça ? avait questionné Fred. Qu'est-ce que tu cherches ?

— Tu as râlé en entrant !

— Je n'ai rien dit.

— Tu n'as rien dit, mais tu as soupiré. Qu'est-ce qui va pas ? Elle continuait à chercher.

Fred avait expliqué son habitude à Lucie, mais elle resta perplexe. Quand elle soufflait comme cela, c'était qu'elle était agacée par quelque chose.

Elle avait bien essayé de se raisonner, mais plus le temps passait, plus cette habitude se répétait et plus Lucie ressentait de la négativité dans le soupir de Fred.

« Il souffle son stress chez moi, et pollue mon atmosphère ».

Au début de leur relation, quand Fred rentrait dans une pièce, Lucie le regardait avec admiration, entendait une chanson et l'imaginait tel le héros du film qui arrivait vers la jeune fille pour lui déclarer sa flamme dans la scène culte. Elle le voyait bouger au ralenti, cheveux au vent. S'il la regardait, la musique devenait romantique, passionnée. S'il était concentré sur une tâche, elle entendait le genre de musique des films d'aventure.

Aujourd'hui, elle était plutôt sur la musique des Bronzés ou des sitcoms américains, avec les faux rires en arrière-plan. Il entrait encore au ralenti avec les cheveux au vent, mais pourvu d'auréoles de transpiration sous les aisselles et les mains pleines de cambouis.

Pathétique ! Elle trouvait leur relation pathétique. Finie la p'tite Lady de leur rencontre au bout seulement de six mois de vie commune.

Le rituel du soupir n'était pas le seul problème, malheureusement.

En rentrant, il fallait qu'il mange ! Il se préparait un en-cas, tripotant de ses mains salies de cambouis, les meubles immaculés que Lucie avait pris soin de nettoyer tout au long de la journée. Ensuite, il mangeait son en-cas en prenant soin de mettre autant de miettes par terre que dans son plateau.

À son réveil, quand Lucie voulait prendre sa douche, elle devait d'abord laver le bac pour se débarrasser des traces de cambouis que son homme avait laissé après sa douche du soir. Et encore quand il en prenait une ! Lucie devait se battre avec lui allant jusqu'à lui interdire l'accès au lit s'il ne se douchait pas.

— Bonsoir ma chérie, disait Fred en venant enlacer Lucie.

— Non, mais non ! Enfin ! Va te laver avant de me toucher. Et puis tu pues la transpiration !

Lucie voulut se dégager de son étreinte, mais Fred la retint :

— Les infirmières et leur obsession de la propreté ! Puis l'embrassa goulûment dans le cou.

Elle le repoussa plus franchement.

— C'est pas une obsession, T'es sale ! Arrête ! Lave-toi les mains au moins avant de toucher au frigo, lui somma-t-elle quand Fred voulu prendre une collation.

— Ça va.

— Non, regarde, tu m'en fous partout.

Et Lucie le poursuivit avec ses lingettes désinfectantes.

Quand elle ne tombait pas sur ses poils fraîchement tondus ou ses rognures d'ongles sur le sol de la salle de bain.

— Tu vas me faire le plaisir de faire sécher le tapis de douche quand tu as fini, sinon j'ai froid aux pieds quand je veux l'utiliser. C'est pas agréable ! …

— Tu veux bien faire attention aux miettes c'est là que je m'assois, ça me gratte le cul ! …

— AHHHH ! tu fais chier ! J'ai mis une heure à m'endormir ! Mais non, je ne veux pas faire de câlins ! Je vais prendre un Stilnox à cause de toi. Non, tu ne peux pas comprendre, mon sommeil est décalé avec mes heures de nuit…

Il chiait sur sa vie !

Tout cela ne s'était pas fait en un jour, mais insidieusement, semaine après semaine.

Le premier mois qui suivit l'emménagement de Fred, il fut parfait, briefé dès le départ sur les « tocs » de Lucie, comme il aimait à les appeler à présent. C'était petit à petit qu'il s'était laissé aller sur certains points.

De plus Lucie, qui était dans la dynamique de faire des efforts pour que son couple marche, et prenant exemple sur ses amies, tâcha d'apprendre à exprimer ses besoins, calmement. Pendant des mois, elle demanda et rappela donc gentiment :

— S'il te plaît, pourrais-tu te couper les ongles au-dessus de la poubelle ?

— Et dit ! Toi aussi, tu les coupes dans la baignoire !

— Plus depuis qu'on vit ensemble, c'est dégueulasse pour celui qui tombe dessus.

— Bon OK !

Ce qui la rendait folle de rage, c'étaient les courses. Lucie avait installé dans la cuisine un tableau pour que Fred puisse y inscrire ce qu'il voulait. Alors quand il lui demandait :

— Tu n'as pas acheté des Twix ? J'en ai plus !

Lucie prenait cela pour une critique, comme si c'était de sa faute. Puis elle s'énervait, vexée :

— Je ne suis pas ta mère, je ne vais pas regarder derrière toi si tu as bien tous tes petits trucs, je m'occupe déjà de moi. Et je te rappelle que je ne veux pas d'un enfant de 40 ans, c'est un homme que je veux !

— Tu ne vas pas commencer ! J'y pense pas à ta liste... J'ai tellement de choses à faire !

— Comme tout le monde Fred ! Et tu ferais comment si je ne faisais pas les courses ? Tu demanderais à ta mère ?

La discussion continua ainsi, personne ne voulant céder. Lucie avait l'impression qu'il lui disait qu'il avait mieux à faire que de penser à ces basses besognes. Elle était encore vexée par ses interprétations.

Quelques jours plus tard, Fred rentra avec un paquet vide de gâteau qu'il avait englouti dans la voiture.

— Tu t'es arrêté pour acheter ton paquet ?

— Ouais, j'avais faim.

— Et tu n'as pas pensé à acheter tes Twix ?

— Ben non pourquoi ?

— Tu as râlé l'autre soir qu'il n'y en avait plus...

— J'm'en souviens pas...

— Laisse tomber, tu me donnes un gâteau ?

— A pu, j'ai tout mangé...

« Salaud »

Fred avait l'habitude de parler seul, mais Lucie, elle, avait l'habitude de toujours répondre.

Enfin, Lucie avait l'impression de répéter inlassablement les mêmes choses. L'ambiance devenait de plus en plus lourde. Curieusement, Fred ne semblait pas comprendre pourquoi. Il voyait juste qu'elle était de plus en plus souvent de mauvaise humeur et qu'ils avaient de moins en moins de rapports sexuels.

Aujourd'hui, Lucie en était arrivée au stade où elle était contente de partir travailler. Elle qui était pourtant en burn-out et qui ne pouvait plus sentir ni ses collègues ni ses patients, était impatiente de partir de chez elle, car ainsi elle ne passait pas la soirée à écouter les commentaires de Fred quand celui-ci engueulait untel ou untel à travers le poste de télévision, projetant encore plus d'ondes négatives dans le nid douillet de Lucie.

— Enfin une émission intelligente de la télévision qui révèle de vrais talents, disait-il devant The Voice. Ah ! j'ai parlé trop vite ! il m'écorche les oreilles tellement il chante faux, rajouta-t-il, arrogant.

Lucie ne trouva pas qu'il chantait faux et lui en fit la remarque.

— Fais-moi confiance, j'ai l'oreille absolue, dit-il avec fierté, j'ai même failli rentrer au conservatoire. C'est insupportable, dit-il avec un air dégoûté se mettant à zapper.

— C'est nouveau ça, répondit Lucie.

— Pas du tout, tu ne sais pas encore tout sur moi.

— Raconte alors, tu chantais ?

— Non ! répondit-il avec un air suffisant.

— De quel instrument jouais-tu ?

— Aucun.

— Comment tu sais que tu as l'oreille absolue ? Et qu'est-ce que tu voulais faire au conservatoire alors ?

— Je t'en prie !

Son regard se posa sur elle avec indulgence. Comme si elle était une enfant ignorante, il sourit, magnanime, et continua à zapper.

Puis voyant qu'elle ne comprenait pas :

— Sais-tu seulement ce que c'est que l'oreille absolue ? C'est bien ce que je pensais.

Lucie, elle, pensa alors qu'il n'était qu'un « gros mytho ! »

Les week-ends, quand ils étaient tous les deux de repos, elle avait trouvé l'excuse des aménagements des espaces verts pour l'éviter.

7

JUILLET 2013

Quelques semaines avant l'accident tragique…

Trois ans après l'achat du dernier appartement par Lucie, la copropriété de la résidence avait été créée.

La moyenne d'âge des nouveaux propriétaires était assez jeune, aux alentours de la trentaine. La plupart avaient acheté, car les prix de vente étaient en dessous du marché bordelais, du fait du mauvais entretien des bâtiments et de la résidence en général.

Mais chaque propriétaire avait également su trouver un certain charme à la résidence, pour certains c'était la surface des appartements qui avait plu, car elle était bien plus grande que la moyenne, presque soixante mètres carrés au lieu des quarante-cinq habituels. Pour d'autres c'était le côté campagne, le calme à la ville, tout en étant très bien placé : proches des facultés, proches de la rocade, proches du tram, beaucoup de commerces aux alentours, et enfin pour les derniers, c'était justement le fait que tout soit à reconstruire.

Lors de la première assemblée générale, « AG », les idées des nouveaux propriétaires, présents sur la résidence, avaient abondé.

Il fallait tout nettoyer, tout aménager et ainsi élever le standing de leur résidence. Ainsi, ceux qui voulaient revendre rapidement auraient une meilleure plus-value et ceux qui voulaient rester auraient : un coin barbecue, un potager ou encore un grand étendoir à linge, de belles plantations…

Il y avait suffisamment de place dans l'arrière-cour pour chaque idée. Ils avaient alors décidé que chaque année un projet serait voté, pour limiter les frais, mais cela expliquait que la remise en état de la propriété fut assez lente.

Sans compter qu'il avait fallu effectuer des travaux d'urgence.

La première année, la réfection complète du parking, détruit par des racines, avait empêché l'achat des étendoirs.

La deuxième année, la pose d'un portail pour empêcher les squatteurs de venir sur la résidence n'avait pas permis d'avancer non plus sur leurs projets.

Et les voisins qui demandaient qu'ils domptent leur végétation envahissante... Le budget consacré aux espaces verts était énorme. Les propriétaires, prenant conscience de l'investissement financier que représentait une copropriété, avaient alors décidé de faire cet entretien eux-mêmes. Et cela se passait plutôt bien, le plus difficile étant de trouver des dates communes dans leurs plannings respectifs. Ils faisaient de petits groupes de travail, sur plusieurs dates.

Cela prenait du temps, car une fois le chemin débarrassé des herbes folles il fallait recommencer à nettoyer le parking, et quand le parking était fini c'est les bâtiments qu'il fallait nettoyer.

Malgré cela, la troisième année, ils avaient réussi à maintenir toute l'entrée de la résidence dans un état acceptable et lors de la dernière AG, les co-propriétaires présents avaient voté le nettoyage de l'arrière-cour, il fallait se débarrasser une fois pour toutes des détritus qui donnaient à l'arrière-cour un aspect de déchetterie, et redonner vie au jardin.

Encore une fois, au vu des devis fournis par le syndic ils avaient décidé de faire ces travaux eux-mêmes : quelques dates avaient été sélectionnées pour l'évacuation des gros déchets. Il faudrait au moins quatre participants par date pour faire du bon travail.

Fabienne, Sophie et Lucie s'étaient portées volontaires pour l'aplatissement du terrain et l'entretien en attendant les aménagements. Ce travail serait effectué après les grosses interventions, sur leur temps libre et à leur bonne convenance. Ils avaient un an pour réaliser ses travaux, ce qui était relativement confortable.

L'année suivante, ils décideraient de ce qu'ils voulaient faire : où mettraient-ils le barbecue et le filet à linge, qui voudrait d'un carré de terre dans le potager ?

À la sortie de la réunion, les co-propriétaires se retrouvèrent dehors, devant l'entrée de l'agence immobilière pour finir de discuter et pour fumer une cigarette pour certains. Ainsi Fabienne en profita pour se rapprocher de Lucie.

— Comment voulez-vous vous organiser, Lucie ? lui demanda-t-elle. Je vous laisse le choix de l'organisation, Lucie, vous avez l'air d'avoir bien réfléchi à la situation.

— Eh bien, c'est vrai. Je vous propose ceci : les jours où il fera beau, je m'occuperai de retourner et aplatir un premier côté que l'on aura dégagé de ses détritus. J'avancerai petit à petit. Et ainsi de suite, jusqu'à ce que les garçons aient enlevé tous les gros gravats et déchets. Vous pourriez avec Sophie vous occuper des repousses de mauvaises herbes, en attendant ? Si votre santé vous le permet ?

— Ah c'est très bien, vous êtes jeune, vous aurez la force, moi avec mon arthrose…

Lucie avait ainsi la possibilité de se détendre en allant faire du jardinage. Ou plutôt de préparer le terrain au jardinage.

Ce travail était physiquement difficile, mais Lucie y trouvait un moyen de se défouler et de sortir de chez elle. Fred déversait trop de son stress dans son l'appartement, elle avait besoin d'une échappatoire.

Cela ne faisait qu'un mois que Fred avait emménagé et elle se disait encore qu'elle devait être patiente, il fallait faire des concessions si on voulait qu'un couple fonctionne bien.

C'était la première fois qu'elle vivait avec quelqu'un, il fallait un peu de temps pour s'ajuster. En général, elle jardinait pendant ses jours de repos en semaine, entre 14 et 16 heures pour être sûre de ne pas tomber sur sa voisine, qui travaillait en semaine, et le week-end quand cette dernière était de sortie.

Elle avançait lentement, la terre était dure et polluée par toute sorte de déchets. Elle se débarrassait, en moyenne d'un gros sac-poubelle d'ordure par semaine. Et tout se passa bien jusqu'en juillet. Jusqu'à ce que Fabienne se fasse arrêter, pour deux semaines pour s'être foulé la cheville. Suivit ensuite l'aggravation de sa dépression, qui prolongea son arrêt de travail de manière indéterminée.

Chaque fois que Lucie était dans le jardin, Fabienne, qui ne pouvait que l'entendre, venait passer un moment pour discuter avec elle, sous prétexte de sortir son chien. Une vraie torture pour Lucie.

— Oh, mais que vous avez du courage de faire tout ça toute seule, Lucie, lui répétait chaque jour Fabienne.

Puis elle ramenait rapidement la conversation sur ses problèmes personnels.

Lucie l'observait, quand elle parlait de sa dépression Fabienne arborait un sourire de fierté. Lucie avait l'impression qu'elle se vantait d'avoir une maladie tellement « grave qu'elle avait dû se faire arrêter ! Vous vous rendez compte, Lucie ! »

Enfin, elle avait quelque chose à raconter. Enfin elle attirait l'attention de tous. Personne ne pouvait faire autrement que l'écouter, car elle « souffrait de dépression », il ne faudrait pas qu'elle se suicide parce qu'on l'aurait refoulé.

Lucie, aussi, était en dépression, et après deux mois à supporter l'homme qui vivait chez elle et à écouter les doléances de sa voisine, elle n'arrivait plus à compatir pour cette dernière. Elle s'en foutait que celle-ci risque de faire une tentative de suicide parce qu'elle ne se sentait pas écoutée. Lucie ne parlait de son mal-être qu'à sa psy et surtout elle ne souriait pas quand elle en parlait.

— Encore hier soir une patiente est venue me faire chier pendant que je préparais les boîtes de médicaments. Cette conne ! elle est arrivée la gueule enfarinée pour me dire : « Vous ne vous rendez pas compte du bruit que vous faites. Mais fermez la porte au moins, je ne peux pas dormir. Tous les soirs c'est la même histoire ».

Lucie éclata en sanglots, en racontant cette anecdote.

— C'est qqu... and mêeeeme pas mmma fauute si sa chammmbre est en face de moooon bureau. Je lui aaai dit qqque je faiiiisais monn travailllll, vous vvvvoulez vvvos medicamennnts demaiiin ?

— Vous en êtes où déjà avec votre antidépresseur ? avait répondu sa psy, les yeux rivés sur son carnet. Mots croisés ?

Quelques heures après être sortie de sa séance avec sa psy, Lucie était à son poste de travail à l'hôpital, en train de préparer ses piluliers. On était déjà en juillet. Dans quelques jours, cela ferait un mois que Fred vivait chez elle et elle avait perdu la petite flamme du début. De plus, chaque fois qu'elle sortait jardiner, sa voisine venait lui parler. Et pendant les vacances, le service était plein à craquer, avec de surcroît des patients difficiles, voire très difficiles, et un effectif réduit de jour qui augmentait la charge de travail.

Elle était plongée dans ses pensées se demandant pourquoi elle ne changeait pas de boulot. Ou au moins de service. Elle se mit à y réfléchir et comme toujours pointa les aspects négatifs en premier.

L'une des premières difficultés qu'elle rencontrerait, dans sa démarche, était que depuis quelques années, le secteur était saturé en infirmières sur la région. Et les structures hospitalières en profitaient. On pourrait croire que travailler dans le soin et l'humain impliquait de travailler avec des gens altruistes, compatissants et bienveillants. C'était sans compter sur le fait que les cliniques et les hôpitaux étaient à présent gérés par des groupes financiers et non plus par des médecins. Il est bien connu que les entreprises n'ont pas de cœur. Elles ne pensent qu'à l'argent, et d'un certain côté c'est normal, elles ont besoin de vivre et pour vivre une entreprise se nourrit de cet argent, comme nous nous nourrissons de nourriture.

Alors on vous changeait vos plannings au dernier moment sans tenir compte de votre vie privée.

— Comment ça vous avez une vie ? ET ALORS ? Votre fils fêtera son anniversaire l'année prochaine ! Si vous n'êtes pas contente, c'est pareil. Vous pouvez toujours chercher du travail ailleurs ! MOUHAHAHAHA !

Lucie imaginait son directeur avec des cornes, une fourche à la main, entouré de flammes, riant comme un démon.

Parfois, ils ne trouvaient pas (ou ne cherchaient pas, pour économiser le salaire d'un intérimaire) de remplaçant, alors on se retrouvait seul.

— Ne vous inquiétez pas, une personne du service d'en face viendra vous aider. Mais la collègue d'en face avait, elle aussi, beaucoup de travail. Alors, le retard s'accumulait, les patients s'impatientaient, sonnaient, gueulaient et engueulaient. Et on perdait encore plus de temps à se justifier, à courir d'un bout du service à l'autre, à chercher où on en était et parfois même à se demander où on était tout court ! Il fallait avoir une vessie de chameau pour faire ce travail. Pas la peine d'espérer cinq minutes pour aller aux WC.

Souvent, Lucie s'imaginait qu'elle était sur une piste athlétisme. D'ailleurs, c'était bien des chaussures de courses qu'elle portait au pied et non plus ses sabots d'infirmière.

— Lucie vient de se positionner devant la chambre numéro 1, commenterait un présentateur sportif, elle vient de vérifier sa prescription pour cette chambre, elle sort l'injection... Va-t-elle pouvoir la réaliser ?

— Et top ! 3 sonnettes se mettent à retentir... Le présentateur sportif accélère son débit verbal...

— ... La chambre 50 veut son somnifère...

— ... La 12 qu'on lui ferme les volets...

— ... Et la 33 est tombée dans la salle de bain... Non, non ! on me fait signe qu'elle n'a pas eu le temps d'arriver sur le trône et oui... on me confirme que la patiente de cette chambre a la diarrhée...

— ...Ah ! là ! là ! le téléphone sonne à présent, Lucie perd 15 minutes à expliquer qu'elle ne peut pas donner de nouvelles d'une patiente ayant quitté le service il y a plus de 3 semaines, car, un, elle n'a pas le droit, deux, même si elle pouvait, elle n'a plus le dossier et trois elle ne travaille pas dans la maison de retraite où cette patiente est à présent résidente, et non vraiment non elle ne connait pas le personnel qui y travaille...

— ... Ça va mal, Lucie accumule le retard... le débit du présentateur est à présent plus lent, le ton est démotivé.

— ... Le nombre de sonnettes des patients mécontents augmente et la pénalise de plus en plus, oui Thierry ! c'est fichu, c'est avec 2 heures de retard que Lucie arrive sur la ligne d'arrivée...

— ... Je veux dire à la dernière chambre, sous les réflexions méprisantes de monsieur Cadeilhan, qui ne la félicite pas, je cite « car l'autre équipe, ELLE ! se débrouille toujours pour arriver à une heure correcte ! »

— Mais quelle humiliation après tous ses efforts pour essayer de satisfaire un maximum de patients ! Sur ces derniers mots, je rends l'antenne.

La deuxième difficulté que Lucie rencontrerait si elle changeait de service résultait dans le fait qu'elle n'avait pas travaillé dans un service conventionnel depuis un certain temps. Depuis l'année suivant l'obtention de son diplôme.

Que ce soit en service de médecine, de chirurgie ou pire, en réanimation, elle ne saurait plus s'organiser, elle ne connaissait plus rien aux nouvelles techniques et puis elle se trouvait si lente.

C'est pour ces raisons qu'elle avait choisi un SSR : il y avait peu de situations d'urgence, elle n'avait pas le complexe de la super-infirmière. D'ailleurs, elle ne se sentait pas capable de gérer des urgences, de sauver des vies et tout le tralala dont parlaient parfois ses collègues. Elle n'avait plus la passion des débuts.

Lucie faisait tourner en rond ses idées noires, boîtes de médicaments après boîtes de médicaments.

Sa collègue entra dans la salle de soins pour lui dire que la patiente angoissée qui avait déjà pris un anxiolytique voulait voir l'infirmière.

« Et merde ».

Elle se mit en colère. Elle avait encore tellement de choses à faire, cette patiente allait lui consommer de son temps si précieux.

Quand Lucie arriva, la patiente était assise sur le fauteuil ergonomique de sa chambre. Elle avait remis sa robe de chambre molletonnée rose. Elle essuyait ses larmes en soulevant ses grosses lunettes ovales, double foyer. Quand elle reposa ses lunettes correctement sur son nez, ses yeux rétrécirent sous l'effet de sa correction.

« Mais non ! Elle chiale en plus ! »

Cela l'énerva encore plus : est-ce qu'elle pleurait devant les gens elle ?

— Qu'est-ce qu'il y a ? demanda-t-elle, sans dissimuler son agacement.

— Je me sens mal, Ohh que je me sens mal, vous ne pouvez pas imaginer à quel point je me sens mal. Je n'arrive pas à dormir malgré le cachet, je suis angoissée, je ne me sens pas bien, je me sens mal…

Lucie ne pouvait pas se concentrer sur les paroles de la patiente, elle réfléchissait à comment se débarrasser de ce problème le plus rapidement possible, tout en faisant semblant d'écouter cette pauvre âme en peine. Elle s'approcha soudain près de la patiente et lui dit en la coupant :

— Oui, c'est pas facile, je comprends, vous expliquerez tout ça au docteur demain... Le médicament va faire effet, mais il faut vous coucher. Elle posa sa main sur l'épaule de la patiente pour lui faire croire qu'elle compatissait et la tapota mécaniquement trois fois. Elle avait appris ça dans un de ses livres de développement personnel « La communication pour les nazes ».

— Mais je me sens mal...

« Elle me saoule », pensa Lucie en se relevant.

La dame se remit à sangloter.

« Oh putain, je ne vais pas m'en sortir ».

— Oui, mais là je ne peux rien faire de plus pour vous, madame Bakas, je vous ai donné un médicament, maintenant il faut attendre qu'il agisse. Alors vous vous mettez au lit, vous éteignez la lumière et vous vous calmez... J'ai du travail MOI.

Et Lucie sortit de la chambre 07, laissant la dame dans le noir, avec son angoisse et ses sanglots.

En repartant dans son bureau, elle croisa sa collègue.

— Elle m'a saoulé la vieille, j'ai perdu un quart d'heure, avec ses histoires, fait chier, en plus quand je suis arrivée elle chialait.

— Ah ! c'est clair, elle est chiante, elle fait que pleurer.

— Tu veux aller fumer ?

— Ouais !

Elles se dirigèrent alors vers le fond du couloir. Puis arrivèrent devant la porte-fenêtre du balcon. Sur la vitre, au niveau du regard, était collé un gros panneau « interdiction de sortir fumer ». Mais comme il leur était aussi interdit de sortir de leur service, elles passaient outre cette interdiction. Les voilà toutes les deux, clopes au bec, en train de cracher la fumée de leurs cigarettes et leur amertume sur leurs patients.

— Et il me prend la tête pour que je lui serve un verre d'eau, en plus il m'a dit que j'étais payé pour ça, dit Sandrine.

— Ah ! je l'adore celle-là, couina Lucie moqueuse. Ils se rendent vraiment pas compte de ce qu'ils disent, comme si on était du petit personnel de maison.

— Et en plus ! Il est juste opéré d'une hanche ce con, c'est pas ses bras qui marchent pas.

— Et si on est du personnel de MAISON où il est notre pourboire hein ? rétorqua Lucie.

— ET PUIS… il me dit ça… comme si j'étais une grosse merde… tu vois ?

— Ouais je vois parfaitement, le prochain qui me dit ça, je lui expliquerais que je paye autant que lui puisque c'est la sécu qui la paye, son hospitalisation. Qui c'est qui lui sert son verre d'eau quand il est chez lui ce connard ? Qui il sonne pour l'avoir ? Il a une sonnette chez lui pour ce genre d'URGENCE ?

— C'est sa femme !

— Son valet, dit Lucie sur un ton hautain.

— Mon cul ! pouffa Sandrine.

Le lendemain matin, elle n'arriva chez elle qu'à 9 heures au lieu de 7 heures et demie, car il y avait eu un accident de la route sur son trajet entre l'hôpital et son appartement.

Elle réussit à ne pas s'endormir au volant de sa voiture au prix d'énormes efforts, fenêtres ouvertes pour faire rentrer l'air frais, musique à fond, à un moment elle s'est même éclaboussé le visage avec sa bouteille d'eau pour se réveiller, en en mettant sur ses vêtements.

Quand le corps est habitué à un rythme de sommeil, il est difficile de le contrarier, Lucie arrivait habituellement chez elle à 7 heures et demie, elle rangeait ses affaires dans le placard de l'entrée (1 min), elle prenait une douche (5min), filait dans sa chambre, caressait son chat (30 secondes) et saluait Fred « Bonne journée ». À 7 heures et 40 minutes, elle dormait d'un sommeil réparateur.

Ce matin-là, déjà énervée, avec une grosse envie d'uriner, elle s'engagea enfin dans son parking, mais elle ne put garer sa voiture, car un gros camion de déménagement bloquait l'accès à sa place de parking.

Le propriétaire de cet obstacle entre elle et son lit n'avait pas eu la présence d'esprit de se mettre à l'angle du premier bâtiment pour ne pas gêner la circulation, sur le parking, des autres usagers.

Mais Lucie comprenait, le parking était vide, il avait dû penser que tout le monde était parti au travail. Encore une fois, c'est elle qui était en décalage. Ce n'est pas la normalité de travailler la nuit.

Elle attendit 1 à 2 minutes, dans l'espoir que ce nouveau voisin sorte et qu'elle puisse lui demander de déplacer son camion. À la radio, on passait : « Don't stop me now, Queen ». C'était de circonstances !

Son envie d'uriner était trop forte, tant pis, elle se gara dans l'angle, en faisant attention de ne gêner personne, ELLE !

Puis elle sortit rapidement de sa voiture, ses gestes étaient ceux d'une personne paniquée. Confus et nerveux, ils étaient inefficaces : elle fit tomber ses clés de voiture en voulant verrouiller sa portière.

Elle jura :

— ET MERRRRR… DE !

Puis elle se déplaça d'un pas rapide, de la démarche de quelqu'un qui risque à tout moment de se faire dessus : cuisses serrées. Elle en avait des sueurs froides.

En passant devant le premier bâtiment, elle vit que c'était dans l'appartement du bas que quelqu'un emménageait. Elle remarqua bien quelques silhouettes à travers la fenêtre, mais ne s'attarda pas, de toute façon l'information de qui avait emménagé ne l'intéressait pas. Ils lui prenaient déjà la tête.

Et la vie reprit son cours, avec une nouvelle voisine, qui depuis l'histoire du déménagement n'avait pas été source de nuisance pour Lucie.

Deux semaines plus tard, alors que Lucie partait dans l'arrière-cour pour jardiner, elle tomba nez à nez avec une jeune fille d'une vingtaine d'années. Elle était blonde, pâle et très fine. Cela dit, Lucie pensa qu'elle avait l'air robuste, à sa manière assurée de marcher. Elle raccompagnait un couple d'une cinquantaine d'années à leur voiture.

L'homme était grand, il ressemblait beaucoup à la jeune fille, même volonté dans le regard, mêmes mimiques. La femme était bien plus petite qu'eux et semblait perdue, anxieuse. Elle eut la confirmation qu'il s'agissait des parents de la jeune fille, quand après les avoir embrassés celle-ci interpela le couple en disant :

— Papa, pense à me faire le virement ce soir…

Un jeudi soir fin juillet, Lucie ne travaillait pas. Elle avait décidé de s'offrir une soirée de solitude, de calme et de relaxation.

Elle demanda à Fred d'aller voir le match de foot chez ses copains et surtout de bien profiter de sa soirée, de rentrer le plus tard possible.

— Et tu fais attention à ne pas me réveiller en rentrant… tu n'as qu'à dormir sur le canapé… mieux tu pourrais dormir là-bas, comme ça tu pourras picoler si tu veux.

— Oui ? Hein… ? Fred ne savait pas si c'était un test, alors il resta sur la défensive.

On ne pouvait pas l'avoir aussi facilement. Il se vantait de connaître sur le bout des doigts le comportement féminin. Il reconnaissait dans cette demande la manipulation caractéristique du sexe faible. Elle disait cela, car elle voulait entendre :

— Tu ne veux pas plutôt que je reste avec toi ma chérie ?

— Non, je viens de te dire de partir.

— On pourrait…

— Non, le coupa Lucie, je te demande de me laisser seule ce soir.

— Tu es à l'opposé de toutes les filles que j'ai connues jusqu'à présent…

— Commence pas, je veux ma soirée pour moi ! Je suis crevée. Tu ne fais jamais attention quand tu viens te coucher, tu coupes mon sommeil. Après j'arrive plus à me rendormir.

Lucie rebondit soudain sur la remarque de Fred, comme s'il s'agissait d'une critique.

— Comment ça, je ne suis pas normale ?

— C'est pas ça, c'est juste que tu es… Fred hésita.

— Quoi ! Je suis QUOI ? hurla-t-elle. Tu me saoules…

Lucie sortit de l'appartement en prenant ses outils de jardinage. Sa psychiatre lui avait conseillé de trouver une échappatoire, aussi dès qu'elle s'énervait, elle partait faire son jardin.

Le soir venu, Fred absent, elle avait pu se faire une soirée de célibataire.

Qu'est-ce que cela pouvait lui manquer ! Elle mangea à l'heure qu'elle voulut, sans attendre Fred (souvent en retard) et fit ce qu'elle voulut pour le repas : des frites, sans entendre pour la énième fois « Mais comment peux-tu manger ces frites ? Elles ne sont pas cuites », Lucie imita Fred pendant qu'elle les mangeait puis rota bruyamment.

Elle ne ferma pas la porte quand elle alla aux toilettes.

Elle regarda le film qu'elle voulut sans entendre de commentaires sarcastiques quant à tel personnage qui était trop nul ou stupide.

Elle finit par se mettre au lit, de bonne heure, en prenant toute la place.

Mais une fois au lit, elle remarqua un bruit, une sorte de battement régulier « des basses ? » que le bruit de la télévision avait couvert jusque-là.

Elle retourna dans le salon pour vérifier qu'elle n'avait pas laissé son ordinateur allumé, mais non, ce n'était pas cela. La source était plus lointaine.

Parfois quand il y avait une fête ou un bal en centre-ville, le vent portait le bruit jusque chez elle. Elle se dit que ce devait être cela, sans faire attention qu'on était un mardi soir. Elle se munit d'une paire de bouchons antibruit, repartit au lit et commença à lire quelques pages, mais s'endormit très vite en bavant sur son oreiller.

Lucie apprendrait plus tard que la musique provenait de l'appartement de la nouvelle voisine. Son compagnon venait de s'installer chez elle, en cachette des parents de cette dernière et ils fêtaient ça. Ce fut le début d'une longue série de désagréments.

Lucie rencontra Nicolas en octobre suite à l'épisode de bronzage et « drague ». De temps en temps, elle entendait effectivement un fond de musique, mais elle n'était pas vraiment dérangée, soit elle n'était pas là car elle travaillait soit elle mettait ses bouchons.

Fred par contre l'était.

— Si, la semaine prochaine, ils recommencent, je vais aller leur dire deux mots…

Mais la semaine suivante, il se contenta de râler et de dire qu'il irait les voir la prochaine fois.

— Quand ? avait demandé Lucie

— Quand j'y penserai ! se justifia Fred.

« Quand il aura des « corones » ! » pensa Lucie.

— Tu y penses là.

— Je n'ai pas envie de ressortir maintenant, j'ai faim et il fait nuit.

Début août, elle tomba sur une grande affiche, épinglée sur le panneau dédié aux informations concernant la copropriété, qui portait l'entête du syndic :

RÈGLES D'OR DE LA VIE EN COPROPRIÉTÉ.

Un petit rappel ne fait pas de mal !

PARTIES COMMUNES

Il est interdit de :

Encombrer les parties communes (Vélo, meubles, etc.)

D'étendre du linge aux balcons et aux fenêtres.

De déposer des ordures dans les communs (un local est prévu à l'entrée de la résidence)

De dégrader les communs (s'essuyer les pieds, ne pas fumer, ne pas jeter ses mégots par la fenêtre, ne pas dessiner sur les murs, etc.)

BRUIT

Écouter la télévision, la musique, etc. à un niveau sonore compatible avec la tranquillité de ses voisins, et baisser le son après 21 heures.

Ne pas marcher avec des talons dans les pièces carrelées.

Déplacer, quand c'est nécessaire, ses meubles le plus doucement possible et de toute façon jamais la nuit. Manier portes, fenêtres, contrevents et volets avec douceur.

ANIMAUX DE COMPAGNIE

Les animaux sont acceptés et tolérés tant qu'ils ne gênent pas le voisinage (bruits, odeurs…).

Il est interdit de détenir des chiens d'attaque 1re catégorie ou 2e catégorie.

ÉCONOMIE

Utiliser avec modération les minuteries de l'éclairage.

N'utilisez pas les robinets extérieurs pour votre usage personnel (lavage de voiture).

SÉCURITÉ

Attention à ne pas laisser traîner d'objets dangereux ou de liquides inflammables.

Attention au gaz, ne sortez pas de chez vous quand vous cuisinez.

LE SYNDIC VOUS SOUHAITE UNE BONNE JOURNÉE

Dans sa boîte aux lettres, Lucie trouva un livret. La première page reprenait tous les éléments de l'affiche, les suivantes apportaient des précisions.

Instaurer la courtoisie au quotidien :

C'est au minimum dire « Bonjour » en croisant votre voisin, dans la cage d'escalier, dans l'ascenseur, dans le garage, dans les locaux à poubelles, sur le palier… N'en faites pas trop non plus et gardez un minimum de distance.

Éviter le bruit :

Les nuisances sonores en journée : musique trop forte, cris, travaux bruyants (perceuse, marteau), Klaxons de voiture...

Les nuisances sonores qui ont lieu la nuit, entre 22 heures et 7 heures, sont appelées « tapage nocturne ». Elles peuvent être passibles d'une amende pour l'auteur des faits.

Mettez le volume de la musique à un niveau convenable, le jour et la nuit, pas de machine à laver après 22 heures, éviter de marcher en talon aiguille dans votre appartement (sauf sol isolé). Éviter le bricolage trop tôt le matin, le week-end ou trop tard le soir. Éviter de crier, de claquer les portes, prévenir vos voisins lorsque vous organisez une fête.

Respecter le règlement intérieur de la copropriété :

Il est affiché dans le hall de votre immeuble.

Évitez d'encombrer les parties communes : palier, couloir, extérieur, parking...

Respect de la propreté dans les parties communes : ne pas laisser des déchets, des papiers. Ne pas laisser son chien faire ses besoins ou alors ramassez-les.

Interdiction de : faire des barbecues, jeter vos mégots de cigarette par le balcon, mettre la musique à fond sur la terrasse...

Parking : Interdiction de se garer sur la place d'un voisin.

METTRE SES POUBELLES DANS LES BENNES EN FAISANT ATTENTION AU TRI SÉLECTIF. Local à poubelles à disposition.

MERCI

Le premier réflexe de Lucie fut bien évidemment de se vexer, elle pensa que le syndic avait déposé cette affiche pour elle, les voisins avaient dû se plaindre, car elle rentrait de bonne heure le matin, faisant grincer la porte de l'entrée. Mettait-elle aussi la radio trop forte en prenant sa douche ?

Et puis elle était maladroite, elle faisait souvent tomber des objets, peut-être que cela résonnait dans tout le bâtiment.

L'entendait-on, ou entendait-on le lit couiner, quand elle faisait l'amour avec Fred ? Elle se sentit gênée en y pensant. Et puis son chat avait-il dégradé la résidence ?

« Ils auraient pu m'en parler directement avant d'appeler le syndic tout de même ! »

Elle sortit son portable pour appeler sur le champ le syndic pour savoir de quoi il s'agissait exactement et qui s'était plaint. Ce n'était quand même pas le voisin du dessous, il n'était jamais là. À ce moment-là justement, son voisin globe-trotteur arriva, il lui expliqua la situation quand Lucie lui tendit le livret en lui demandant de quoi il retournait.

— Vous pouvez m'expliquer ? demanda Lucie agressive.

— Enfin, ils l'ont affiché ! C'est pas trop tôt.

Lucie attendit en silence qu'il poursuive. Lionel n'avait pas fait attention au ton de Lucie.

— J'ai dû appeler le syndic la semaine dernière. Vous n'avez pas été dérangée par le bruit ? demanda-t-il.

Lionel était un bel homme d'une quarantaine d'années, il était toujours habillé à la manière d'un voyageur : pantalon sportswear, saharienne et doudoune. Ses vêtements étaient de très bonnes qualités. Il avait touché un gros héritage le jour de ses 30 ans, suite au décès de son père, avec qui il ne s'entendait pas. Il avait alors décidé de vivre de ses passions : voyage et cuisine. Il était devenu critique free-lance des restaurants d'hôtels de tourisme.

Il avait un blog très reconnu et gagnait encore plus grâce à celui-ci.

Il possédait des appartements dans plusieurs villes du monde. Ses préférées : Paris, New York, San Francisco, Tokyo…

Comme cela, il avait un pied-à-terre dans chaque ville et en son absence il les louait.

Plus il avait d'argent et plus il en gagnait. Tous les résidents l'enviaient. Seule Fabienne avait un doute quant à la véracité de son histoire.

— Non, quel bruit, et quand ? demanda Lucie.

— Lundi, mercredi et jeudi soir. Je ne suis pas souvent à Bordeaux, mais mon appart est en face des nouveaux, ils écoutent la musique avec les basses à fond, ça raisonne dans les deux bâtiments. J'ai les murs qui en vibrent avec sa musique de merde. Comme elle travaille à McDo, elle a des horaires décalés. Elle s'en fiche de l'heure à laquelle ils font la fête. Elle fait souvent des soirées. Et quand elle n'est pas là, son copain en profite pour inviter ses amis et faire la fête aussi et ceci, n'importe quel jour de la semaine. Lui est au chômage. Remarquez, quand elle est là, on les entend en train de faire l'amour et elle n'est pas très discrète.

— Mais de quoi me parlez-vous ? Lucie ne voyait pas le rapport avec elle et Fred.

— C'est vrai ! En travaillant de nuit, vous n'êtes pas au courant. Je parle des nouveaux. Vous n'avez pas lu les mails ?

— Je fais des heures sup ce mois-ci alors je ne les ai lus que de travers.

— Eh bien, nous sommes plusieurs à avoir de gros soucis avec eux.

Lucie pensa qu'il exagérait, ils faisaient un peu la fête OK, mais c'était l'été, tout le monde en profitait. Au vu des nombreux témoignages, elle avait pris le temps de lire attentivement tous les mails concernant la résidence, elle ne put que se ranger du côté des autres résidents. Et elle en apprit énormément sur Nadia et Nicolas.

8

PRÉCIS DE NUISANCES

Qui vous amènera à vous faire détester de TOUS vos voisins, au mieux, et au pire se référer au chapitre 3 du
roman «Ce voisin-là»
(Liste non exhaustive)

Par Nicolas Duclesne.

Édition : Bouletcestmavie.

SOMMAIRE

I - PRÉREQUIS

1 - AVOIR LE CARACTÈRE ADÉQUAT

<u>Premier point : l'égocentrisme.</u>

L'un des plus importants ! À savoir : n'en avoir rien à foutre des autres et donc ne jamais culpabiliser !

Pousser ce trait de caractère au maximum de l'imaginable, quand vous y êtes, allez encore plus loin.

Si malgré tout, il vous reste une once de culpabilité à emmerder les gens ou une petite peur de perdre votre logement, adopter la technique suivante : Squatter chez quelqu'un.

<u>Exemple :</u>

Homme, 22 ans, chômeur, consommateur de substances à effet psychoactif (alcool, cannabis... et tout ce qu'il trouve), vit chez sa petite amie.

Équipier chez McDo, peu souvent chez elle et en horaires décalés, elle laisse ici le terrain libre au sujet, qui a pris possession de tout l'espace.

Cela lui permet de profiter d'un appartement de type T2 au frais des parents de celle-ci (leur fille débutant à peine sa carrière et son salaire ne lui permettant absolument pas de se payer un si grand appartement à côté du centre-ville).

Le sujet pratique ce mode de logement depuis qu'il a quitté l'armée, renvoyé, car déjà alcoolique à l'époque, il avait provoqué une bagarre dans un bar, sous les yeux de ses supérieurs hiérarchiques.

Il s'arrange depuis pour se faire héberger soit par des amis, soit par sa copine du moment.

Cela dit, il est obligé de changer de squat régulièrement, du fait de ce même comportement qu'il adopte, qu'il soit avec des amis ou avec des inconnus.

<u>Deuxième point : être vénal.</u>

Vous devez être capable d'engueuler votre ami qui vous a prêté son vélo, sans vous fournir d'antivol ou au minimum l'argent pour en acheter un, et lui répondre : « C'est de ta faute si on me l'a volé ».

D'ailleurs, vous savez taxer de l'argent aux autres, ils en ont ! Autant que cela vous serve. S'ils viennent pleurer pour un remboursement, vous leur rappelez que jusqu'à présent cet argent ne leur manquait pas, puisque, eux, ils avaient un emploi !

Vous devez être capable d'engueuler votre mère qui préfère vendre sa voiture pour pouvoir en acheter une nouvelle, et qui, « quand même, aurait pu vous donner la vieille ».

<u>Troisième point : tout pour vous ! C'est tout !</u>

Vous devez être capable d'engueuler votre ex-petite amie, car elle ne vient plus vous chercher en voiture pour vous amener à des soirées, alors qu'elle sait parfaitement que vous n'avez pas de véhicule. « Comment ça, elle a dit qu'elle voulait plus me voir, c'est pas une raison pour me laisser dans la merde ».

Vous avez des aventures avec beaucoup de femmes : les copines de vos amis, des femmes mariées, des jeunes écervelées à qui vous mentez allègrement, des moches, des belles. Ne reconnaissez jamais vos enfants illégitimes et ne laissez pas trainer votre ADN !

Assumez ! Tout vous est dû et c'est toujours la faute des autres si vous avez des problèmes. Vous trouverez de nombreuses idées pour arriver à vos fins dans cet ouvrage.

2 - AVOIR LE PHYSIQUE ADÉQUAT

Si vous voulez impressionner ou terroriser vos voisins afin qu'ils ne vous cherchent pas querelle, il faudra avoir un physique, soit :

De bodybuildé : du muscle, du muscle et encore du muscle.

Si malheureusement, vous avez tendance à stocker la graisse, alors, allez-y carrément ! Prenez 50 kilos de plus. Mais attention ! Trouvez l'équilibre entre obésité et agilité, vous aurez besoin d'avoir des gestes vifs pour impressionner vos voisins et voisines.

Enfin si vous faites partie des gringalets : adoptez un regard de fou, fixez le plafond quand vous parlez aux gens, ne souriez pas ! Bavez. Tapotez vos doigts sur vos cuisses de manière compulsive. Les gens craignent les malades mentaux.

<u>Exemple :</u>

Le sujet a choisi d'avoir un physique d'athlète. Il avait déjà de bonnes dispositions, bel enfant, il est devenu beau garçon. Grand. Sportif. Il l'a toujours été, son emploi de militaire lui permettant de garder ses habitudes d'entretien physique. Le chômage aujourd'hui lui permettait d'effectuer ses exercices de manières régulières. Il commençait la journée par 100 pompes, 200 abdos, 50 tractions, un joint, un café.

II - NUISANCES SENSORIELLES

1 – SAVOIR ORGANISER DES SOIRÉES

La meilleure manière de déranger un maximum vos voisins est d'organiser des soirées. En effet avec une soirée vous dérangez un grand nombre de sens :

<u>L'ouïe</u> : bien évidemment ! À condition de mettre la musique vraiment très forte. De préférence la musique que vos voisins n'écouteraient jamais et détestent.

<u>Exemple :</u>

Le sujet écoute du reggae expérimental, du rap transrotatif et du RnB frisottant.

Ouvrez vos fenêtres. Demandez à vos convives de parler bien fort, voire de hurler (cf. annexe 1) dans l'appartement, mais aussi dans les couloirs des communs, d'ailleurs vous pouvez laisser votre porte d'entrée ouverte, il y aura un meilleur effet de caisse de résonance ainsi.

Et surtout si vous êtes à l'étage, faire garder talons aiguilles et bottes ferrées. Pratiquez du tape-dancing.

<u>L'odorat</u> : Faire des barbecues, fumer des cigarettes et des joints tout au long de la soirée. Si possible, faire vomir vos invités dans les communs, sinon au moins sur le parking.

<u>La vue</u> : Laisser bien en évidence vos cadavres de bouteilles dans les espaces communs, vous pourriez aussi laisser des détritus pour agrémenter le tout, voire un ami en coma éthylique qui se serait uriné dessus (bonus pour l'odorat).

<u>Le toucher</u> : Laisser donc trainer des épluchures ou des sachets de chips vides. Vos voisins pourront ainsi déraper dessus et se faire mal au cul.

<u>Exemple :</u>

Edward avait dû s'arrêter de travailler 15 jours, suite à une chute causée par une glissade sur une tranche de jambon blanc, régurgitée par notre sujet en personne. Il avait hurlé sa douleur, d'un cri si aigu, que j'ai cru ... que le sujet avait cru qu'une fille faisait une crise dans le couloir et était sorti pour la draguer. Il vit avec déception, en ouvrant la porte de son appartement, de qui il s'agissait. Il avait alors grondé :

— Tu vas la fermer ta grande gueule ?

— Aidez m... Edward n'avait pas fini sa phrase, au vu du regard menaçant du sujet.

Ce dernier avait, de toute façon, claqué la porte en la refermant avant qu'Edward ait pu rajouter quoi que ce soit. Il attendit, en pleurant silencieusement, choqué. Sa cheville foulée gonflait puis il essaya de se relever en s'aidant des murs. La douleur était trop vive, il se rassit en sanglotant de plus belle, attendant que son compagnon sorte pour partir travailler.

Vous pouvez également cracher sur les murs, les interrupteurs et les rambardes d'escaliers des communs.

Le goût : Hum... plus difficile, mais possible. Si un voisin vient pour se plaindre, vous pouvez toujours lui postillonner vos morceaux de cacahuète dans la bouche en criant plus fort que lui, au passage vous lui filerez probablement une angine, les bactéries contenues dans votre bouche n'étant pas compatibles avec celles de votre interlocuteur.

Voici les principales caractéristiques des soirées les plus emmerdantes :

— En semaine.

— Sans prévenir

— Donc sans les inviter.

— Très souvent : 4 à 5 fois par semaine, MI-NI-MUM !

— Finir tard le soir, ou tôt le matin, cela dépend du point de vue.

— Faire aussi des après-midi en week-end.

— Toute l'année, pas de période creuse.

2 – SAVOIR ORGANISER DES BARBECUES

Par l'odeur :

Vous allez susciter l'envie et la frustration chez vos voisins.

Certains seront simplement dérangés sans raison connue.

Par la fumée :

À condition de réunir certains facteurs essentiels (fumées épaisses, vent), vous pourrez intoxiquer les appartements.

Vous savez que vous avez réussi quand vous entendez tousser.

3 – SAVOIR PRODUIRE D'AUTRES FUMÉES

Chaque fumée que vous allez produire devra s'échapper de vos fenêtres, il faudra donc les ouvrir le plus souvent possible (non-stop en été). Le mieux étant bien entendu d'être en rez-de-chaussée, car la fumée monte. Voici quelques fumées bien connues :

— La fumée de tabac.

— La fumée de shit.

— La fumée de barbecue.

— Les fumées de cuisine cramée.

— Les fumées de papiers compromettants.

Exemple :

Souvent défoncé, le sujet a des fringales.

« Viandard », ce qu'il préfère c'est la viande rouge. Il en mange systématiquement quand il est sous substances psychoactives. Il commence à faire cuire son steak, mais n'attend pas devant la poêle, il s'installe sur le canapé et s'y endort une fois sur deux. Ainsi le steak prenant feu dégage une fumée plus épaisse que toutes autres.

Bonus : elle déclenche les détecteurs de fumées. Béni soit celui qui les a rendus obligatoires ! Et bénis soient les gens défoncés à quatre heures du matin. Cela fonctionne très bien avec les pizzas oubliées dans un four.

4 – LE SEXE PARTICIPATIF

Ayez le plus souvent des rapports sexuels avec votre partenaire puisque celle-ci exprime si bien son contentement que tout le monde peut l'entendre à 1 km à la ronde.

Matin, midi, soir et nuit.

Reposez-vous quand vos voisins sont au travail.

Quand votre compagne travaille, utilisez des films pornographiques, volume à fond. Les actrices y font de bruyantes vocalises.

Si vous trouvez ce mode de masturbation trop impersonnel, vous pouvez aussi choisir des aventures extra-conjugales. Mais attention ! Cela est très risqué, car vos voisins, qui vous détestent déjà, pourraient vous dénoncer à votre régulière. Vous pourriez vous faire virer de ce logement par votre propre petite amie !

Et enfin, si c'est une voisine qui vient se plaindre pourquoi ne pas lui proposer de se joindre à vos ébats ?

III - NUISANCE CORPORELLE

1 – SAVOIR DÉGRADER LES AFFAIRES PERSONNELLES DE VOS VOISINS : VOITURES, PARKING.

Faites garer vos amis sur les places de parking des résidents ; qu'ils arrivent avec la musique à fond, cela résonne bien sur le parking et fait vibrer les vitres.

Exemple :

Une grosse berline noire vient deux, trois fois par mois se garer sur les places de parking d'Edward et Sophie. Pourquoi déranger une personne quand on peut en déranger deux ?

N'hésitez pas à rayer, shooter et cabosser les voitures, mais soyez discrets.

2 – SAVOIR DÉGRADER LES AFFAIRES PERSONNELLES DE VOS VOISINS : AUTRES.

Vous avez plusieurs champs d'action possible : les voitures, les objets laissés en extérieurs…

Reprenons nos exemples :

En attendant que les filets à linge soient installés dans l'arrière-cour, certains résidents se contentaient de mettre leur étendoir dehors, devant la fenêtre de leur chambre, afin de ne pas dégrader la vue du devant de la résidence.

Le sujet y voyait l'occasion de pouvoir s'éponger le front, lors des quelques matchs de foot qu'il organise avec ses amis ou lors des soirées barbecue.

Parfois, les étendoirs valsent et tombent, car gênant une magnifique action, ils se trouvaient sur le passage. L'heureux propriétaire de l'étendoir le retrouvera ainsi, retourné, linge dans la terre, éparpillé, piétiné, par les garçons de cette équipe de footballeurs amateurs, et surtout, ne vous abaissez pas à vous occuper de ce linge tombé par votre faute.

Enfin, si un vêtement vous plaît, et bien prenez-le ! Ces vêtements peuvent également servir de torchon lors des barbecues.

3 – SAVOIR DÉGRADER LES COMMUNS

Les espaces verts :

Penser à faire uriner, voire vomir, voire déféquer, vos amis ou vous-même, dans les espaces verts lors de vos soirées. De toute façon, ils ne sont pas aménagés.

Y laisser vos déchets après vos soirées. Ne vous abaissez pas à faire le ménage, nous en avons déjà parlé plus haut.

Exemple :

Un jour, Lucie, installée sur son transat pour profiter d'une demi-heure de soleil, remarqua une odeur de merde assez prononcée.

Elle remit ses claquettes pour partir à la recherche de l'étron en question.

Elle n'eut pas longtemps à chercher, il était juste en dessous de sa claquette gauche. Elle avait marché dedans en s'installant sur son transat.

Furieuse, elle repartit chez elle, et au lieu de profiter d'un agréable moment de détente à lire, elle passa vingt-cinq minutes à écrire un mot, en double exemplaire, pour demander aux résidents et visiteurs de ne pas faire faire leurs besoins à leurs animaux dans la cour ou alors de ramasser leurs déjections après coup.

Lucie ne se doutait pas que cet étron avait, en fait, été déposé par notre sujet, lui-même, la veille au soir.

Même chose dans les escaliers et parkings.

Exemple 1:

Edward et David avaient trouvé toute sorte de détritus dans les couloirs : bouteilles vides, confettis, urines…

Si vous aimez boire votre café dans l'arrière-cour, n'oubliez pas d'en renverser dans les couloirs.

<u>Exemple 2 :</u>

Sophie croisa le sujet un soir, en sortant de son appartement. Il cracha par terre, et en se retournant, il renversa du café d'une tasse qu'il tenait à la main.

— B'soir M'dame, Ben … t'as encore grossi ! Va falloir arrêter ou tu vas éclater et sortir ton mouflard par le nombril !

Sophie l'avait regardé sans répondre, elle ne pouvait pas croire qu'un tel cliché puisse exister ailleurs que dans les mauvais films.

— OHHHHH… t'as pas d'humour la grosse ! avait répliqué le sujet.

Sophie n'avait pu que sourire et fuir pour se réfugier dans son appartement, terrorisée.

<u>Le local à poubelles :</u>

Ne faites pas le tri, JAMAIS ! Ainsi les poubelles ne seront pas ramassées par les services de collecte de la ville et les déchets s'entasseront jusqu'à dégueuler des bacs.

Quand les bacs sont vides, amusez-vous à marquer des paniers dedans, si vous y arrivez les poubelles éclateront dans le bac, sinon elles éclateront par terre.

Dans les deux cas, cela augmentera l'odeur de pourriture dans cette pièce.

De temps en temps, oubliez vos sacs-poubelle dans les couloirs et laissez les quelques jours. Vous verrez, au bout d'un moment, quelqu'un les enlèvera à votre place.

IV – CONCLUSION

Avec ce manuel, vous êtes sûr de faire chier un maximum vos voisins.

À vos risques et périls.

La loi, en France, est de votre côté, mais pensez qu'un coup de poing fait toujours mal !

V - ANNEXE 1

Cris qui agacent le plus, après les cris d'enfants :

— AHHAHHA
— HOUHOUHOUUU
— OUAISSSSSSSSS,
   OH OUI C'EST BON !!! OUI ! OUI ! OUI !

Toutes insultes hurlées à pleins poumons.

VI - ANNEXE 2

Autres bruits très énervants :

— Claquer les portes.

— Ouvrir votre boîte aux lettres (quand elle couine) tard le soir, tôt le matin ou en pleine nuit et claquer la porte en la refermant.

— Parler toujours très fort au téléphone quand vous êtes dans les couloirs.

— Klaxonner pour signaler votre présence sur le parking.

— Briser votre vaisselle.

— Faite des travaux. La perceuse est très efficace et en bonus vous ferez perdre sa caution à votre logeur si vous ratez vos travaux.

Pour toute autre source d'inspiration, veuillez-vous référer à la rubrique des faits divers de votre journal préféré.

FIN

9

Dans la salle de soin où elle se trouvait, un néon grésillait au-dessus de la tête de Lucie, augmentant sa sensation de mal-être. Elle faisait sa troisième nuit de rang, il était trois heures du matin.

C'était comme cela dans la plupart des services de l'hôpital où elle était employée : le week-end on travaillait les nuits de vendredi, samedi et dimanche.

Il n'y avait que dans les services « difficiles » que l'on ne faisait pas plus de deux nuits d'affilée : en réanimation, aux urgences et en soins palliatifs. Il y existait un phénomène extrêmement désagréable dans le monde médical et très fréquent dans ces services : les décès en série. Il arrivait que les patients se suivent dans la mort comme si un lien les enchainait les uns aux autres et les entrainait dans le trépas. Les soignants connaissaient les mauvais pronostics vitaux de leurs patients, mais chacun espérait ne pas avoir de décès lors de sa garde. Intérieurement, ils imploraient le patient de tenir encore, juste un peu. Parfois, pour décompresser, ils disaient discrètement à un collègue :

— Il pourra mourir à 19 h 30 quand j'aurai débauché !

De plus, la superstition voulait que si l'on commençait une série, on en avait pour au moins trois décès dans la même semaine voire dans la même journée.

Certains soignants étaient d'ailleurs réputés pour être des chats noirs.

On a beau savoir qu'un patient va décéder, il est difficile pour le moral de supporter autant de tristesse. Des liens se forment avec ces patients avec qui on discutait encore hier, avec leur famille en pleurs ou en colère.

Devant le nombre d'arrêts maladie dans ces services, la direction avait convenu de ménager son personnel. On ne faisait que deux jours consécutifs, pas plus.

Lucie venait de finir la préparation des piluliers de médicaments des patients de son service, elle pensait qu'elle aussi aurait préféré ne faire que deux nuits d'affilée, car arrivée à la troisième, elle avait les nerfs qui lâchaient. Il faudrait qu'elle en dise deux mots à sa cadre.

Elle se leva, s'étira, elle avait mal au dos et aux fesses d'être restée si longtemps assise, concentrée sur sa tâche. Elle finit de ranger son bureau puis, après avoir fumé rapidement deux cigarettes, elle se dirigea dans le couloir sombre, en direction de la salle de repos où sa collègue était déjà installée sur un transat.

La salle de repos était en vérité la réserve de matériel du service.

On y trouvait les déambulateurs, les fauteuils roulants, les chaises-pots et les restes du matériel courant du service. S'y trouvait aussi du mobilier cassé.

Et dans un petit coin : un vieux fauteuil, un transat et une petite table, juste sous le rappel de sonnettes pour le personnel de nuit. En amplitude horaire de douze heures, les soignants avaient le droit à une heure sur une assise confortable.

— T'as fini ? lui avait demandé celle-ci en se réveillant, la bouche pâteuse, elle articulait mal. Pourtant Lucie la comprit parfaitement, l'habitude de discuter avec des personnes à moitié endormies.

— Oui ça y est, je prends la prochaine sonnette.

Elle s'installa sur un vieux fauteuil, trop vétuste pour les patients, et qu'on avait donc mis à disposition du personnel. Lucie posa les jambes sur un tabouret et s'enroula dans un grand châle polaire.

Sur sa gauche se trouvait la petite table sur laquelle elle avait déposé son sac en osier où elle rangeait ses affaires indispensables pour venir travailler. Il contenait de quoi grignoter, sa bouteille d'eau, des vêtements de rechange, le métier d'infirmière n'est pas aussi glamour qu'on le pense, surtout quand un patient vous jette son urinal rempli à la figure. Heureusement, un local de douches pour le personnel était devenu obligatoire.

Elle avait aussi des cahiers de sudoku, un bouquin, parfois son courrier ou des documents à lire. De quoi s'occuper entre deux sonnettes. Car après la préparation de ces piluliers, elle partageait les sonnettes avec son aide-soignante, elles en faisaient une chacune à tour de rôle. En général, les patients et sa collègue dormaient entre minuit et 3 heures, puis c'était l'heure de faire ses besoins, pour tout le monde.

Au moment précis où Lucie tendait le bras pour attraper son livre, une sonnette retentit. Le soupir de soulagement qu'elle venait de faire en étendant ses jambes lourdes sur le tabouret se transforma en râle de résignation.

Elle se leva, reposa son châle sur le fauteuil, sortit son livre et but une gorgée d'eau directement au goulot de sa bouteille. Sa collègue ouvrit un œil pour vérifier que Lucie partait répondre et vérifia ainsi, qu'elle n'avait pas rêvé l'entrée de sa collègue dans la salle de repos.

Chambre 41

Lucie ouvrit la porte et éteignit la sonnette en appuyant sur la commande située sur le mur :

— Oui, vous avez sonné ? demanda-t-elle.

Pas de réponse audible, la patiente marmonna dans sa barbe. Lucie vit son mécontentement sur le visage ridé grâce à la veilleuse que la patiente avait allumée.

— Pardon ? Je n'ai pas entendu, vous avez sonné ?

— Évidemment, je veux le bassin, comme d'habitude.

Madame Ortholan dit cela comme si Lucie était la dernière des imbéciles. Ou plutôt, c'est comme cela que Lucie l'interpréta. Car madame Ortholan avait la réputation d'être une vraie peau de vache.

— Madame, vous auriez pu sonner parce que vous aviez mal.

La patiente continua à marmonner.

Si Lucie était rentrée dans la chambre en lui mettant directement le bassin la patiente lui aurait reproché d'être maltraitante.

Avec ces personnalités-là, il n'y avait pas de solution, quoi qu'on fasse, on le faisait mal. Et il ne fallait pas attendre de politesse, d'amabilité ou de reconnaissance non plus.

La patiente finit son affaire et rappela Lucie. Une fois qu'elle eut fini de ranger la salle de bain, Lucie retourna dans la chambre pour voir si la patiente avait encore besoin d'elle.

— C'est bon ?

— Mais remettez-moi les couvertures enfin.

Décidément, Lucie était vraiment une attardée !

— Ça va pas ou quoi ? Vous avez vu comment vous me parlez ? Lucie craqua. À votre âge vous ne connaissez pas la politesse ? C'est pas moi qui ai inventé le savoir-vivre en société et je vous assure que je m'en passerais bien, moi aussi. Malheureusement si je ne reste pas correcte vous pourriez vous plaindre. Madame, vous êtes capable de remonter votre couverture de quelques centimètres puisque vous êtes opérée de la jambe et pas des bras ! Et en plus la journée vous marchez ! Je ne suis pas votre domestique et je vous rappelle que l'esclavage a été aboli depuis très longtemps !

Madame Ortholan la regarda et dit :

— Je vous paie pour ça !

— Ah non ! Pas du tout, lui répondit Lucie en secouant son doigt en signe de négation, on est en SSR ici, on vous aide à retrouver votre autonomie, on n'est pas là pour vous servir. Sinon allez en soins palliatifs ! Mais je vous préviens, ça sent le sapin ! Et puis vous ne me payez pas ! C'est la sécu qui paie votre séjour et la sécu je la paie autant que vous, voire plus.

Lucie se dirigea vers la porte en marmonnant à son tour.

— Je n'ai pas fait trois ans d'étude pour ça ! Elle se retourna de nouveau fit une révérence.

— Merci. De rien, et je vous en prie. Et bonne de nuit.

Elle sortit de la chambre referma la porte en la claquant. Hors de vue de la patiente, elle se retourna devant cette porte close et lui fit un double majeur puis quelques bras d'honneur. Un jour elle le jurait, elle resterait au pied du lit, main tendue et toussant à la manière des employés d'hôtel dans les films, jusqu'à ce qu'on lui donne un pourboire et elle ne bougerait pas tant qu'ils n'auraient pas compris. Les infirmières n'avaient pas le droit aux pourboires… Dommage !

Plus tard dans la semaine Lucie raconta sa nuit à Fred.

— Pourquoi vous n'avez pas droit aux pourboires ? lui demanda-t-il.

— Je n'en sais rien. Lucie ne s'était jamais posé la question, mais c'est sûrement une histoire d'éthique. Il faudrait quand même revoir ça, vu comment on nous parle !

Ils commencèrent à se faire des films : comment elle ferait des courbettes aux vieilles peaux pour avoir de bons pourboires. Peut-être pourrait-elle doubler son salaire à coup de « pourléchages » bien hypocrites.

Fred était rentré de bonne heure, car ils avaient une soirée. Chaque année, pour la rentrée, les actionnaires de l'association Mécan'O organisaient un buffet afin de rencontrer les employés et les nouveaux adhérents. Ils faisaient ainsi leur devoir annuel de mécènes, distribuant un chèque, pour les frais de vie de l'association et félicitant leurs partenaires.

Bonus : ils diminuaient leurs impôts.

Lucie était assez excitée par cette soirée, elle voulait voir des gens riches. Voir comment ils parlaient, comment ils se tenaient, comment ils évoluaient parmi le commun des mortels. Et elle voulait saisir l'occasion de mettre une belle robe de soirée et de jolies chaussures à talon haut. Juste une fois pour voir si c'était aussi impressionnant que dans les films. Elle avait rarement d'autres occasions de s'apprêter aussi élégamment. Sa garde-robe était plutôt sobre et confortable.

— ... Vous ai-je bien essuyé les fesses, madame ? dit-elle en s'esclaffant.

Fred rajouta, en riant aussi :

— Il est vraiment pourri ton boulot !

Puis il apporta son plateau-repas. Il avait déposé dessus un bout de pain et du saucisson.

— Je pensais qu'il y aurait un buffet à la soirée, dit Lucie, étonnée de voir Fred prêt à se faire une orgie de saucisson.

— Mange un bout, fais-moi confiance, leur buffet est dégueulasse.

Lucie décida de suivre son conseil. Elle alla chercher un peu plus de pain et un peu de fromage et s'installa à côté de lui.

Elle était dans une bonne journée. Elle ne se posait pas de question quant à sa relation avec Fred et passait un très bon moment avec lui.

Elle lui avait raconté sa nuit et il l'avait, non seulement, écouté, mais il avait pris son parti. Ils avaient bien plaisanté en inventant des situations loufoques.

Fred lui raconta à son tour sa journée. L'atelier était fermé au public l'après-midi, car il devait le ranger pour préparer la soirée. Mais le matin, il avait fait un exploit. Encore un. Fred parlait de ses réparations avec beaucoup de fierté. Il y mettait la même passion, la même intensité, la même importance que s'il avait sauvé la vie de quelqu'un.

— Alors tu vois, il est arrivé avec un…

Lucie reconnut sa voix de mécanicien passionné. Elle adopta son mécanisme de défense préféré : elle fit semblant de l'écouter en hochant la tête.

Elle ne voulait pas le rabaisser, mais elle ne comprenait absolument pas comment il pouvait mettre tant de passion à lui raconter comment il avait changé une vis ou soudé deux fils ensemble.

Lucie n'avait pas connu ce genre de sentiments depuis longtemps. Depuis le jour où ses parents avaient tué le mythe du père Noël et détruit en même temps sa confiance en l'adulte, elle ne se passionnait plus pour rien.

— Et alors je me suis dit… ET j'ai eu RAISON, j'ai COMPRIS, MOI, alors que le SAV de…

Fred agrippa l'épaule de Lucie pour la faire réagir.

— Ne trouves-tu pas ça extraordinaire ? demanda-t-il.

— Ben non !

— Mais enfin, j'ai accompli une prouesse technique aujourd'hui ! J'ai fait de l'art !

— Ça va, t'as juste fait du bricolage, tu n'as pas non plus fait un miracle, répondit Lucie qui commençait à s'agacer.

Elle ne pouvait pas comprendre la passion de Fred et ne comprenait pas pourquoi il se sentait si fier, elle trouvait ce comportement prétentieux, injustifié.

— Je ne bricole pas ! Madame, j'applique la science ! Je suis le maître Jedi de la mécanique.

— Oh ta gueule Obi-wan !

Ils se regardèrent sans mot dire quelques secondes, surpris tous les deux, puis ils se mirent à rire devant la réponse inattendue et si spontanée de Lucie.

Deux heures plus tard, ils étaient au hangar de l'association.

Pour la soirée, les tables avaient été poussées contre les murs. Recouvertes de belle nappe de satin gris, elles servaient au buffet.

Le hangar avait été décoré avec goût. La décoration était très raffinée, des paravents noirs et blancs cachaient les zones un peu trop en désordre. Des lampes de couleur pastel créaient une ambiance doucereuse. Lucie ne reconnaissait plus le lieu.

Des extras avaient été engagés pour faire le service et se déplaçaient de convive en convive pour proposer petits fours et boissons.

Lucie et Fred étaient arrivés de bonne heure. En sa qualité de chef d'atelier, Fred était tenu d'accueillir les actionnaires.

Lucie avait le trac, elle ne savait absolument pas comment se comporter dans ce genre de situation. En une demi-heure, elle en était déjà à son deuxième verre de champagne et commençait à bouger son corps au rythme de la musique d'ambiance, qui pourtant n'était pas du tout à son goût. Il s'agissait de musique moderne, que Lucie était incapable d'identifier n'écoutant plus les stations de radio à la mode.

Et Fred avait raison, la nourriture était horrible. Elle chuchota à son oreille :

— Comment peut-on payer aussi cher du caviar ? C'est dégueulasse !

Celui-ci la regarda, mais ne dit rien, il avait une attitude étrange… Snob ? Lucie l'avait déjà remarqué à plusieurs reprises. Quand Fred était en société, il devenait pédant.

Elle se remémora une sortie au restaurant peu de temps après leur rencontre. Elle avait détesté son attitude. Elle avait été gênée du ton qu'il avait employé pour parler aux serveurs. Lucie ne savait plus où se mettre. Elle évitait depuis de lui proposer ce genre de sorties.

Fred avait donc enfilé, de nouveau, son costume de snob pour discuter avec la haute société présente. Lucie resta à côté de lui sans mot dire. Ils passaient de groupe en groupe. Parlant de choses et d'autres. La plupart des conversations n'intéressaient pas Lucie alors elle souriait poliment en buvant son troisième verre de champagne.

Elle commençait à être bien joyeuse.

Une charmante demoiselle qui écoutait Fred depuis un petit moment, avec un peu trop d'attention aux yeux de Lucie lui demanda :

— Mais racontez-moi ce qui vous a amené à la mécanique.

— Les sciences et particulièrement la physique : je suis physicien, répondit Fred.

Lucie avala de travers.

« Et d'où… depuis quand ? Mais qu'est-ce que c'est que ces conneries ».

Cela dit, elle garda le silence pour ne pas le mettre en mauvaise posture.

— Vous voyez, la science est une vraie passion pour moi, alors imaginez mon plaisir de pouvoir l'enseigner.

Lucie souleva ses sourcils : « Nous y revoilà ! » et Fred fit un discours d'une demi-heure sur la science, la physique et l'art de les appliquer en mécanique.

Dans la voiture, sur le chemin du retour, Lucie qui était saoule lui demanda :

— C'est quoi ce bin's ? Depuis quand tu es « physicien » ? Je te connais depuis 1 an et c'est la première fois que j'entends ça.

— Eh bien quoi ? Je t'ai dit que j'étais allé en fac de physique.

— Six mois ? Et tu es physicien ? Tu l'as eu comment ton diplôme ?

— Ah ! Voilà ! C'est bien une réaction de Française ça ! Est-ce que tu crois que parce que certains ont un diplôme ils s'y connaissent mieux que moi ? J'ai lu énormément de choses sur le sujet. Tu crois qu'avoir un diplôme ça fait tout ?

— Ben oui ! Tu ne peux pas dire aux gens que tu es physicien si tu n'as pas de diplôme. M'enfin ?

Il ne comprenait pas ? Lucie voyait que c'était bien ça, il ne comprenait pas et, en plus, il était offusqué de sa réaction à elle.

— Je m'y connais bien plus que beaucoup de scientifiques !

— N'importe quoi. Mais tu crois ce que tu dis là ?

— J'ai lu beaucoup de livres et fait beaucoup de recherches sur internet. Tu as vraiment des idées arrêtées sur le sujet.

— C'est moi qui ai des idées arr… Tu es en train de me dire que c'est moi qui ai tort ?

Ils continuèrent un moment leur discussion, mais aucun des deux ne voulait céder. Alors d'un commun accord le sujet fut classé parmi les sujets à ne plus aborder.

C'est donc en silence qu'ils arrivèrent sur le parking de la résidence. Ils n'avaient même pas essayé de briser la glace en rebondissant sur un sujet plus léger, comme la qualité des petits fours de la soirée, ou le comportement des actionnaires une fois qu'ils ont abusé du champagne : fini les bonnes manières !

Non ! C'est bien en se faisant la gueule qu'ils étaient sortis de la voiture de Fred. Lucie claqua même la portière en la refermant, pas très fort cela dit, elle était un peu trop saoule et ses talons aiguilles l'empêchèrent d'avoir suffisamment d'équilibre pour y mettre de la force.

Elle faillit tomber, mais heureusement Fred regardait ailleurs à ce moment-là. Elle n'aurait pas supporté ses moqueries ce soir, quelle humiliation cela aurait été après leur dispute !

Elle allait se diriger vers l'entrée de son bâtiment quand elle remarqua que Fred s'était immobilisé et observait quelque chose. Elle retourna sur ses pas, se plaça derrière lui et fit difficilement la mise au point dans la même direction que lui.

Il regardait du côté de l'autre bâtiment, et maintenant qu'elle faisait attention elle remarqua qu'il y avait encore du bruit chez les voisins. En plus de la musique, elle entendit des voix d'homme, des coups, ils tapaient sur quelque chose.

— Je crois qu'ils sont en train de se battre, dit Lucie toujours cachée derrière Fred qui, regardant sa montre, dit :

— Ils exagèrent, il est 2 heures du matin !

— Ben va leur dire ! C'est l'occasion, tu es dehors. Lucie souriait d'un rictus mauvais. Elle voulait le blesser dans sa virilité mettant en doute ses résolutions. Elle fit demi-tour et avança le plus élégamment que son état d'ébriété le lui permettait. Fred prit le temps de la réflexion.

— Pas ce soir, j'ai trop bu, je risque de m'énerver et ça pourrait mal finir… pour eux.

— C'est ça… pour eux, marmonna Lucie en gloussant.

Lucie l'observa se diriger vers l'entrée du bâtiment. Elle chantait dans sa tête : « EPO I TAÏ TAÏ É, Jos Wuytack ».

On était loin à présent de la scène du film, où le héros masculin arrivait en conquérant charismatique, cheveux au vent sur une musique de victoire. Elle se demandait où était justement passé le charisme de Fred. Il rentra, sans l'attendre, sans lui tenir la porte, comme Jérôme le faisait systématiquement à Sophie.

Le lendemain matin, en ce début de week-end, Lucie fut abruptement réveillée par Fred. Il venait lui dire qu'il partait retrouver ses amis au circuit automobile. Il était le mécanicien bénévole, de l'un des pilotes.

— Tu veux venir avec moi, pour une fois ? demanda-t-il à Lucie.

— RGHHHHH ! mais non ! Laisse-moi dormir, grogna Lucie, en se roulant dans sa couette blanche.

— Aller viens pour une fois ! Je serais super fier que tu me voies bosser.

— Nan.

— Allez Lucie, on ne fait jamais rien ensemble.

— Grhhhh, t'as qu'à venir faire les magasins avec moi !

— Mais ma chérie, tu n'as pas besoin d'aller faire les magasins, ton armoire est pleine…

Lucie s'assit dans le lit et avec un regard de défiance lui répondit :

— C'est faux ! Je n'ai absolument plus rien à me mettre !

— Bon OK, mais les magasins, ça m'ennuie…

— Comme moi tes courses de voiture !

Une fois Fred parti, elle se leva.

Elle n'avait pas réussi à se rendormir, trop énervée qu'il insiste pour qu'elle vienne voir des voitures tourner en rond. Elle ne comprenait pas l'intérêt, si ce n'était qu'elle pouvait profiter de sa matinée et de son début d'après-midi, car il ne rentrait jamais avant 15 heures et souvent il faisait une sieste en rentrant, ainsi elle avait la paix.

Et puis aujourd'hui, elle allait faire les magasins. Elle en avait grand besoin, son dressing était plein de choses qu'elle ne voulait plus mettre.

Lucie sortit dans sa tenue dédiée à la grande aventure du shopping. Chaussures montantes de randonnée non lacées, pour ne pas avoir mal aux pieds, jogging à taille élastique noir, teeshirt et veste beige en maille. Tenue étudiée pour être confortable et ergonomique : rapide à enlever pour les nombreux essayages qu'elle aurait à effectuer.

En sortant de son bâtiment, elle tomba nez à nez avec Sophie et Edward qui discutaient.

Lucie leur dit poliment bonjour et ils se retournèrent alors vers elle d'une manière inhabituelle. Normalement dynamiques, là, ils semblaient tourner au ralenti tel des morts-vivants.

— Ah… bonjour… Edward semblait avoir perdu quelque chose, son regard se perdait dans le vide… Lucie, rajouta-t-il après un temps de réflexion.

Et il sourit, pathétique.

— Bon… jour. Sophie parlait très lentement et très doucement.

Lucie, surprise, les observa plus attentivement. Leurs yeux étaient rouges, cernés, leurs paupières trémulaient. Sophie bougeait au ralenti alors qu'Edward alternait les phases de prostration et d'agitation.

— Ça ne va pas ? Vous avez une drôle de tête.

Lucie les regarda chacun à leur tour, interrogative.

En parfaite synchronisation, ils se frottèrent les mains, les bras puis le front. Lucie sourit, on aurait dit une chorégraphie exécutée par deux clowns tristes, en manque d'énergie.

Et d'un coup, Edward se réveilla, il partit vers le banc à côté de l'entrée de son bâtiment. Il s'y assit quelques secondes puis se leva, se plaça sur la droite de Lucie puis sur sa gauche, tout en parlant très vite

— C'est l'tre con, hier soir, il a encore mis… Et puis la porte, à trois et jamais… Alors j'ai dit… Mais personne a su, alors je suis monté…

Edward ne finissait aucune phrase et celles qu'il finissait étaient incompréhensibles.

Sophie secouait la tête pour acquiescer comme si elle comprenait, puis son regard se perdait dans le vide. Parfois, elle avait de rapides soubresauts comme si elle voulait éviter des objets que Lucie ne voyait pas.

Lucie avait compris qu'il parlait de Nicolas, il n'y avait que lui qui posait des problèmes sur la résidence.

— Vous avez l'air fatigué, épuisé même.

Lucie reconnaissait les signes de privation de sommeil.

— Ça fait un mois qu'on n'arrive plus à dormir, répondirent-ils encore une fois en parfaite synchronisation.

— Une éternité, Sophie parla en expirant.

On pouvait sentir toute la profondeur de son abattement dans ces deux mots. Elle caressa son ventre rond, elle devait être à 5 mois de grossesse.

— Je ne comprends pas comment on peut être aussi égoïste, s'insurgea Edward. Tous les soirs, il fait la bamboula jusqu'à pas d'heure ! Et vas-y que ça gueule, et vas-y la musique à fond. De la musique de merde en plus ! (Cf. Précis de nuisances plus haut)

— Ah bon ? C'est si gênant ? Je ne me rends pas compte.

— Tu as bien de la chance, nous, on en a les murs qui vibrent.

— Sans déc. ? Mais vous ne lui avez pas dit ? Lucie leur expliqua que peut-être Nicolas n'avait pas conscience que l'isolation de la résidence n'était pas terrible et qu'il ne se rendait peut-être pas compte à quel point c'était gênant.

— Non, mais attends, il doit bien savoir, contesta Edward.

— Oui, mais si on ne lui fait pas remarquer, il ne va pas penser que ça dérange ! Enfin !

— Et puis il met des saloperies partout ! Excusez mon langage les filles. Edward en avait gros sur le cœur.

— Tous les soirs, cent fois, mille fois ! Sophie répondit à la question de Lucie, avec un temps de retard. On ne devrait même pas avoir à le faire, c'est la moindre des choses de penser à ça quand on vit en résidence. Il n'a aucune éducation.

— C'est ce qu'on appelle un « sociopathe ». Lucie avait rendu son verdict ferme et définitif.

— Il se donne même plus la peine de venir ouvrir la porte quand on vient pour se plaindre du bruit. C'est tout le temps, en semaine, le week-end, la nuit, les après-midis. Je n'ai pas dormi correctement depuis un mois ! se plaignit Sophie.

— Ça se voit, effectivement, dit Lucie, trop contente de pouvoir critiquer enfin cette femme parfaite.

— De toute façon, il est violent et menaçant, quand il l'ouvre sa foutue porte, dit Sophie en croisant ses bras sur sa poitrine comme pour se protéger. Ils ont failli en venir aux mains l'autre soir avec Jérôme. Je l'avais jamais vu comme ça. Elle retenait ses larmes : j'ai peur quand Jérôme n'est pas là et que je le croise dans les couloirs.

— L'autre jour, je me suis fait très mal en dérapant sur un… euh… oh ZUT ! Je trouve plus le nom… bon, un truc qui se mange… en tranche… rose… ça m'énerve de pas trouver …

— Du jambon ? tenta Lucie.

— Oui ! C'est ça du jambon qu'il n'avait pas ramassé dans le couloir. Et je ne vous parle même pas de l'odeur quand lui ou ses copains pissent dans les couloirs.

Le visage de Lucie exprima l'étonnement et le dégoût.

— Si si, il pisse dans les couloirs, je te le jure.

Lucie essayait de suivre la conversation, elle avait l'impression d'être une balle de ping-pong entre eux deux.

— Moi, il me fait froid dans le dos avec ses allusions sur les appétits sexuels des femmes enceintes.

Sophie serra de plus belle ses bras sur la poitrine.

— Une fois, j'ai voulu lui dire de baisser la musique, je pensais qu'il serait compréhensif avec une femme enceinte. Comme je me suis trompée. J'ai cru qu'il allait me frapper et Jérôme était à son cours de krav maga. Je suis vite partie, croyez-moi. Je ne comprends pas comment on peut être aussi mauvais. Je ne comprends pas la VIO-LEN-CE !

Lucie comprenait la violence ! Elle se mit en tête d'expliquer à Sophie pourquoi et comment chacun de nous peut devenir violent.

C'est vrai que pour tout un chacun l'objectif du jour n'est pas de faire du mal à autrui. Mais qui n'a pas au minimum insulté, au maximum, souhaité sa mort dans un accident tragique, à un chauffard qui lui avait fait une queue de poisson ?

C'est choquant, mais c'est un reliquat de notre côté animal, un instinct de survie, pensait Lucie qui avait accepté ce côté noir de sa personnalité depuis de nombreuses années.

— Sophie, c'est pourtant simple : imagine que quelqu'un enlève ton bébé pour le battre, le torturer et finalement le violer puis le prostituer, qu'est-ce que tu ferais ?

— Ah, mais c'est horrible ! pourquoi tu dis des choses aussi horribles… Mon Dieu ! si l'on touchait à mon enfant je… je… je les retrouverais et je les tuerais… Je leur arracherais la tête… Non, c'est trop doux. Je leur enfoncerais des…

Edward n'aurait jamais imaginé que Sophie puisse dire de telles choses.

— Voilà, c'est ça la violence Sophie ! Lucie avait fini sa démonstration.

Devant leur expression de stupéfaction, Lucie décida de changer de sujet.

— Peut-être devriez-vous vous munir de bouchons d'oreilles antibruit en attendant de trouver une solution.

— C'est inadmissible que ce soit à nous de trouver des solutions ! hurla Edward d'une voix hystérique. Je vais rappeler le syndic.

Et il remonta chez lui pour passer son coup de fil, Sophie rentra aussi chez elle, elle ne se rappelait plus pourquoi elle était sortie à l'origine. Quant à Lucie, elle partit faire ses courses, frustrée que personne n'ait écouté ses conseils. C'était comme au boulot, les gens vous parlaient de leurs problèmes, mais refusaient toutes les solutions que vous pouviez leur apporter. Il leur était trop difficile de changer leurs habitudes.

Des bouchons c'est quand même une solution simple et peu onéreuse en attendant de trouver une solution pour faire virer ces locataires indélicats !

10

Pour récapituler…

En cette fin de mois d'octobre 2013, à force de bonne volonté, les bénévoles de la copropriété avaient réussi à nettoyer la plus grande partie de l'arrière-cour.

Exit les carcasses métalliques de vélos, de voitures et autres objets qui y pourrissaient, par quelques allers-retours à la déchetterie.

Le côté est de l'arrière-cour commençait à ressembler à un jardin.

Depuis le printemps et le vote de la remise en état du jardin à la dernière AG, Lucie, sur ses jours de repos et quand il faisait beau, avait commencé à délimiter le coin potager. Elle y avait nettoyé et aplani la terre, en avait enlevé un maximum de cailloux et des déchets et avait posé la petite clôture pour la délimiter et la protéger.

Ainsi elle se défoulait en bronzant et en avait profité pour installer son petit coin détente avec un transat.

Personne n'osait encore investir les lieux alors elle en profitait.

Le reste des déchets était stocké de l'autre côté, à l'ouest de l'arrière-cour. Il y avait parmi eux un énorme pot en terre cuite où avait dû trôner un magnifique olivier, ou… En vérité, personne ne sut de quelle sorte d'arbre il s'agissait, car à la place de ce qui avait dû être un magnifique arbre, se trouvait à présent un tronc sec et effrité.

Ce tronc faisait près de 60 cm de diamètre et aujourd'hui il faisait peine à voir, il était un peu effrayant même. Il avait fini par faire éclater le pot, certains morceaux étaient déjà à terre tandis que d'autres, fendus, menaçaient de s'effondrer à tout moment. La décision avait été prise de le détruire définitivement et de l'apporter à la déchetterie lui aussi. L'évacuation était prévue pour début novembre et Jérôme avait déjà mis la remorque de son père sur le terrain, dans ce but.

Le terrain était très accidenté, des cratères de près d'un mètre de profondeur et des monticules de terre avaient été formés, le rendant dangereux. Il y en avait justement un à 50 cm sous la fenêtre de la chambre de Nadia et Nicolas. Parfois, quand il pleuvait il s'y formait des flaques de boue dont la profondeur faisait tressaillir de peur les propriétaires d'animaux, qui angoissaient de voir leur animal de compagnie s'y noyer.

Ce serait le dernier week-end de transport à la déchetterie par les garçons, ensuite les filles continueraient à trier la terre, la nettoyant et remettant à plat les irrégularités du terrain.

Enfin les filles… Lucie, car Fabienne et Sophie, les seules autres propriétaires féminines de la résidence, ne faisaient en général pas grand-chose.

Fabienne par son surpoids ne pouvait pas être d'un grand secours, elle s'était seulement engagée à arracher les mauvaises herbes et avait fait acheter à la copropriété dans ce but un appareil de désherbage avec hauteur ajustable et poignée d'éjection. De plus, elle s'arrangeait toujours pour arriver en retard lors des rendez-vous de jardinage.

Quant à Sophie, son caractère précieux lui interdisait de se salir. Elle avait peur des bestioles et si elle se piquait, elle hurlait et partait se désinfecter. Finalement, elle ne servait à rien. Alors enceinte, ce n'était même pas la peine de penser à avoir de l'aide.

Edward refusait de toucher la terre, il ne voulait pas attraper des maladies et il n'était pas assez costaud pour aider les autres sur les gros travaux.

Quand ces trois-là finissaient par se retrouver, ils se contentaient de bavarder de tout et de rien en émettant des suggestions et des conseils à Lucie qui besognait. C'est pour cela qu'elle finit par faire seule ces travaux, en choisissant des horaires où ces voisins travaillaient. Et puis cela correspondait mieux à son caractère, elle n'avait pas envie de faire trop connaissance avec eux.

— Oh, mais que vous avez du courage de faire tout ça toute seule !

Lucie sursauta, elle cassait une terre sèche, dure comme de la pierre à l'aide d'une pioche et était perdue dans ses pensées. Elle n'avait pas entendu Fabienne s'approcher d'elle. Pourquoi fallait-il qu'elle soit entourée de gens qui répétaient perpétuellement les mêmes choses, jour après jour, Fred qui faisait les mêmes critiques depuis des semaines sur la cuisson de ses frites et Fabienne, en arrêt maladie depuis quatre longs mois qui lui disait qu'elle avait bien du courage.

Les premières semaines, quand Fabienne venait lui faire la conversation pendant qu'elle jardinait, Lucie se montrait, comme à son habitude polie. Elle arrivait à maintenir un semblant de conversation avec elle, mais aujourd'hui elle n'arrivait plus à l'écouter.

Une sorte de mécanisme de défense s'était mis en place. La première fois où Lucie l'utilisa, c'était un mardi, c'était la troisième fois qu'elle sortait jardiner depuis le début de l'arrêt maladie de Fabienne. Elle venait tout juste de s'installer par terre ses outils à sa gauche, une bêche, une bouteille d'eau et un sac-poubelle à sa droite, déjà rempli d'une petite voiture rouge rongée par le temps, de cailloux et de déchets divers (sacs plastiques, canettes de bière et piles électriques).

Quand Fabienne lui dit bonjour, Lucie répondit, bien entendue, mais tout au long du reste de la conversation, elle se contenta de hocher la tête de temps en temps. Elle accompagnait ses hochements de tête de quelques « hum, ah, hum hum », tout en continuant son activité et ne regarda pas une seule fois sa voisine dans les yeux.

Ensuite, elle eut l'idée de sortir avec son lecteur MP3. Au début, elle le retirait pour saluer Fabienne, mais comme celle-ci continuait à lui répéter les mêmes choses, puis à partir dans ses plaintes, et finalement ses monologues, au bout d'un moment, Lucie prit le parti de garder ses écouteurs, de la saluer et de fredonner.

Devant ce comportement Fabienne comprit, « enfin ! il lui fallut quand même deux semaines », qu'elle gênait, et que Lucie ne voulait ni lui parler ni l'écouter. Elle ne put plus traverser cette barrière et elle commença à bouder. Elle ne vint plus voir Lucie quand celle-ci sortait jardiner et se mit à critiquer son labeur auprès des autres copropriétaires, alors qu'il y avait peu de temps elle en félicitait Lucie. Ce qui était du bon travail devint ainsi du « grand n'importe quoi » par pure blessure d'orgueil.

Et malgré le rétablissement de sa cheville, Fabienne ne respecta pas sa part du contrat. Lucie voyait ses efforts s'évaporer : quand elle finissait d'arranger un bout du jardin, l'autre côté était déjà recouvert de mauvaises herbes. Elle ruminait son amertume : « personne sur cette terre n'est capable de respecter sa parole ».

Et Fred… Mais quelle erreur elle avait faite de le laisser s'installer chez elle ! Le premier mois, ils avaient eu quelques bons moments de complicité. Ils se découvraient, s'amusaient des habitudes et des défauts de l'autre.

Lucie, ultra-motivée et coachée par sa psy, prenait plaisir à grandir avec cette relation.

Mais maintenant, après seulement 4 mois de cohabitation, elle ne le supportait plus. Elle en était au stade où elle ruminait sans cesse les actions de Fred, son non-respect de sa vie, de son appartement, de ses habitudes.

Elle arrivait au bout de sa patience, elle ne rappelait plus gentiment les règles de la maison. Elle lui hurlait ou lui jouait de mauvais tours comme pour le plateau. Depuis quelques jours en effet elle ne communiquait même plus avec lui, les choses avaient suffisamment été répétées.

« Soit il est trop stupide pour comprendre, soit il ne veut rien faire et cherche en moi sa mère », avait-elle conclu.

Dans les deux cas, cela ne convenait pas à Lucie.

Elle lui faisait de plus en plus souvent la gueule, et leur vie sexuelle avait totalement disparu, depuis des semaines Fred ne voyait vraiment pas « pourquoi elle était de si mauvaise humeur ».

Voilà où en étaient les travaux de la résidence ce jour tragique du 1er novembre 2013. Une tension extrême, comme l'atmosphère pesante qui régnait avant un orage, planait au-dessus de la résidence pourtant si tranquille autrefois.

Pour les autres résidents, il s'agissait d'un mélange de fatigue, de peur et un mal-être qui s'accumulait depuis l'emménagement de Nicolas.

Sophie avait eu un rendez-vous, la veille, avec son obstétricien, elle voulait se faire arrêter, sa fatigue était trop importante, son stress aussi.

La journée avait vraiment mal commencé.

Comme à son habitude Nicolas avait passé une grande partie de la nuit avec la musique à fond les empêchant de se reposer. Mais son médecin refusa. À quoi bon : c'est de la maison que venait son stress et c'était bien son voisin le problème et pas le boulot.

— Vous n'êtes pas malade, vous êtes enceinte, lui avait dit le docteur Goncalves. Un problème de voisinage ne peut pas justifier un arrêt maladie. Et puis cela vous fait un bon entrainement pour quand le petit sera là !

Sophie pleura sur le chemin du retour. Jérôme resta silencieux, mais lui prit la main, en faisant attention à ne pas la lâcher trop brutalement quand il changeait les vitesses.

Bien que ce vendredi soit férié, elle s'était réveillée fatiguée et déprimée. Ils avaient appelé SOS médecin essayant de les persuader de lui donner cet arrêt de travail, mais là aussi ils n'avaient obtenu qu'un refus.

Ils se dirent que si Nicolas avait fini sa soirée à 6 heures du matin, ils pouvaient espérer être tranquilles une bonne partie de la journée. Mais Nicolas avait recommencé à mettre de la musique dès 14 heures. L'odeur de shit se fit sentir et ils l'entendirent se disputer avec quelqu'un qui partit en claquant la porte. Pour se calmer, il monta le son de la musique encore plus fort. Sophie se remit à pleurer.

— Je n'en peux plus, je te jure que je n'en peux plus ! avait-elle sangloté. Jérôme l'avait de nouveau pris tendrement dans ses bras. Mais il tremblait, la colère montait en lui.

Cette fois, et pour la première fois depuis qu'elle le connaissait, Sophie vit Jérôme perdre son sang-froid. Il ne supportait plus de voir sa femme aussi triste. Il était lui aussi épuisé depuis des semaines et s'inquiétait pour sa santé et celle de son enfant à venir. Lui aussi était fatigué. Le bruit et la privation de sommeil étaient des facteurs de stress qui pouvaient changer un homme, même le plus pacifiste et le pousser à bout.

Jusqu'à présent, il avait été courtois et patient avec Nicolas, quatre mois, il lui fallut quatre mois pour craquer. Les choses devaient changer et elles allaient changer aujourd'hui !

Il était sorti de l'appartement sans un mot, déterminé à mettre fin à ce vacarme.

Il frappa à la porte de Nicolas.

Puis les événements s'étaient enchainés si vite et si tragiquement. Comment en était-il arrivé à perdre son sang-froid ?

Il était responsable de la mort d'une personne.

Ses sentiments n'étaient plus qu'un mélange de soulagement et de culpabilité.

Edward et David, assis sur le canapé, choisissaient un film à louer sur leur BOX, quand ils avaient entendu Nicolas mettre la musique.

Résignés, ils avaient donc décidé de sortir sur Bordeaux pour aller se promener, au calme, au Grand Parc. C'est alors qu'ils avaient entendu la porte de Jérôme s'ouvrir et la voix de Sophie.

— Fais attention quand même, calme-toi ! avait dit Sophie qui malgré son silence savait qu'il descendait pour aller voir Nicolas.

Ils avaient entendu Jérôme frapper à la porte de Nicolas, mais comme à son habitude, celui-ci avait fait le mort.

Jérôme frappa de plus en plus fort, la colère aidant. Puis ce fut le silence, en entendant la porte d'entrée s'ouvrir, ils pensèrent que Jérôme avait sûrement fait le tour du bâtiment pour voir si Nicolas n'avait pas les fenêtres de sa chambre ouvertes et le cas échéant taper à ses volets.

David et Edward l'entendirent effectivement taper depuis l'extérieur.

Ils avaient reporté leur projet de balade pour écouter la discussion depuis la fenêtre de leur chambre. David agacé d'être obligé de changer ses plans de la journée à cause du bruit, encore une fois, décida qu'il était temps de taper un grand coup : il voulait prêter main-forte à son voisin.

— Non ! n'y va pas ! je te l'interdis ! avait dit Edward avec une voix très aiguë, laissant percevoir son angoisse. Il pourrait te frapper et te faire mal, ou PIRE ! Il pourrait abimer ton merveilleux visage, mon lapin en sucre. Jérôme y est déjà, il va s'en occuper.

— Justement à deux on pourra peut-être faire quelque chose. Reste ici mon chou, tu appelleras les secours si ça dégénère.

David voulait le tenir à l'écart, en sécurité.

— J'ai trop peur qu'il te l'abime ton petit cul, appelons la police maintenant.

Edward était à la limite d'une crise d'hystérie.

— Non ! Ça suffit, calme-toi, je ne me débinerais pas ce coup-ci. J'en ai assez de devoir partir de chez moi, pour pouvoir être au calme. J'en ai assez d'être réveillé toutes les nuits, soit par de la musique, soit des cris, soit par des orgasmes. Et j'en ai marre de ne pouvoir faire que des mains courantes, cette fois-ci je vais le pousser un peu qu'il aille jusqu'à l'agression physique, comme ça on pourra…

— Oh non mon lapin, je te l'interdis ! dit Edward en se jetant sur lui pour l'enlacer.

Il était parfois un peu trop théâtral : il glissa, genoux à terre, accroché à la cuisse de David en secouant la tête en signe de négation.

David prit son conjoint sous les épaules, le souleva et le posa sur le canapé, et de façon autoritaire il rajouta :

— Assez, assieds-toi. Quand tu seras plus calme, tu viendras observer ou pas ce qui se passe. Et il quitta rapidement l'appartement, ne voyant pas le regard rempli de haine qu'Edward lui laissait et n'entendant pas son commentaire :

— Brute !

En arrivant dans le passage entre les deux bâtiments il était tombé sur Lucie, figée, et qui semblait perdue dans ses pensées. Leurs regards s'étaient croisés et David crût lire de la peur dans celui de Lucie et pensa que c'étaient les cris des voisins qui l'avaient mise dans cet état.

Il avança alors vers elle, protecteur, lui expliqua rapidement qu'il allait pousser Nicolas à la faute : il espérait prendre un coup pour pouvoir enfin porter plainte contre lui. Jérôme le maîtriserait, au besoin.

À travers la fenêtre de leur chambre respective, Edward et Sophie étaient en train d'observer la scène quand Nicolas tomba et se brisa la nuque sur le pot en terre cuite.

Edward, en colère et vexé par le geste et l'attitude autoritaire de son compagnon, avait décidé de ne pas tenir compte de ses ordres. Il se comportait souvent de manière immature et impulsive malgré ses 30 ans et David à peine sorti de l'appartement, il s'était jeté sur le téléphone pour appeler la police. Il était en attente pour être mis en relation avec l'inspecteur qui s'occupait du dossier de la résidence quand l'accident eut lieu.

— Inspecteur Simon, j'écoute ? questionna la voix au téléphone.

— Euh pardon, je vous appelais pour mon voisin, mais il vient… comment dire…

— Vous êtes bien monsieur Soinel au 32 de la rue du Béarn, à Bordeaux ?

— Euh… oui, mais c'est bon, pardon, c'est fini, il est… euh… enfin… il a coupé… la musique.

— Vous voulez déposer une nouvelle main courante, monsieur Soinel ?

— Non je… pardon… bonne journée ! dit-il en raccrochant.

Puis il sortit précipitamment de chez lui.

Les mains sur la bouche, les yeux écarquillés sous le choc, Sophie s'écria :

— Oh mon Dieu ! Il s'est fait le coup du lapin !

Et elle se précipita à son tour dans le jardin.

La scène était surréaliste, LeChat s'amusait avec les ficelles dépassant de la bâche qui recouvrait la remorque :

« Ah une ficelle ! Faut que je l'attrape et que je la tue, putain ! Mort aux ficelles ! »

Lucie, Jérôme, Sophie, Edward et David se tenaient autour de la fosse dans laquelle Nicolas avait chu.

Lucie, accroupie à côté du corps, regarda Jérôme, Jérôme regardait le macchabée, Nicolas regardait le chat jouer… Euh non Nicolas était mort, il ne pouvait pas regarder.

Chacune des cinq personnes présentes avait de bonnes raisons de sourire devant cette situation, qui pourtant n'avait rien de comique.

La mort d'un être humain aurait même dû être qualifiée de tragédie, mais le comportement de Nicolas les avait tellement poussés au bout de leurs limites, qu'il avait perdu, à leurs yeux, son statut d'être humain, d'être social. Il était devenu un animal dangereux, un fou, un obstacle à leur bonheur. Il ne représentait plus que bruit, nuisance et peur. Ils se réjouissaient donc de ce drame, chacun pour des raisons qui leur étaient propres.

C'étaient pourtant tous des gens bien.

Lucie se dit qu'elle allait pouvoir se remettre à bronzer en maillot de bain sans que Nicolas vienne la reluquer, qu'elle ne serait plus obligée de supporter sa drague agressive. Elle allait pouvoir retrouver ses moments de détente, profiter de la chaleur du soleil, du chant des oiseaux… Comme cela lui avait manqué ! Et fini les traces de bronzage !

Sophie se rapprocha de Jérôme qui s'empressa de la prendre dans ses bras. Il avait un air grave, soucieux. Il se repassait la scène en pensée pour comprendre comment la situation avait pu dégénérer à ce point.

Sophie lui sourit, leva sa tête vers lui en souriant.

— C'est fini ? lui demanda-t-elle.

Elle se disait que c'était la fin de ces semaines d'angoisses, de nuisances, de fatigue et d'injustices. Elle n'aurait plus à avoir peur de le rencontrer dans les couloirs, elle pourrait profiter de sa grossesse et se reposer la nuit. Elle ne voyait pas un cadavre, mais la fin de son calvaire.

— Oui, c'est fini.

Jérôme avait compris de quoi elle parlait puisque lui aussi avait souffert de cette situation. Mais il ne pouvait s'empêcher d'être inquiet des retombées de cette affaire.

— On va pouvoir dormir ?

— Oui, on va pouvoir dormir.

Il restait rassurant avec elle. Il la faisait toujours passer en priorité.

Quant à Edward et David, ils se réjouissaient en pensant que la résidence allait enfin retrouver son calme et sa propreté, qu'ils allaient pouvoir retrouver une bonne qualité de vie et de sommeil. Les soirées, les week-ends, au calme chez soi… Edward avait envie de pleurer de joie. Il riait d'ailleurs.

— C'est la première fois que je vois un mort.

Edward fut le premier à rompre le silence.

— Je pensais être plus dégoûté, mais en fait ça va. On a l'impression qu'il dort.

Il souriait en repensant à sa journée. Il voulait voir un film et le comportement de Nicolas lui en avait fait vivre un. Par sa fenêtre pour commencer et dans la cour ensuite. Il se sentait excité. Il vivait une grande aventure. Il était euphorique.

— N'empêche que comme ça, il fait moins le dur, monsieur incivilité ! Alors quoi, tu dis plus rien ? Il lui mit un petit coup de pied dans la jambe. Quoi ? Tu as dit quelque chose ? Tu n'es pas content ?

Edward commença à rigoler de plus belle et partit dans un nouveau fou rire hystérique.

Tous, excepté Jérôme, se mirent à sourire en le voyant faire. Même Lucie souriait en voyant sa réaction, toujours accroupie près du corps quand il mit le coup de pied, elle se releva sans se rendre compte qu'elle avait mis son pied sur le bras de Nicolas.

— C'est pas bien de taper sur un cadavre !

Un temps d'arrêt… et Sophie, Edward et David éclatèrent de rire à nouveau en voyant où Lucie avait son pied.

— Tu marches sur son bras, dit Sophie, entre deux spasmes de rire, les larmes aux yeux.

— Oh pardon !

Lucie fit un pas en arrière.

Sophie continua à rire, Lucie l'imita.

— Ha ha ha… elle me dit… hi hi hi… c'est pas bien… et elle hi hi hi… elle lui… hi hi hi… marche… ha ha ha… carrément dessus !

Edward se tenait le ventre tellement il riait à présent. Il finit par s'accroupir et s'assoir, n'en pouvant plus et n'arrivant plus à tenir debout.

— Ce qui est sûr c'est que la police ne va pas trouver ça drôle, dit Jérôme.

Ce qui jeta un froid.

Il avait cassé l'ambiance et à présent plus personne ne rigolait, ils avaient pris conscience, grâce à la remarque de Jérôme qu'ils étaient devant un cadavre et qu'il allait bien falloir le justifier devant les autorités.

Edward et David pensaient qu'ils n'avaient rien à se reprocher, ils étaient arrivés sur les lieux après l'accident. Et le coup de pied avait eu lieu après le décès de Nicolas, Edward pourra toujours dire qu'il voulait être sûr de la mort de ce dernier.

Cependant, Sophie fut prise d'une terrible angoisse. Depuis le début de sa grossesse, ses émotions étaient amplifiées par dix et elle était déjà très émotive avant.

— Oh mon Dieu ! Ils ne vont jamais croire à un accident, dit-elle très vite et d'une voix très aigüe. On avait tous de bonnes raisons de se débarrasser de lui.

Elle se dégagea des bras de Jérôme et commença à faire les cent pas dans l'arrière-cour.

— On a déposé tellement de mains courantes contre lui…

— Treize, lui répondit Jérôme, mais elle ne l'écoutait pas vraiment, elle réfléchissait à voix haute.

— Et on les a fait venir…

— Quatre fois… En deux mois.

— MON DIEU, mais QU'EST-CE QU'ON VA FAIRE ? hurla-t-elle.

— On va leur dire la vérité, lui répondit Jérôme.

— Mais ils ne vont jamais nous croire, tu es prof de krav maga, tu es une machine à tuer et on le détestait ! Ils le savent très bien.

— Calme-toi ma chérie, il y a plusieurs témoins.

Jérôme se retourna vers Edward et David. Edward détourna les yeux.

— Je n'ai pas bien vu… c'est-à-dire que j'étais au téléphone quand…

Edward regardait par terre, il évitait de croiser le regard de David pour ne pas y lire sa colère. Celui-ci avançait vers lui, doucement, mais de manière imposante, ce qui n'était pas difficile vu sa stature de rugbyman.

— QUOI ? Et qui appelais-tu ? Pas la police j'espère ?

Edward rentra la tête dans ses épaules.

David prit une voix plus grave qu'à son habitude. Ses mâchoires étaient crispées. Il contenait sa colère, il avait pourtant demandé à son conjoint de lui faire confiance.

En entendant cela, les autres paniquèrent de plus belle.

— Quoi, la police arrive ? demanda Lucie.

Sophie se remit à faire les cent pas.

Lucie avait pris conscience que c'était elle qui, en tant qu'infirmière, aurait dû appeler les secours. C'est la première chose qu'elle aurait dû faire ! Et pas se réjouir de pouvoir reprendre des bains de soleil.

— Mais j'ai marché sur son bras… dit-elle dans un murmure.

« Mon Dieu ! Ils vont me poursuivre pour non-assistance à personne en danger, J'ai rien fait pour le sauver et j'ai maltraité un cadavre… »

— Explique-toi Edward !

David prit Edward par les épaules et le secoua énergiquement.

Il leur raconta le coup de téléphone.

— J'ai fait une erreur mon lapin, pardonne-moi. Je t'en supplie et il tomba à genoux en pleurant.

Lucie sortit de sa torpeur et se jeta à genoux devant lui.

— La police arrive, OÙ PAS ?

Elle criait à présent et se mit à son tour à le secouer.

— Jjjjje… Nnnon… Je suis pppas sûr, répondit Edward en sanglotant.

Lucie se releva et le regarda avec dégoût.

— Merde ! lâcha-t-elle.

— Comment vais-je vivre sans toi mon amour ?

Sophie céda elle aussi à sa panique.

Elle revint face à Jérôme le regarda droit dans les yeux, hystérique.

— Tu vas aller en prison ! Et notre enfant qui va naître dans quelques mois ! Je n'aurai pas la force de l'élever seule…

Lucie avança vers elle, la retourna et lui asséna une grande claque, ce qui eut le mérite de la faire taire et accessoirement de la calmer.

— Pardon, dit Lucie en voyant sa joue rougir, puis elle regarda, avec inquiétude, la réaction de Jérôme, il lui fit signe de la tête qu'il comprenait son geste.

— Tout le monde se CALME. On va réfléchir, reprit-elle.

Ce fut à son tour de faire les cent pas. Rapidement, elle se figea et leur dit :

— Il est certain que nous avons tous de bonnes raisons de l'avoir tué. On appelle cela un mobile. Je regarde plein de séries policières, je sais ce qu'il faut faire, car même si c'est un accident personne n'a fait ce qu'il fallait après.

« Surtout moi ! » pensa-t-elle, elle ne précisa pas cette nuance.

— Excuse-moi, mais je n'étais même pas là quand il a chuté ! dit Edward en s'offusquant.

— Tu lui as mis un coup de pied je te rappelle.

— Eurr…

Il ne trouva pas d'argument.

— Il s'agit d'une dégradation sur cadavre. Nous sommes tous complices puisque personne n'a appelé les secours. On peut tous être poursuivis pour non-assistance à personne en danger.

Lucie tentait de jouer la carte de la complicité pour couvrir son erreur.

David vint aider son compagnon à se relever.

— Lucie, je pense que tu exagères, lui dit-il. Et puis on n'est pas obligé de leur parler de coup de pied ni même d'autre chose. On a qu'à dire que personne n'a rien vu.

— Ah ouais ? Et tu n'oublies pas l'autopsie ? Ils vont bien le savoir qu'on était là. Ils sont capables de retrouver notre ADN, et regarde toutes ces traces de pas.

Elle leur indiqua les traces en pointant son doigt en direction du sol.

Elle reprit :

— De plus, ils sont capables de savoir si un coup a été donné pré ou post-mortem. ON NE PEUT PLUS RIEN LEUR CACHER !

— Mais qu'est-ce qu'on peut faire ? demanda Sophie qui avait retrouvé son calme.

— Je ne sais pas. Pas encore, répondit Lucie.

Jérôme fit un pas en avant.

— C'est tout vu. Son regard était déterminé : je vais me dénoncer.

Lucie regarda Jérôme en se disant qu'il serait peut-être bientôt avec elle. Elle voulait trouver un moyen de le protéger.

— NON, pitié non, ne fais pas ça. Sophie se jeta dans ses bras.

— Je ne crois pas que tu devrais, dit David, je pense que Lucie exagère beaucoup, celle-ci le mitrailla du regard, mais elle a raison sur certains points. Et surtout, je ne suis pas sûr qu'on puisse avoir une confiance aveugle en la justice.

— Ah c'est vrai, y a qu'à voir comment ils ont géré notre affaire, confirma Edward.

— Et puis t'es un gars bien ! reprit Lucie. Tu as toujours été là pour nous rendre service. Je pense qu'on est tous d'accord pour dire que tu ne mérites pas d'aller en prison… Tu n'as pas fait exprès de le tuer.

— Si tu avais fait exprès aussi d'ailleurs, renchérit Edward, tu nous aurais rendu service, une fois de plus.

— C'est vrai !

Ils étaient tous d'accord.

— Attendez ! Vous oubliez un truc, reprit Sophie. Nadia est aussi tarée que lui, si elle apprend qu'on est responsable de la mort de Nicolas elle pourrait bien vouloir se venger. Elle m'a déjà menacé de mort si je ne les laissais pas en paix ou si on rappelait la police.

— Je ne pourrais jamais faire la comédie devant les flics, dit Edward, jouer la peine ou la tristesse, franchement je suis trop content qu'il soit mort !

— Alors on… Lucie hésita …on doit se mettre d'accord sur une histoire. On appellera la police ensuite. On te couvre Jérôme, elle posa sa main sur son épaule. Tu nous as enlevé une sacrée épine du pied.

Soudain, ils entendirent une voiture arriver. De là où ils étaient, ni eux ni la voiture ne pouvaient se voir. Jérôme se dirigea vers le parking pour jeter un coup d'œil entre les deux bâtiments, il reconnut immédiatement la voiture.

11

— C'est Fabienne qui arrive, elle est en train de se garer. Leur dit Jérôme en revenant vers le groupe.

— Oh NON ! Elle va venir faire pisser Igor dans moins de 5 minutes ! dit Lucie. Elle est trop conne ! il ne faut pas qu'elle soit au courant !

« J'ai dit ça à voix haute ? Merde ! »

Lucie regarda avec effroi vers ses voisins pour voir leur réaction.

— Moi non plus je ne peux pas la saquer, lui dit Edward avec un regard entendu, soulagé de pouvoir en parler avec quelqu'un d'autre que David.

« C'était pourtant pas si évident » pensa Lucie en se remémorant les fois où elle les avait rencontrés en train de discuter comme de bonnes vieilles copines.

Tous savaient que quand Fabienne rentrait, la première chose qu'elle faisait, c'était de faire une petite balade dans la résidence avec son chien Igor.

Plus personne ne souriait à présent, ils avaient peu de temps avant de se faire surprendre devant le corps sans vie de Nicolas.

Lucie fut prise de sueurs froides, une boule de stress se forma dans sa poitrine. Mais l'adrénaline lui permit de réfléchir très vite.

La porte de la voiture de Fabienne claqua en se refermant.

— Ne bougez pas ! Plus un bruit ! leur ordonna-t-elle en chuchotant.

Ils attendirent tous en silence.

Les pas de Fabienne résonnèrent dans l'allée entre les deux bâtiments.

Et si elle décidait de venir faire un petit tour dans la cour ? Edward était terrorisé et commençait à s'agiter. Lucie comprit qu'il allait faire une crise de panique et fit un signe de la tête à David en mettant son doigt sur la bouche pour lui signifier de faire garder le silence à son compagnon. Il acquiesça, attrapa la tête d'Edward avec les deux mains. L'une sur sa bouche et l'autre à l'arrière de la tête. La grosseur des mains de David par rapport à la tête d'Edward était impressionnante. Il aurait pu lui briser la nuque très facilement.

— Chuuut, souffla-t-il à l'oreille de son compagnon qui le regardait avec des yeux affolés.

La porte du bâtiment grinça en s'ouvrant puis en se refermant. Ils entendirent les sons plus étouffés des clés et de la porte d'entrée de Fabienne qui s'ouvrait.

— On a deux minutes avant qu'elle ne déboule avec Igor, dit Lucie étonnée de son propre sang-froid, « comme si j'avais caché des cadavres toute ma vie ! », Edward range le bras de Nicolas qui dépasse de la fosse. Les autres, attrapez la bâche de la remorque.

Voyant l'expression de dégout d'Edward, elle décida de mettre elle-même le bras de Nicolas sur son torse.

— Va chercher des gros cailloux dans le tas, lui dit-elle.

Edward tourna sur lui-même comme un chien qui essaye de se mordre la queue.

— Où ça ?

— Mais là-bas ! lui dit-elle en tendant le bras vers un amoncèlement de cailloux. Laisse tomber. Mettez la bâche sur le corps.

Elle partit chercher des cailloux en entraînant avec elle Edward par le bras. Elle le chargea de quelques cailloux et le ramena près de la bâche qui était à présent au-dessus de la fosse.

— Je n'aime pas du tout comment tu me parles, je ne suis pas une merde, chouina Edward.

— OK ! Pardon, ironisa-t-elle, pose-les pour pas que la bâche s'envole ! Vite !

— Tu pourrais être polie !

— Merde, dépêche !

Les autres aidèrent à disposer des cailloux afin de maintenir la bâche pendant qu'Edward marmonnait dans sa barbe :

— C'est trop fort !

— Hum hum ! Bonjour ! toussa une voix derrière eux. Qu'est-ce que vous faites ?

Edward cria de peur.

Ils se retournèrent dans un seul mouvement, aussi synchrone qu'un groupe de danseurs professionnels.

Fabienne se tenait à l'entrée du jardin. Elle était accompagnée de son chien. Il était d'une telle laideur qu'il faisait peur aux enfants du quartier. Il était pourtant parfaitement inoffensif et de toute façon incapable de courir après quelqu'un du fait de son embonpoint. Tel chien, tel maître ! Enfin, ici, telle maîtresse.

Fabienne, en plus de ses cheveux orange, portait des vêtements de toutes les couleurs. Remplis de volants et fioritures, ils accentuaient encore plus sa silhouette déjà opulente et lui faisaient ressembler à une sorcière.

— On sécurise un trou ! Lucie dit cela comme si c'était l'évidence même.

Elle se tenait bien droite, sûre d'elle, un bras en direction de la bâche. Encore un réflexe acquis lors de ses années d'expérience comme infirmière. On ne montre pas d'émotion devant un patient. Lucie devait cacher son stress et sa peur devant Fabienne, pour que celle-ci ne remarque pas le cadavre sous la bâche.

Edward couina de nouveau, Lucie lui lança un regard noir.

— Je suis tombée dedans, reprit-elle, et en plus je savais qu'il était là ! Imagine si quelqu'un de non averti vient se promener par ici. Heureusement, les garçons m'ont vu par la fenêtre et sont venus m'aider.

— Ah ! Je vous l'avais bien dit lors de la dernière AG ! dit Fabienne.

Elle adopta une posture bien droite pour marquer sa fierté d'avoir une fois de plus raison.

— Si on fait les travaux nous-même, on n'a pas d'assurance si quelqu'un se fait mal ! Heureusement que ce n'est pas un locataire qui est tombé !

— Sympa pour moi, murmura Lucie.

Pendant trente secondes, personne ne sut quoi dire et un silence gênant s'installa. Personne ne se regardait ni ne bougeait. Seul Igor remuait, reniflait… Un peu trop près de la bâche.

Subitement, la musique chez Nicolas reprit, le CD n'était en vérité pas terminé, car une chanson se trouvait en bonus 10 minutes après le dernier morceau.

Tout le monde sursauta.

Edward poussa une fois de plus un cri aigu.

— Oh, mais vous n'allez pas nous laisser en paix avec votre musique de dégénéré, dit Fabienne, parlant fort et se dirigeant précautionneusement vers la fenêtre de Nicolas, elle n'eut bien sûr pas de réponse. C'est férié aujourd'hui, voulez-vous baisser le volume de votre stéréo, je vous prie !

Lucie réfléchissait quand elle entendit Jérôme parler essayant de couvrir lui aussi le son de la musique :

— Fabienne vous ne devriez pas laisser votre chien aller sous la bâche.

En effet, Igor s'approchait dangereusement de la bâche, reniflant, reconnaissant probablement l'odeur de viande froide ou de Nicolas par en dessous. Il se mit à grogner.

— C'est plein de boue, argumenta Jérôme, Lucie a failli rester coincée alors votre chien pourrait se noyer… dedans… je veux dire dans la boue…

Sophie se sentit malade en pensant au cadavre sous l'obscurité de la bâche, lui-même dans la boue qui recouvrait peut-être à présent son visage.

— Oh ! Vous avez raison Jérôme, dit Fabienne en s'approchant du trou.

— Laissez Fabienne, je vous le ramène, répondit rapidement Jérôme, en attrapant le chien. Puis, il vint lui déposer dans les bras. Je m'en voudrais si vous salissiez votre… tenue ?

Il hésitait, car il ne savait pas vraiment à quoi correspondaient les vêtements de Fabienne tant ils étaient farfelus.

— Merci Jérôme. Elle était aussi flattée que s'il lui avouait son amour.

Elle adorait ce jeune homme. Si elle avait eu quelques années de moins, elle l'aurait convoité, il était galant, chevaleresque, charmant…

La musique se tut définitivement et le silence retomba de nouveau. Après avoir attendu un moment, comprenant que l'appartement de Nicolas était vide, Fabienne s'exclama :

— Ce n'est pas trop tôt ! Mais quel toupet !

Ce qui mit les complices dans un inconfortable embarras.

Edward regardait nerveusement la bâche et s'agitait. Fabienne commençait à trouver leur comportement assez étrange. Elle les regardait un à un. Eux fuyaient son regard. Elle soupçonnait qu'on lui cachait quelque chose.

Qu'avaient-ils pu faire comme bourde encore ? C'était étrange qu'ils se soient arrêtés de parler quand elle était arrivée. Lucie se rendit compte que Fabienne avait son regard suspicieux, celui qu'elle avait chaque fois qu'elle cherchait à obtenir des informations. Elle chercha de quoi faire diversion.

« Vite, vite, vite, faut trouver un truc, pensa-t-elle, un ragot, mais quoi ? Elle sait déjà tout. Je pourrais dire un truc privé sur moi… Jamais, si je commence, ça n'arrêtera jamais ».

Soudain, elle prit conscience que si le chien avait reniflé le corps c'était que peut-être il commençait déjà à sentir et elle se rappela certains patients décédés pendant ses gardes. Ils sentaient parfois mauvais très vite. Il fallait prévenir rapidement les autres et trouver une solution.

Elle reprit son iPad qu'elle avait mis dans son sac avant l'accident et se connecta à internet afin de trouver une solution sans attendre.

— Qu'est-ce que vous cherchez Lucie ? demanda Fabienne, en insistant sur « cherchez », voyant l'occasion d'en apprendre plus sur leur cachotterie.

— C'est que je suis vraiment embêtée. Mon chat commence à me rapporter des trophées, répondit Lucie.

— Je vous demande pardon Lucie ? s'étonna Fabienne.

— Euh… et bien, vous savez, des souris, des lézards, mais l'autre soir il m'a carrément rapporté un pigeon deux fois plus gros que lui.

— Ah Lucie, vous voulez dire qu'il vous rapporte des présents !

Fabienne ne voyait pas de rapport avec un éventuel secret. Elle fut très déçue.

Pendant ce temps, Edward se rapprocha de David pour lui murmurer aussi discrètement que possible :

— Mais qu'est-ce qu'elle fait ? Faut la faire dégager.

On entendait la panique dans sa voix.

— Je ne sais pas.

David moins émotif observait Lucie à l'affût d'une consigne. Il voyait dans son regard qu'elle avait une préoccupation à leur transmettre.

Puis Fabienne crut comprendre :

— Lucie ! Vous ne voulez quand même pas les enterrer dans le jardin ? s'insurgea Fabienne. C'était donc de ça qu'ils parlaient, ils voulaient faire ça dans mon dos, elle se réjouit d'être arrivée au bon moment.

— C'est que je ne sais pas si je peux les jeter dans ma poubelle, parce que l'autre jour, j'y ai mis l'oiseau mort.

Elle insista sur mort, en regardant David, et ça a senti très vite très mauvais, elle insista à nouveau sur le mot sentir. David comprit immédiatement ainsi que Jérôme qui observait attentivement la scène, en serrant la main de Sophie.

— Je vois ici, continua-t-elle en montrant sa recherche, que quand on veut enterrer un animal dans un jardin il ne faut pas le mettre dans un sac en plastique.

— Pourquoi ? demanda Jérôme stoïque.

— Ce n'est pas précisé, mais il y a sûrement une bonne raison.

— Excusez-moi Lucie, mais vous ne pouvez pas enterrer ces animaux dans le jardin ! Fabienne insista.

— Je ne sais pas, justement j'en profite que nous soyons réunis pour en discuter.

Lucie devait vite trouver une excuse pour continuer sur cette voie. La situation de Nicolas était urgente. La température était étrangement chaude pour la saison. Il allait pourrir rapidement. De plus la résidence étant entourée des trois côtés par des murets : la circulation d'air se faisait mal et peu. Ça allait bientôt sentir la mort.

— Il est hors de question, Lucie, qu'on enterre des animaux morts dans le jardin, insista Fabienne vindicative.

Elle croyait toujours qu'on voulait lui faire un coup en douce.

— Mais comment vous feriez vous… euh… Quand le moment sera venu pour Igor ? Moi je me demande ce que je ferais du corps de mon chat. Elle insista de nouveau sur le mot corps. Edward comprit à son tour ce qui se passait.

— Ah OK, le corps, l'odeur du cadavre… Il mit les mains sur la bouche se rendant compte qu'il venait de parler à voix haute.

Fabienne le regarda avec dédain pensant que ce garçon avait l'air stupide.

David lui lança un regard noir pour lui faire comprendre de se taire.

Lucie mit sa main sur le front pensant que tout était fichu et que Fabienne allait tout comprendre.

L'anxiété redevint palpable.

— Jeune homme, ayez un peu de délicatesse, nous parlons de petits êtres que nous aimons énormément. Croyez-vous qu'il serait respectueux de parler ainsi de l'odeur de la dépouille de votre compagnon !

— Pardon madame.

Il était devenu rouge écrevisse.

— Vous êtes jeune, Edward, mais faites attention, essayez de réfléchir un peu plus avant de parler.

Elle s'adressa à Lucie ensuite.

— Je comprends mieux votre préoccupation Lucie. Fabienne se radoucit. Nous avons tous vu ce chat mort sur la route la semaine dernière. Vous êtes inquiète pour votre chat, Lucie ? Fabienne oublia ses soupçons, elle pensait avoir compris le trouble de Lucie.

— Euh oui ? … OUI ! C'est ça.

— Il y a des règles à suivre si vous voulez l'enterrer dans un jardin, dit Fabienne, il faudra voir dans le règlement de copropriété. Sinon il faudra le voter en AG. Mais regardez sur votre machine, elle désignait l'iPad, je sais qu'il faut un minimum de profondeur pour la tombe et de la chaux pour l'odeur.

En entendant cette dernière phrase, les complices se sentirent soulagés.

— Mais bien sûr de la chaux vive pour l'odeur… Jérôme se rappelait l'avoir lu quelque part.

Pendant ce temps-là, Lucie regardait si elle trouvait des informations :

— Ils disent qu'il faut un terrain vaste…

— De combien ? demanda Jérôme.

— À au moins 35 mètres des premières habitations et autres points d'eau…

— OK, ça, c'est bon.

— Pas de sac plastique, dans un linge ou dans une boîte en bois ou en carton.

Elle regarda Edward. Il devenait blanc en imaginant Nicolas enroulé dans un drap.

Jérôme prit l'iPad des mains de Lucie, car elle se sentait soudain nauséeuse.

— Oh ! vous êtes émue ! Allons Lucie, il n'est pas encore écrasé votre chat.

Fabienne voulait réconforter Lucie, alors que cette dernière était en train de s'imaginer dans la fosse : en train d'essayer d'enrouler Nicolas dans un drap, mais la décomposition ayant déjà commencé, chaque fois qu'elle retournait le corps, un bras ou une jambe se détachait et s'échappait hors du drap. En pensant à l'odeur, elle eut des haut-le-cœur.

— Il faut un trou d'au moins un mètre de profondeur. Jérôme reprit la lecture. Vous avez raison Fabienne, il faut une couche de chaux. Ils disent aussi qu'il faut qu'il fasse moins de 40 kg.

Il regarda ses complices. Sur sa droite se trouvaient Lucie, Sophie et Edward blancs comme des linges. Il les questionna du regard. Ils répondirent oui d'un signe de tête. En face de lui, David répondit oui de la même manière.

La décision avait été prise silencieusement. Ils mettraient

rapidement de la chaux pour couvrir l'odeur en attendant de trouver une meilleure solution pour se débarrasser du corps.

— Pour être sûr, on n'aura qu'à faire comme si c'était un gros animal. Qu'en pensez-vous ? On double tout par deux pour être tranquille ?

— Allons mon garçon, on n'a jamais vu un chat de 80 kg et puis regardez dans quel état est la petite à force de parler de ça ! Suffit ! Parlons de chose concrète. Comment se débarrasser de vos cadavres ?

Edward sursauta. Une décharge électrique lui avait traversé le corps !

— Mais qu'il est émotif ! dit Fabienne. Bon ! en attendant que les travaux soient finis vous n'avez qu'à les mettre dans la fosse. Elle dit cela en regardant Lucie, qui avait perdu le fil de la discussion, avec un peu de chaux.

Fabienne ria puis redevint sérieuse presque inquiétante quand elle rajouta :

— Après tout, cela fera de l'engrais. Mais quand les travaux seront finis, l'arrière-cour propre et jolie, vous devrez trouver une autre solution. Vous n'allez quand même pas dégrader les plates-bandes de fleurs pour y mettre des cadavres de souris.

— Vous acceptez ? demanda Lucie étonnée.

— Pourquoi pas ? répondit Fabienne, après tout si les autres sont d'accord. Et puis, pourquoi ne pas rajouter dans nos plans un coin pour nos compagnons, je veux dire un cimetière pour déposer leur urne par exemple.

— Bien sûr, vous avez mille fois raison. Merci.

— Vous avez quand même de la chance, Lucie, de l'avoir cette grande fosse ! dit Fabienne en riant de nouveau.

Elle se retourna pour rentrer chez elle, il n'y avait plus de mystère à résoudre et manifestement pas de nouveau ragot.

À ce moment-là, une légère brise souleva la bâche dévoilant le bras inerte de Nicolas, comme il était déjà raide il pointait vers le ciel tel un arbuste.

Igor aboya et grogna en voyant Nicolas.

Igor ne l'aimait pas, il avait voulu lui mettre un coup de pied un jour et Igor était rancunier, très rancunier. Tel maître, telle... maîtresse.

Heureusement, la bâche se reposa sur le corps avant que Fabienne n'ait fini de se retourner vers eux. Elle leur dit :

— Il n'est pas possible celui-là ! Allez, Igor, on rentre.

Jérôme alla immédiatement mettre une pierre sur le bout de bâche récalcitrant sous le regard de ses voisins, immobiles et anxieux qu'une autre brise ne divulgue leur secret.

— On va coincer la bâche avec la remorque, dit Lucie en regardant Jérôme.

Et il partit derrière celle-ci, suivi de tous pour la pousser.

— Bonne fin de journée, dit Fabienne, soudain pressée, je voudrais bien vous aider, mais mes rhumatismes... vous comprenez...

Puis elle s'échappa pour de bon. Edward se dit que c'était une bonne solution pour se débarrasser d'elle, il fallait lui demander son aide pour un boulot pénible.

Fabienne, déjà loin, n'entendit pas le craquement quand les roues de la remorque brisèrent les os du bras de Nicolas.

« Ce bras ! »

En comprenant d'où provenait ce bruit, Edward vomit, et Sophie prise d'un malaise s'évanouit, soutenue par Jérôme.

— Faut pas rester là, dit nerveusement Lucie, elle va trouver ça bizarre qu'on s'éternise, réunion chez moi, 22 heures. Elle sera devant son film, il n'y aura aucune chance pour qu'elle nous espionne.

Tout le monde acquiesça et ils se séparèrent.

Une fois rentrée chez elle, Lucie avait appelé Fred afin de se débarrasser de lui pour la soirée, elle lui expliqua qu'elle ne voulait pas le voir et qu'il devait trouver une solution pour : soit rentrer tard, soit dormir ailleurs. Elle ne voulait surtout pas le mettre dans la confidence, ils étaient déjà assez nombreux. Elle prétexta une grosse fatigue et lui demanda de passer sa soirée :

— Où tu veux, mais pas ici !

À 21 h 30, tous en avance, les 5 complices étaient assis dans le salon de Lucie, prêts à reprendre leur discussion. Ils achèteraient la chaux le lendemain, la déposeraient sur le corps discrètement et recouvriraient le tout avec de la terre.

Il fallait le faire entre 15 et 16 heures quand Fabienne était chez sa coiffeuse. En effet tous les samedis elle allait se faire coiffer, car elle recevait souvent ses enfants ou ses amis le soir au diner.

La machine était lancée, ils ne pouvaient, ou ne savaient plus comment faire marche arrière. La thèse de l'accident ne collerait plus s'ils devaient à présent parler du cadavre à la police. Alors qu'ils étaient tous assis en silence dans le salon de Lucie, tristes et abattus, ils entendirent Nadia qui venant juste de rentrer chez elle, appelait son conjoint :

— Nicolas ? Mais Nicolas t'es où ? NI-CO-LAAAAS…

Elle hurlait le nom de son compagnon depuis la fenêtre de sa chambre. C'était anormal qu'il ne soit pas soit sur le canapé, soit dans le jardin à préparer un barbecue en fumant un joint. Elle commençait à s'inquiéter.

Les complices restèrent encore un moment chez Lucie, sans mot dire, en attendant que Nadia rentre chez elle pour que chacun d'eux puisse faire pareil.

12

LUNDI 4 NOVEMBRE 2013

Après ce week-end funeste, ils ne furent plus les mêmes.

Chacun s'efforça de reprendre ses activités, son travail, ses habitudes, mais quelque chose était brisé en chacun d'eux. Ils réagissaient de manière différente et personnelle en fonction de leur caractère respectif.

Edward et David se disputaient plus souvent. David reprochait à Edward son manque de confiance suite à l'incident de l'appel à la police. Edward lui reprochait sa brutalité physique et verbale.

Edward avait repris ce lundi même son emploi. Il travaillait comme vendeur chez SAB, une enseigne de prêt-à-porter de vêtements masculins de luxe, qui était situé devant le grand théâtre, en plein cœur de Bordeaux. Le cadre était magnifique, agréable. Il ne fréquentait que des personnes distinguées, de bonne éducation et de bon goût.

David faisait partie des gens bien élevés qu'Edward aimait côtoyer. Il était toujours calme, posé et distingué. Il n'avait pas besoin de s'énerver, de gronder ou de menacer, son physique imposant dissuadait les querelleurs. Avec son compagnon, il avait été, jusqu'à présent, d'une patience infinie, malgré le caractère capricieux, parfois enfantin de ce dernier, David restait calme en toute situation. Ce don était inné, il l'entretenait grâce à un poste important qu'il occupait dans une société financière. Il avait besoin de rester calme pour manager son personnel. Il était fait pour cela, le savait et adorait ça. Et il n'avait pas choisi son compagnon pour rien : il aimait le pouvoir qu'il exerçait sur lui. Il l'éduquait, le calmait, le raisonnait, mais toujours de manière positive. C'est pourquoi aujourd'hui, Edward ne comprenait pas pourquoi

David était devenu si brutal, en geste et en parole.

Il ne supportait pas ce nouveau David !

Cette expérience resserra les liens entre Jérôme et Sophie. Mais la culpabilité rongeait Jérôme, le rendant négligent au travail, car plus distrait qu'à l'ordinaire. Il essayait de trouver pourquoi il n'avait pas pu empêcher ce drame. Il était reconnaissant aux autres de le couvrir, mais par moment, il aurait préféré se rendre à la police pour tout avouer et se débarrasser de ce poids qui pesait sur sa conscience. Puis il pensait à l'amour de sa vie et se raisonnait. Sophie avait plus que jamais besoin de lui : cette histoire l'avait fragilisée encore plus, elle pleurait souvent d'angoisse et parfois même au bureau. Elle était nerveuse et de plus en plus fatiguée.

Ses collègues commençaient à se poser des questions : avaient-ils encore des problèmes avec leur voisin ? A priori non puisqu'elle n'en parlait plus. La grossesse se passait-elle mal ? Non, sinon elle serait en arrêt maladie. Le couple allait-il mal ? Avait-il été infidèle ? Avec une élève de son cours de krav maga peut-être ? Ou un élève… plus croustillant… Les collègues de Sophie et Jérôme étaient intrigués et avides de ragots. Ils étaient devenus le sujet de conversation préféré de tout le supermarché, des bureaux jusqu'aux rayons.

Et enfin, Lucie se mit à surréagir à tout et entra à deux pieds, dans son Burn-out n'ayant plus d'équilibre dans sa vie personnelle non plus.

Sa première nuit de travail de la semaine ne fut pas différente des autres nuits, c'est Lucie qui l'était. Chaque situation, pourtant vécut un certain nombre de fois avant, devint oppressante, étouffante, insupportable d'angoisse. Cela commença dans l'ascenseur quand elle rencontra un collègue.

— Salut Lucie, toujours avec tes vieux ?

Patrice voulut lui faire la bise, mais se reprit vite quand il remarqua le mouvement de recul de Lucie. L'espace d'un instant, il avait oublié que Lucie n'était pas très « tactile », il respectait, lui aussi ne supportait pas certains comportements.

— S'lut, et toi ?

— Ouais, moi aussi, répondit Patrice avec un sourire engageant.

Il était « volant ». C'est-à-dire qu'il remplaçait les autres aides-soignants quand ceux-ci étaient en congé.

Lucie travaillait avec lui deux nuits par mois, quand sa collègue était en RTT. Ces deux nuits permettaient aussi à Lucie de faire une coupure avec sa collègue. Ces coupures étaient « d'utilité professionnelle ».

— Tu ne sais pas ce que j'ai trouvé ce soir dans le vestiaire ? reprit-il.

— Non, dit Lucie.

— Une paire de chaussures, devant mon casier ! Non, mais tu te rends compte, le mec il n'est pas gêné ?

— Ah ? Lucie ne comprenait pas le problème, à vrai dire, elle n'avait pas envie de comprendre, elle ne se sentait pas très bien et n'arrivait pas à mettre un mot sur son trouble.

Elle voulait juste oublier Nicolas dans sa tombe. Arrêter de penser aux flics qui le découvriraient peut-être un jour, à sa compagne qui viendrait les tuer, l'un après l'autre, pour se venger ou aux avances sexuelles qu'elle devrait repousser en prison.

Son collègue continua à lui expliquer l'affront qu'il avait vécu, cinq minutes auparavant.

— … et en plus, elles puent ! Il embaume tout le vestiaire avec ses chaussures moisies.

— Je suis sûre qu'il le fait juste pour te faire chier, ironisa Lucie.

— Mais ouais, tu as raison !

Au grand étonnement de Lucie, Patrice avait pris Lucie au sérieux.

Ils arrivèrent dans la salle de soins où les soignants de jour les attendaient pour passer le relai. Quatre femmes étaient assises autour de la grande table carrée, recouverte de fournitures de bureau diverses et variées. Des blocs de papiers, des agrafeuses, des pots contenant des stylos, des dossiers en vrac, et deux ordinateurs se faisant face formant ainsi deux postes de travail.

La journée, le service était divisé en trois secteurs. Une infirmière et une aide-soignante formaient ce qu'on appelle un binôme de soin. Soit une vingtaine de patients pour deux. Elles ne chômaient pas. La nuit, les effectifs étaient réduits par trois, les patients étaient censés dormir… Censés !

— Vous ne savez pas ce que j'ai trouvé devant mon vestiaire… Patrice recommença son histoire.

Lucie écouta de nouveau la conversation. Puis, elle prit ses transmissions, l'équipe de jour l'informant ainsi des événements importants pour chaque patient, qui avait mal, qui avait un rendez-vous important le lendemain, qui avait été particulièrement pénible.

Une fois les collègues de jour partis, l'équipe du service d'en face vint les saluer.

— Vous ne savez pas ce que j'ai trouvé devant…

Lucie ressentit un mélange de sentiments négatifs remonter en elle, colère, irritation, frustration, lassitude ? Elle avait du mal à mettre un mot sur son sentiment.

« Mais il lui arrive rien d'autre dans la vie à ce pauvre type ».

Irritée, elle quitta la pièce, prétextant l'appel du patient de la chambre 03 puisque manifestement Patrice trouvait plus important de parler de son problème de vestiaire.

Quand elle revint un quart d'heure plus tard, le sujet était toujours le même. Lucie se demanda comment une histoire de chaussures, qui certes puaient, pouvait monopoliser autant l'intérêt. « C'est pas humainement possible ! Ben si ! »

— Qu'est-ce qu'elle voulait la 03 ? L'entrée de Lucie lui fit enfin changer de sujet.

Transmissions infirmières : madame Pugens, chambre 03, 65 ans, opérée il y a 10 jours d'une hanche à droite, valide, elle doit sortir demain, pas de cible significative. La patiente s'est baladée tout l'après-midi avec sa famille dans le parc. Sa rééducation est un véritable succès. Elle marche comme avant, mieux même.

— Elle voulait qu'on lui ferme la fenêtre et puis « tant que j'étais là » que je lui serve un verre d'eau, répondit Lucie dépitée.

— Sans déc'… répondit Patrice. Remarque, c'est sûr, quand je suis chez moi je sonne pour qu'on vienne fermer ma fenêtre.

— C'est comme s'ils avaient l'habitude d'avoir des employés de maison, ironisa Nicole l'aide-soignante du service d'orthopédie. Mais comment est-il possible de prendre si vite l'habitude de se faire servir ?

— Comme s'il y avait écrit « boy » sur notre front ! renchérit

Audrey son binôme.

— C'est ça l'esclavage ma pauvre ! dit Patrice en s'esclaffant de sa blague, suivi par les filles, sauf Lucie qui, perdue dans ses pensées, s'imaginait en esclave dans un champ de coton.

La même patiente sonna à nouveau. Lucie y retourna, car Patrice ne semblait toujours pas avoir envie de répondre à la sonnette.

Quand elle revint, elle dit énervée :

— Elle a sonné parce que la veilleuse était allumée. Elle s'en est rendu compte en revenant de la salle de bain.

Lucie avait pris un air niais pour imiter la patiente.

— Je lui ai répondu qu'il fallait juste appuyer sur le bouton comme pour sonner et que depuis le temps qu'elle était là elle devait bien le savoir !

La tension dans sa poitrine augmenta encore, elle respirait comme si elle venait de courir un cent mètres. Son visage était rouge et elle transpirait anormalement.

Une infirmière se doit d'être forte, courageuse, patiente et humble… Lucie décida de sortir sur-le-champ pour aller passer ses nerfs sur une cigarette.

Lucie était au désespoir, car elle avait appris que son dernier patient ressourçant, madame Brethes, était décédée aujourd'hui. Elle se demandait comment elle allait pouvoir supporter les autres sans les sourires chaleureux, sans les paroles encourageantes et revalorisantes de ce genre de patient. Aujourd'hui, elle n'avait plus personne pour lui rappeler pourquoi ce métier était important, pourquoi il était humain.

En ce début de soirée, l'hôpital était encore accessible aux visiteurs, et les portes ouvertes donc elle alla fumer dans la rue devant l'entrée. Elle se disait qu'elle aussi était un être humain. Ils l'épuisaient avec leurs demandes irréfléchies. Elle était là pour les soigner pas pour les servir tel un esclave. Sinon elle aurait travaillé dans l'hôtellerie ! Elle prit une dernière bouffée de sa cigarette, cracha son chewing-gum juste à l'instant où une dame d'un certain âge, qui promenait son chien, passa devant elle. Cette dernière lui fit les gros yeux.

— Quoi ? Qu'est qui y'a ? Lucie parla comme une adolescente. La passante ne répondit pas et continua son chemin. Lucie lui fit un doigt d'honneur.

Lucie pouvait se montrer parfois très immature. Comme si elle était restée coincée dans son l'adolescence, pas dans le bon sens du terme. Elle pouvait se montrer boudeuse, colérique…

Plus tard ce soir-là une patiente, mécontente, car elle avait eu mal lors d'une injection, lui fit la remarque :

— Il n'y a que vous qui faites comme ça !

Bien entendu, Lucie le prit très mal. Comme si la patiente mettait en doute ses compétences.

— Ben y a que moi ce soir ! Alors vous devrez faire avec pour ce week-end !

Et elle sortit en claquant la porte.

Son collègue ne l'avait jamais vu dans un tel état de stress. Bien sûr, elle se plaignait, comme eux tous, du travail trop lourd, du manque de personnel, du manque de considération autant de la part des patients que de leurs supérieurs. Mais Lucie ne craquait jamais devant les patients. Il essaya bien de la questionner, mais n'eut aucune réponse. Que pouvait-elle lui répondre de toute façon :

« Ce week-end, j'ai été complice d'un meurtre ! J'ai rien fait pour sauver le mec parce qu'il nous faisait tous chier avec son attitude ! Un vrai connard ! C'est bien fait pour lui ! »

En faisant ses boîtes de médicaments, elle pesta contre ses collègues de jour qui s'en servaient de poubelle en y remettant les ampoules et les blisters vides. Elle trouvait cela dégueulasse, car elle devait mettre les doigts dedans pour les vider, les emballages se coinçaient et si elle secouait la boîte tout tombait à côté de la poubelle trop petite. Parfois, elle se piquait avec les blisters, parfois le fond de la boîte était gluant à cause du produit sucré qui y avait coulé. Lucie était à bout, elle ressentait des palpitations.

« Serait-ce une crise cardiaque ? »

En plein milieu de la nuit, elle sortit pour fumer une autre cigarette et au bout d'un moment son esprit fut distrait de ses ruminations par l'ombre d'une silhouette qui semblait être celle d'un homme habillé en costume. Malgré la distance, il semblait immense, une vraie montagne. L'ombre disparut, car l'homme avait vu que Lucie l'avait remarqué. Elle pensa qu'il devait s'agir d'un client de l'une des prostituées qui travaillait sur le parking de l'hôpital.

Le parking offrait effectivement un lieu sécurisant, discret et confortable pour ces travailleuses de l'ombre. Et puis si la police les surprenait, le couple ainsi prit sur le fait pouvait simuler un malaise, une urgence, n'importe quoi pour éviter de se faire arrêter. Le service des urgences voyait très régulièrement arriver des couples accompagnés de policier sous les raisons médicales de : phimosis, allergie soudaine à la lessive ayant provoqué un déshabillage d'urgence, crise d'épilepsie ayant entrainé « la perte de mon pantalon, monsieur l'agent, je vous le jure », crise d'angoisse spontanée, même conséquence pour madame…

À partir du moment où le couple était admis, la police ne pouvait plus rien faire, à part l'inscrire dans leur bible des excuses les plus drôles pour échapper à une arrestation : volume de 500 pages que le comité d'entreprise du commissariat imprimait chaque année pour fêter le Premier de l'an.

Encore cette oppression dans sa poitrine.

Non, ce n'était rien d'autre qu'une crise d'angoisse, et Lucie connaissait parfaitement la source de son stress. Elle prit un anxiolytique dans la pharmacie, la plus grosse dose devait suffire puis elle se remit à sa tâche. À trois heures du matin, l'étau autour de son cœur s'était enfin relâché, elle arrivait de nouveau à respirer normalement, mais ce n'était pas pour autant que sa bonne humeur était revenue. Elle était en train d'enregistrer informatiquement les dossiers papier des nouveaux patients entrants dans le service pour la semaine. Heureusement, elle n'en avait que cinq à faire. Ce serait fini dans une heure.

Lucie trouvait cette tâche sans fin et stupide, une véritable perte de temps : chaque fois qu'un patient était admis dans un service d'hospitalisation, il fallait recopier, à nouveau, toutes ses informations personnelles et médicales. Pourquoi ? Parce que chaque structure de soin, hôpital ou clinique, avait son propre dossier informatisé avec chacun un logiciel différent. Logiciels incapables de communiquer entre eux.

Son esprit partit alors dans l'un de ses rêves éveillés. Elle imagina un monde où les gens auraient leur carte vitale, sous forme d'une puce, comme les animaux, directement sous leur peau, par exemple au poignet. Ainsi leurs dossiers de soins, complets, les suivraient partout et seraient toujours à jour.

Ils arriveraient dans une structure de soin, et hop ! un petit coup de poignet devant une borne enregistrerait leur arrivée et leur dossier dans le serveur de la structure. Ils iraient ensuite patienter dans une salle d'attente, mais pas plus de 5 min. Une secrétaire viendrait les chercher, tablette à la main, avec photo du patient.

— Bonjour monsieur Bidule ! Le docteur Machin vous attend en salle 3, si vous voulez bien me suivre.

Aujourd'hui, quand le patient arrive, il va se renseigner au secrétariat :

— Prenez un ticket et attendez votre tour.

Il attend trente minutes puis on l'invite à s'asseoir derrière un bureau sans intimité, on lui redemande tous ses papiers, tous ses antécédents, encore, trente minutes plus tard on lui indique la prochaine étape :

— Vous allez vous rendre dans la salle d'attente 64.

— Où est-ce ?

— Pfff, répondait la secrétaire surmenée, vous prenez à droite, puis à gauche, ensuite vous prenez l'ascenseur A, puis l'escalier B. Tournez à gauche, encore à gauche et à droite. Prenez le passage Z et tournez à la troisième coursive à gauche, en suivant les pastilles jaunes…

Quinze minutes plus tard, le patient se retrouvait devant un couloir où les pastilles jaunes allaient dans les deux directions opposées.

Dans son fantasme, les dossiers se mettaient automatiquement à jour, toutes les informations étaient centralisées dans le serveur de la sécurité sociale, qui transmettait les informations à qui de droit (médecins, assurance complémentaire, pharmacie) et tout fonctionnait parfaitement. Le réseau était ultra protégé, révisé, mis à jour, performant… Il n'y avait jamais de problème, jamais !

— Voilà, monsieur Bidule, votre dossier est à jour, vous pouvez aller à la pharmacie, dirait la secrétaire en raccompagnant le patient après son séjour.

— S'il y avait un souci avec l'ordonnance…

Elle se mettrait à rire. Mais non, il n'y avait plus jamais de souci.

— Non, vous n'avez aucun supplément à régler, les dépassements d'honoraires sont interdits !

À la pharmacie :

— Le tiers payant se fait directement avec votre puce monsieur, bonne journée.

Sur un accident de la route d'un motard, celui-ci étant inconscient et n'ayant pas de papier sur lui : un petit coup sur le poignet et voilà monsieur Motard, allergique à ceci, appeler sa femme au…

Au bloc opératoire :

— C'est la jambe droite ou gauche qu'on coupe ? demanderait le chirurgien à l'aide opératoire.

— Au… sec… neee… marmonnerait la patiente déjà bien sédatée.

Petit coup de scanner, oups, c'est un lifting, on la ramène dans la bonne salle d'opération.

Encore plus fort : quand le patient entrerait dans une salle de bloc ou d'examen, son dossier apparaîtrait directement sur les grands écrans accrochés aux murs, avec sa photo, son intervention prévue, ses allergies…

Lucie sortit de ses pensées pour revenir dans le présent, elle perdait 25 minutes à tout enregistrer manuellement dans l'ordinateur. Et pourquoi ? Parce que les gens n'aimaient pas qu'on leur change leurs habitudes. Elle imagina un grand meeting, des politiciens essayant de faire passer cette nouvelle réforme de soin, devant une foule en colère :

— Ils veulent nous priver de notre liberté et de nos droits individuels, répondrait un politicien d'un autre parti politique, nous fliquer, nous espionner ! Et ils nous font croire que c'est pour notre bien et celui des personnels soignants.

— À mort ! hurlerait un homme dans la foule.

— Sauvons ma liberté ! hurlerait un autre.

— Ils vont intégrer une caméra afin de savoir comment est la couleur de notre sang, crierait une femme au bord de la crise d'hystérie.

— Ils vont savoir où on fait nos courses.

— Mon Dieu ils vont savoir à qui on serre la main.

— NON ! Non peuple français ! Vous devez lutter contre un système aussi vicieux ; ils vous font croire que ce système pourrait vous faciliter, voire, vous sauver la vie. Fadaises ! Mensonges ! NE LAISSEZ PAS BIG BROTHER ENTRER CHEZ VOUS ! Soyez mort, mais soyez libre !

Le politicien contestataire avancerait ses arguments.

— On va vous ficher ! OUI, FICHER, vous entendez ? Il y aura des dérives. Comme avec les caméras dans les rues : on pourrait savoir que vous êtes en train de faire un malaise où en train de vous faire agresser et on pourrait venir vous sauver à temps. J'en ai froid dans le dos…

— C'est inadmissible ! Il faut préserver mon intimité ! crierait une femme, qui le matin même postait sur Facebook une photo d'elle en maillot de bain, expliquant qu'elle aimait manger son « banana Split » avec beaucoup de chantilly. Et qui posterait le soir une photo d'elle au restaurant, avec comme commentaire « c'est chaud ». Le soir à minuit : « Je regarde The Voice, en replay, ouah ! »

13

Nadia attendait dans une salle froide en se rongeant les ongles, on lui avait donné un café pour la faire patienter, mais il n'était pas bon alors après la première gorgée, elle s'était contentée de faire tourner nerveusement le gobelet.

Nadia se sentait mal à l'aise dans cet environnement. Les murs gris étaient sales, la table sur laquelle elle s'appuyait était bancale et la chaise inconfortable, mais elle n'avait pas eu d'autre choix que de se rendre au commissariat. Nicolas avait disparu depuis 5 jours à présent. Il ne l'avait pas quitté, car il avait laissé toutes ses affaires, y compris ses papiers personnels. Elle devait se faire une raison. Quelque chose de grave avait dû lui arriver.

Elle ne le savait pas, mais ses réactions étaient observées par deux policiers à travers un miroir sans tain.

Le premier, âgé d'une cinquantaine d'années, était pourvu d'une moustache brune alors que ses cheveux étaient grisonnants. Il portait fièrement un ventre proéminent. Les mains sur les hanches, il hochait la tête en signe d'affirmation. Il les connaissait par cœur ces oiseaux-là. D'ailleurs, il savait tout ce qu'il y avait à savoir sur la nature humaine. Il s'occupait des gros poissons. Et aujourd'hui le lieutenant Mosut avait, en plus, la charge de former un jeune et brillant promu, son nouvel équipier le lieutenant Bog.

Ils rentrèrent dans la salle d'interrogatoire comme on entre en terrain conquis.

— On va dire qu'on prend votre histoire au sérieux, mademoiselle Werber, dit le lieutenant Mosut en s'asseyant en face d'elle.

Il repoussa le gobelet de café sur le côté. Il allait lui dire des choses qui allaient faire mal et il ne voulait pas qu'elle le lui jette à la figure.

Pendant ce temps, le lieutenant Bog se cala contre le mur. Il avait pour consigne d'observer son collègue et de ne pas intervenir sauf indication contraire.

— On veut bien croire que la disparition de votre conjoint, monsieur Nicolas Duclesne, est suspecte.

— C'est pas trop tôt, se réveilla Nadia. J'ai appelé vos services plusieurs fois. Alors au début on me disait qu'il fallait attendre, car la situation n'était pas inquiétante, ensuite que c'était sa famille qui devait faire les démarches ! Mais il en a plus de famille ! C'est nul, on perd du temps putain !

— Oh ça va ! Calmez-vous et commencez pas à vous plaindre, y'a un bureau spécial pour ça. On est là pour parler de votre coco, parce que jeune fille, on le connait bien.

Et il jeta un épais dossier devant elle.

— On le surveille depuis un petit moment, votre « ami » …

Nadia rougit pensant à la quantité de marijuana qui traînait chez elle.

— Quoi ? Qu'est-ce qui y'a ? On a plus le droit de fumer bio en France ? On peut plus faire la fête non plus ?

— Oh, mais je ne vous parle pas de votre consommation de stup ni de vos problèmes de voisinage, ça passe encore ça, je vous parle de ses fréquentations.

Il ouvrit le dossier et lui présenta plusieurs photos que Nadia regarda sans comprendre. Elle ne reconnaissait personne sur ces photos à part Nicolas.

— Euhrr, répondit Nadia, je ne comprends pas ?

— Que diraient vos parents s'ils étaient au courant ?

— Déconnez pas, mes parents ne savent même pas que je vis avec un homme, ils me croient vierge ! Bordel !

— Si vous coopérez on n'a aucune raison d'en parler à vos parents.

— Mais monsieur l'agent je ne comprends pas, c'est moi qui suis venue vous voir pour avoir de l'aide, bien sûr que je vais coopérer.

— Il va falloir qu'on fouille votre domicile.

— Quand vous aurez un mandat, cria Nadia en tapant sur la table.

— On a besoin de faire des recherches pour retrouver votre ami et accessoirement pour vous éliminer de la liste des suspects.

— N'importe quoi ! Je ne vois pas pourquoi je lui aurais fait du mal…

Cela dit en y pensant Nadia aurait eu pas mal de raisons.

— Il n'était pas très fidèle…

— Quoi… balbutia-t-elle, puis pensant que ce policier lui tendait un piège afin de la faire craquer : on est un couple très libre.

Elle sourit de travers, jaune, refoulant sa colère.

— Les crimes passionnels sont plus fréquents qu'on ne le pense, et au passage vous avez empoché un sacré pactole.

— Ah ! Vous avez tout faux, il n'a pas une tune, c'est moi qui paye tout.

Nadia avait bondi de sa chaise.

— Regardez à nouveau les photos. Vous voulez me faire croire que vous ne savez pas qu'il gagnait sa vie de cette façon ?

Nadia se rassit, regarda à nouveau les photos et les repoussa.

— Je vous dis que je ne comprends pas vos photos.

Puis soudain, elle rajouta :

— Mais c'est moi qui paye tout, tout le temps, pour tout…

Le lieutenant Mosut finit par ouvrir une enquête pour disparition inquiétante, ce qui permit d'inscrire Nicolas sur un fichier accessible à toutes les forces de l'ordre du pays et de partir à sa recherche. Les policiers avaient ainsi accès à son appartement, ce qui pourrait leur permettre de trouver des éléments sur l'enquête concomitante qu'ils effectuaient sur un gros bonnet de la pègre.

— Madame Laurent avez-vous entendu quelque chose de suspect le week-end dernier. Le premier novembre ? demanda le lieutenant Mosut.

— Pourriez-vous être plus précis monsieur l'agent ? lui répondit-elle.

Fabienne se tenait face aux deux policiers. Ils se trouvaient tous les trois sur le pas de la porte d'entrée de Fabienne.

— Nous enquêtons sur la disparition de monsieur Nicolas

Duclesne et nous voudrions savoir si vous avez remarqué quelque chose de particulier le vendredi premier novembre.

— Vous parlez du jeune homme qui met toujours sa musique trop fort, monsieur l'agent ? Celui qui pose des problèmes sur l'autre bâtiment, monsieur l'agent ?

— Affirmatif madame ! Auriez-vous des informations ?

— Eh bien, en y réfléchissant quand je suis rentrée ce vendredi chez moi, il devait être chez lui, car la musique qu'on entendait de son appartement était encore trop forte. Je lui en ai fait la remarque, mais il n'a pas répondu. Sur le moment, j'ai cru qu'il n'était pas chez lui, mais en y repensant peut-être qu'il se cachait. Il n'a sûrement pas l'habitude de se faire remonter les bretelles par une dame !

— Quelle heure était-il ? demanda le lieutenant Mosut en recopiant les informations que lui donnait son témoin sur un carnet blanc.

— Il devait être 16 h 30, je rentre plus tôt le vendredi soir. J'ai parfaitement entendu sa musique et mes voisins pourront vous le confirmer, un certain nombre d'entre eux étaient dans le jardin cet après-midi-là. Si vous voulez les noms…

— Merci, madame, nous interrogerons tout le voisinage, tout le quartier pour être justes. Et plus tard dans la soirée, avez-vous entendu des bruits suspects ?

— Justement, maintenant que vous m'y faites penser, je me demandais si un coup de feu ressemblait au bruit d'un pneu qui éclate ?

— Oui, cela y ressemble, répondit le lieutenant Mosut.

— Et est-ce qu'on pourrait dire que cela ressemble au bruit d'un feu d'artifice ?

Fabienne parlait soudain de manière enflammée.

— Oui aussi, à quelle heure l'avez-vous entendu ?

— Oh ! je n'ai rien entendu qui ressemble à un pneu qui éclate ou à un feu d'artifice. Juste la jeune fille qui criait cherchant Nicolas.

Les deux agents la regardèrent, déçus. À la manière dont leur témoin s'était enflammé, ils étaient persuadés d'en tirer une pléthore d'informations.

C'est à ce moment-là que Lucie ouvrit la porte de la résidence, chargée de deux grands sacs de courses.

— Lucie, bonjour, cria presque Fabienne encore exaltée par son interrogatoire. C'est la police nationale, Lucie. Ils enquêtent sur la disparition de Nicolas !

— Bonjour madame, dirent de concert les deux agents en lui montrant leur carte de police.

Lucie se sentit extrêmement mal à l'aise, angoissée et ses sacs pesaient une tonne.

— B'jour, répondit-elle le souffle coupé.

Elle fit un pas en avant, puis s'arrêta, piétina quelques secondes sur place ne sachant plus si elle devait rester avec eux, monter chez elle ou jeter ses sacs sur les policiers et fuir à toutes jambes.

— Madame Laurent, nous en avons fini. Mademoiselle ?

— Bernato. Elle s'appelle Bernato, répondit Fabienne fière comme un paon de pouvoir aider la police.

— Mademoiselle Bernato, si vous permettez nous allons vous suivre pour vous interroger.

Elle acquiesça d'un signe de tête, elle n'avait de toute façon pas le choix. Pendant qu'elle montait les escaliers qui la menaient à son appartement, elle avait la sensation d'être un condamné à mort en train de monter à l'échafaud. Elle respirait difficilement, suait et pensait qu'elle n'allait pas tarder à fondre en larmes.

Fred qui avait entendu Lucie se garer vint l'accueillir pour l'aider à ranger les courses. C'était dans leur contrat de colocation : page 6, alinéa 13. Il fut surpris de la voir entourée par deux policiers. Lucie les larmes aux yeux regardait par terre. Il la délesta de ses sacs.

— Lieutenant Mosut, et voici mon collègue le lieutenant Bog. Nous enquêtons sur la disparition d'un de vos voisins, monsieur Nicolas Duclesne.

Fred méprisait les forces de l'ordre, il méprisait tout ce qui représentait la loi ou l'autorité depuis son échec dans l'armée.

— Qui ça ? demanda Fred mielleux.

— Pouvons-nous entrer ? demanda le lieutenant Mosut, impatient.

Lucie leur fit signe que oui.

— Mais entrez donc, messieurs, leur répondit-il, se reculant pour les laisser entrer dans l'appartement de Lucie, en faisant presque des courbettes.

Ils s'installèrent autour de la table de bar de la cuisine.

Lucie s'assit mollement sur le fauteuil en face des policiers. Ses jambes tremblaient. Elle avait peur de tomber. Elle mit les mains sur la table comme si elle attendait, résignée, qu'on lui passe les menottes.

Pendant ce temps, Fred rangeait les courses commençant par celles qui devaient se garder au frais.

— Connaissez-vous monsieur Nicolas Duclesne, résidant l'appartement N°2 de votre résidence ?

— Non, répondit Lucie en expirant.

— Mais si Lucie, c'est l'emmerdeur du rez-de-chaussée !

— Ah ? Oui.

— Oui, vous le connaissez ? demanda le lieutenant Mosut.

— Oui pardon, je ne me souvenais plus de son nom.

— Que se passe-t-il ? demanda Fred. Quelqu'un lui a enfin fait la peau ?

Il éclata de rire sous le regard apeuré de Lucie, qui couina.

Les deux policiers la regardèrent, interrogatifs.

Elle ne pouvait plus respirer, elle allait perdre connaissance. Elle pensa que tout était fini. Quelqu'un avait parlé ou les avait vus et les avait dénoncés.

Elle allait finir ses jours en prison ! Elle fixait intensément le revolver du policier le plus jeune, se demandant s'il allait la mettre en joue pour l'arrêter comme dans ses séries.

Les policiers la voyant fixer l'arme pensèrent que c'était la raison à son trouble.

— Nous enquêtons sur sa disparition et nous recherchons des témoins. Le lieutenant Mosut sortit un carnet pour relire ses notes. Mademoiselle Werber, la compagne du susdit individu, nous a signalé sa disparition le 5 novembre de cette année, après le délai légal de 48 heures. La dernière fois que monsieur Nicolas Duclesne a été vu, c'était le matin du 1er novembre, par mademoiselle Werber elle-même avant qu'elle ne se rende à une réunion de famille. Nous savons que monsieur Nicolas Duclesne était source de problèmes au vu du nombre de mains courantes déposées à son encontre par votre syndic.

Lucie restait silencieuse, attendant une question.

— Nous sommes au début de l'enquête, mais sachez que ce monsieur est déjà connu de nos services. Il a de très mauvaises fréquentations, beaucoup d'ennemis et de nombreux problèmes avec la justice.

— J'en étais sûr ! Il n'était pas net ce mec ! dit Fred en donnant un coup de coude à Lucie avec un air entendu.

Ce qui fit reprendre à Lucie ses esprits, elle lui demanda :

— Quoi, tu savais quelque chose sur sa vie ? Tu m'en avais parlé ?

Fred mal à l'aise, car il n'avait jamais rien su sur les occupations réelles de Nicolas et ne sachant pas quoi répondre à Lucie, s'adressa au lieutenant Mosut.

— Et quels genres de problèmes a-t-il eus ?

— Il a été condamné pour le vol d'une voiture qu'un ami lui avait prêté et dégradation du dit véhicule. Il a été soupçonné pour de nombreux autres délits : vols, trafics, agressions. Il harcelait ses ex-petites amies. Plusieurs ont dû quitter la région, mais il n'a jamais été condamné. Il a été malin et a su s'arrêter avant que la situation ne dégénère, pour lui. Nous ne pouvons pas parler de ses derniers larcins, car l'enquête est en cours. Mais nous voudrions que vous nous parliez de votre journée du 1er novembre.

— Je n'étais pas là dans l'après-midi du vendredi, j'étais au circuit pour une course, je ne peux donc pas vous informer, leur dit Fred. En ce qui concerne le reste du week-end à part l'autre folle qui l'a cherché en gueulant, je n'ai rien remarqué d'anormal.

— Et vous, mademoiselle ? demanda le lieutenant Bog, ce qui irrita son collègue qui voulait mener tous les interrogatoires.

Le lieutenant Bog était amusé par cette situation. Depuis qu'il travaillait avec le lieutenant Mosut, il prenait plaisir à observer son collègue faire le coq, avec des techniques d'interrogatoires dépassées, bien loin de ce qu'il avait appris lors de sa formation.

Néanmoins, il voulait interroger ce témoin. Elle était très jolie et manifestement très émue par son uniforme et son arme. Il trouvait touchant qu'elle ose à peine le regarder ainsi que sa timidité. Son compagnon avait l'air d'un imbécile. Il pourrait peut-être avoir une aventure avec elle.

Lucie aurait effectivement pu trouver ce grand blond attrayant si elle n'avait pas été tétanisée par l'angoisse qu'elle ressentait. Il devait avoir son âge, il était athlétique et il portait bien l'uniforme.

Soudain, le téléphone portable de Lucie sonna et elle se leva pour répondre, car il était resté dans la chambre.

— Allo ? répondit Lucie.

— LUCIE ! LA POLICE EST VENUE INTERROGER DAVID !

Tout le monde se retourna vers elle ayant entendu les cris de son correspondant.

— Ils sont là, chuchota Lucie, et plus fort : je te rappelle plus tard.

Elle raccrocha rapidement.

— Excusez-moi, c'est juste une copine qui fait une crise.

Le lieutenant Bog lui fit un signe de tête entendu, quand Edward avait peur on aurait pu confondre sa voix avec celle d'une fille.

— Nous voudrions savoir quand vous l'avez vu pour la dernière fois, reprit le lieutenant Mosut s'adressant à Lucie.

— Ola ! On ne le voit jamais, on l'entend, enfin moi, parce que Lucie travaille la nuit, répondit Fred.

— Et vous, mademoiselle ? demanda le lieutenant Bog en parlant d'une voix langoureuse.

— Ben… je sais plus trop…

« Quand je lui ai mis une bâche sur la tête en lui marchant sur le bras. »

Lucie n'arrivait pas à réfléchir, ayant cette image dans la tête.

— Non vraiment, je ne sais plus.

La conversation continua environ un quart d'heure puis les policiers partirent au grand soulagement de Lucie qui les raccompagna jusqu'au parking.

— Restez à disposition des forces de l'ordre, dit le lieutenant Mosut en lui tendant une carte de visite. Voici notre carte si quelque chose vous revenait, n'hésitez pas à nous contacter.

Lucie les regarda partir à bord de leur voiture de police, puis en levant les yeux vers les appartements du haut de l'autre bâtiment, elle vit Sophie et Edward qui se cachaient derrière leur fenêtre respective pour espionner.

Puis son attention fut attirée par une silhouette noire qui bougea rapidement au bout du chemin. Il s'agissait d'une Mercedes noire qui démarra rapidement. La voiture était garée sur le trottoir, devant l'entrée de leur voisin. Lucie se dit qu'en voyant les policiers, le conducteur avait eu peur de prendre un PV.

14

Quand Lucie remonta dans l'appartement, elle ressentit une violente pulsion de vie. Elle avait soudain très faim, comme si ayant échappé au pire, son corps se mettait soudain en mode survie.

Elle se précipita dans la cuisine pour préparer l'apéro, elle allait s'en mettre plein la panse. Mais où était donc le saucisson ? Elle chercha à sa place habituelle, dans le frigo, dans le placard ! Puis soudain, une intuition :

— T'es dégueulasse ! T'as mangé tout le saucisson !

Elle s'était plantée devant Fred qui mangeait son Twix devant la télé.

— Q…uoi ?

— Ne fais pas l'innocent ! Prends tes responsabilités.

— Mais je ne sais…

— Merde ! À partir de maintenant, on fait frigo séparé. Tu as interdiction de piquer quoi que ce soit de mon côté, c'est ma part !

Fred eut besoin d'un moment pour se remettre de cet épisode d'hystérie. Même s'il voulait avoir des explications sur le sujet de mécontentement de Lucie, il ne parla plus sauf pour aller dans son sens et répondre favorablement aux demandes de sa compagne. Il savait que quoiqu'il dise cela empirerait la situation.

Il trouvait qu'elle était étrangement stressée ces derniers temps. Il ne prit pas le risque de lui dire qu'il trouvait que son syndrome prémenstruel était très violent et plus long que d'habitude.

Il attendit leur soirée mensuelle pour relancer le sujet, un soir où ils dînaient avec les amis de Lucie, dans un restaurant japonais. Fred savait que Lucie ne ferait pas de scandale en public donc il en profita.

— Elle est insupportable en ce moment, leur avait dit Fred, répondant à la question de Laure qui demandait à son amie si elle allait bien.

Laure et François avaient aussi remarqué que Lucie avait l'air plus tendue qu'à l'ordinaire.

Lucie le fusilla du regard, et répondit, froidement :

— Je suis insupportable parce que tu te comportes comme un connard !

Laure et François se lancèrent un regard complice. La soirée serait plombée s'il ne trouvait pas rapidement un autre sujet de conversation.

— On te voit plus beaucoup en ce moment, tu ne vas pas finir comme ces vieux couples qui ne sortent plus.

Lucie continua.

— J'ai effectivement une grosse accumulation de stress et Fred ne m'aide pas avec ses remarques surtout qu'il les fait en public, ainsi je ne peux pas me défendre correctement. Puis s'adressant à Fred : je ne te permets pas de te foutre de ma gueule devant mes amis !

— Mais je ne me fous pas de toi, je te taquine.

Fred pensa qu'il allait encore être privé de sexe cette semaine.

— Quand comprendras-tu que je ne supporte pas ça ! Et me répéter que je suis toujours de mauvaise humeur n'arrange pas les choses, loin de là !

— Vous avez commandé, coupa le serveur du restaurant avec un fort accent asiatique.

— ない、戻って5分で来てください！ répondit Fred sous les regards stupéfaits de ses voisins de table.

Il continua à parler avec le serveur quelques instants puis quand celui-ci partit, il remarqua que tous le fixaient. Le sujet sur l'humeur de Lucie était oublié. Comment Fred avait-il appris à parler si bien le japonais ?

— Pour être précis, c'est une forme de patois japonais, j'ai vécu quelques mois dans la campagne profonde d'Ise !

Finalement, Fred raconta son aventure au Japon et comment il avait failli entrer au service de la garde rapprochée de l'empereur japonais et la soirée fût plutôt agréable.

Quand Lucie partit payer la note, elle aperçut une silhouette familière à travers la vitrine du restaurant. Il s'agissait d'un homme très grand et très costaud, habillé en costume. Elle voulut se dépêcher de sortir pour aller voir de qui il s'agissait. Peut-être se souviendrait-elle d'où elle connaissait cet homme.

— On y va, dit-elle à ses compagnons de soirée, s'agitant, tirant sur le pantalon de Fred pour le faire bouger, mais ils étaient attroupés, fascinés devant un aquarium.

Le temps qu'ils sortent, la silhouette avait disparu. Lucie en fût plus que contrariée, elle fût prise d'une nouvelle angoisse, et s'il s'agissait d'un policier qui la surveillait ?

15

Quand Lucie remonta dans l'appartement, elle ressentit une violente pulsion de vie. Elle avait soudain très faim, comme si ayant échappé au pire, son corps se mettait soudain en mode survie.

Elle se précipita dans la cuisine pour préparer l'apéro, elle allait s'en mettre plein la panse. Mais où était donc le saucisson ? Elle chercha à sa place habituelle, dans le frigo, dans le placard ! Puis soudain, une intuition :

— T'es dégueulasse ! T'as mangé tout le saucisson !

Elle s'était plantée devant Fred qui mangeait son Twix devant la télé.

— Q…uoi ?

— Ne fais pas l'innocent ! Prends tes responsabilités.

— Mais je ne sais…

— Merde ! À partir de maintenant, on fait frigo séparé. Tu as interdiction de piquer quoi que ce soit de mon côté, c'est ma part !

Fred eut besoin d'un moment pour se remettre de cet épisode d'hystérie. Même s'il voulait avoir des explications sur le sujet de mécontentement de Lucie, il ne parla plus sauf pour aller dans son sens et répondre favorablement aux demandes de sa compagne. Il savait que quoiqu'il dise cela empirerait la situation.

Il trouvait qu'elle était étrangement stressée ces derniers temps. Il ne prit pas le risque de lui dire qu'il trouvait que son syndrome prémenstruel était très violent et plus long que d'habitude.

Il attendit leur soirée mensuelle pour relancer le sujet, un soir où ils dînaient avec les amis de Lucie, dans un restaurant japonais. Fred savait que Lucie ne ferait pas de scandale en public donc il en profita.

— Elle est insupportable en ce moment, leur avait dit Fred, répondant à la question de Laure qui demandait à son amie si elle allait bien.

Laure et François avaient aussi remarqué que Lucie avait l'air plus tendue qu'à l'ordinaire.

Lucie le fusilla du regard, et répondit, froidement :

— Je suis insupportable parce que tu te comportes comme un connard !

Laure et François se lancèrent un regard complice. La soirée serait plombée s'il ne trouvait pas rapidement un autre sujet de conversation.

— On te voit plus beaucoup en ce moment, tu ne vas pas finir comme ces vieux couples qui ne sortent plus.

Lucie continua.

— J'ai effectivement une grosse accumulation de stress et Fred ne m'aide pas avec ses remarques surtout qu'il les fait en public, ainsi je ne peux pas me défendre correctement. Puis s'adressant à Fred : je ne te permets pas de te foutre de ma gueule devant mes amis !

— Mais je ne me fous pas de toi, je te taquine.

Fred pensa qu'il allait encore être privé de sexe cette semaine.

— Quand comprendras-tu que je ne supporte pas ça ! Et me répéter que je suis toujours de mauvaise humeur n'arrange pas les choses, loin de là !

— Vous avez commandé, coupa le serveur du restaurant avec un fort accent asiatique.

— ない、戻って5分で来てください ! répondit Fred sous les regards stupéfaits de ses voisins de table.

Il continua à parler avec le serveur quelques instants puis quand celui-ci partit, il remarqua que tous le fixaient. Le sujet sur l'humeur de Lucie était oublié. Comment Fred avait-il appris à parler si bien le japonais ?

— Pour être précis, c'est une forme de patois japonais, j'ai vécu quelques mois dans la campagne profonde d'Ise !

Finalement, Fred raconta son aventure au Japon et comment il avait failli entrer au service de la garde rapprochée de l'empereur japonais et la soirée fût plutôt agréable.

Quand Lucie partit payer la note, elle aperçut une silhouette familière à travers la vitrine du restaurant. Il s'agissait d'un homme très grand et très costaud, habillé en costume. Elle voulut se dépêcher de sortir pour aller voir de qui il s'agissait. Peut-être se souviendrait-elle d'où elle connaissait cet homme.

— On y va, dit-elle à ses compagnons de soirée, s'agitant, tirant sur le pantalon de Fred pour le faire bouger, mais ils étaient attroupés, fascinés devant un aquarium.

Le temps qu'ils sortent, la silhouette avait disparu. Lucie en fût plus que contrariée, elle fût prise d'une nouvelle angoisse, et s'il s'agissait d'un policier qui la surveillait ?

16

— Moi j'ai vu un drôle de type aussi, dit Edward, très petit et très moche, il m'a observé étrangement pendant un moment avant de se décider à rentrer dans la boutique. Il était habillé avec des vêtements de très mauvaise qualité. Quand je me suis approché pour lui proposer mon aide, il n'a pas répondu et est sorti.

Lucie, Edward et David étaient une fois de plus réunis chez Lucie, qui venait de leur parler de ses soupçons : elle avait peur qu'ils ne soient surveillés, mais ne savait pas par qui.

— J'ai remarqué cette Mercedes noire qui se gare à l'angle du chemin, continua David, je l'ai vue une ou deux fois peut-être. Mais franchement, je vois mal la police en Mercedes.

— Moi aussi je l'ai vu cette Mercedes, dit Lucie.

Elle sentit qu'ils étaient tous inquiets, parano comme elle l'était.

— Et j'ai vu deux fois la même silhouette, une fois au boulot et une fois au resto. Je suis sûre que c'était la même personne, car il était immense, encore plus baraqué que toi David, on ne voit pas cela tous les jours.

— Et tu crois que c'était un policier ? demanda Edward.

— Je ne sais pas, c'est difficile à dire, il n'était pas si discret que ça pour un policier, et puis la police nous aurait déjà arrêtés... Vous ne pensez pas ?

Jérôme et Sophie les rejoignirent enfin. Lucie les questionna pour savoir s'ils avaient eux aussi remarqué la voiture noire.

— Non, répondit Sophie. Mais tu penses à quoi ?

— Peut-être que la police nous surveille ? leur répondit-elle.

— Ce qui pourrait expliquer ma mésaventure, enchaîna Jérôme.

— Explique ? demanda Lucie.

Jérôme expliqua à Lucie que le couple se sentait observé depuis quelque temps. Ils avaient mis cela sur le compte du stress engendré par la situation.

— Par qui ? demanda Lucie.

— Je ne sais pas, personne de concret. Je pensais que c'était sûrement de la parano. Mais maintenant que tu me racontes vos expériences, je fais le lien avec mon dernier cours de krav maga. La salle où je dispense mes cours est pourvue de fenêtres qui donnent sur une cour intérieure. Il arrive que des personnes curieuses regardent en attendant que leur cours commence, car le complexe comporte plusieurs salles. Ce soir-là, j'ai remarqué une ombre, un homme immense comme tu le décris. Il est passé plusieurs fois devant la fenêtre, il essayait d'être discret. J'ai repris l'exercice avec une élève et j'ai été distrait en apercevant une nouvelle fois l'ombre qui s'était figée. J'ai cassé le nez de mon élève, déconcentré, en lui jetant un coup de pied au visage. En quinze ans de pratique, c'est la première fois que je perds le contrôle sur une attaque.

Cette nuit-là, Lucie rêva.

Elle était poursuivie par un nombre incalculable de policiers pendant que Fred était tranquillement assis devant la télévision en train de manger du saucisson. Elle courait en y mettant toute son énergie, jusqu'à épuiser ses dernières forces, devant lui, mais n'arrivait pas à avancer, le sol s'enfonçait sous ses pieds. Plus elle essayait d'accélérer et plus elle faisait du sur-place, en suant à grosses gouttes. Alors elle s'énerva après Fred et cria :

— Tu pourrais m'aider ! T'es nul comme mec, incapable ! Tu ne sers vraiment à rien. Tu m'avais promis de réparer ma lampe il y a 4 mois déjà ! Et en plus, je ne suis pas satisfaite au lit !

— Vu qu'on couche plus, tu ne peux pas dire que ce n'est que de ma faute !

— QUOI !

Pendant qu'elle hurlait, Fred remuait, tout en lui souriant, pour trouver une autre place sur le canapé depuis laquelle Lucie ne lui couperait pas la vue de la télévision.

LeChat qui dormait au pied du lit en fut éjecté d'un violent coup de pied de Lucie qui cauchemardait. Il regarda le lit, indigné :

« Ça va, j'ai rien, tu peux continuer à dormir ».

Il partit ensuite finir sa nuit sur le canapé du salon.

Au début de son aventure avec Fred, quand Lucie se réveillait, la première chose qu'elle faisait était de tendre la main du côté de Fred.

S'il était dans le lit, elle allait se coller à lui. C'était un vrai moment de bonheur pour elle, car il la prenait aussitôt dans ses bras et l'embrassait sur le front. Une douce mélodie emplissait sa tête : « Ce rêve bleu, Aladdin, Karine Costa & Daniel Lev ».

Elle se sentait unique et merveilleuse aux yeux de cet homme. Mais depuis l'emménagement de Fred, les musiques étaient moins féériques, voire pathétiques, jusqu'à devenir ridicules.

Ce matin-là, en colère après Fred à cause de son rêve, stressée par sa situation, elle entendit à nouveau la musique des poursuites dans Benny Hill.

Elle pensa au petit vieux à qui on tapotait la tête dans chaque épisode. Fred aussi était petit et chauve. Elle le réveilla avec un violent coup d'oreiller :

— Eh ! qu'est-ce que tu fais ? lui demanda-t-il à moitié réveillé.

— Quand une fille demande à SON mec de faire un truc, cela sous-entend qu'il doit le faire rapidement et pas six mois après !

— Ah ! mais de quoi tu parles ? demanda-t-il en s'asseyant sur le lit après avoir pris un second coup d'oreiller sur la tête.

— De ma lampe, TU as promis de t'en occuper !

Lucie se leva du lit rapidement, en repoussant les draps très violemment ce qui découvrit également Fred.

— Or, malgré de nombreux rappels, elle est toujours dans le même état. Elle se cogna le pied dans un coin du lit. Aïe ! Fais chier.

— Tu t'es fait mal, demanda Fred doucement.

— Ta gueule, répare ma lampe ! Tu me soûles. Arrête de me promettre des trucs si tu n'es pas capable de t'y tenir.

— Mais… commença Fred.

Lucie sortit de la chambre en claquant la porte.

En fin d'après-midi, LeChat rentra de sa journée d'aventures félines avec un cadeau pour sa maîtresse. Il comprenait qu'elle était stressée plus que de raison en ce moment, mais ne savait pas ce qu'il avait pu faire pour mériter de se faire éjecter ainsi de son lit. Pour que cela ne se reproduise plus, il lui avait rapporté un magnifique pigeon mort, presque deux fois plus grand que lui.

Pour bien lui montrer son exploit, il le projeta plusieurs fois en l'air. Les plumes volèrent ainsi dans tout l'appartement. Lucie, dégoutée, courut après son chat pour lui prendre l'oiseau mort. Elle attrapa le pigeon à l'aide d'un vieux torchon. Elle ne voulait pas le toucher directement avec ses mains.

Mais cela tombait bien, elle allait le mettre dans la fosse. Les complices avaient mis de la chaux sur le cadavre de Nicolas, mais cela servirait d'excuses s'il y avait malgré tout quelque odeur suspecte.

En sortant de la résidence, Lucie croisa le jeune couple qui habitait en face de chez elle. Elle bredouilla une explication :

— Ah, bonjour. C'est mon chat qui m'a rapporté un oiseau mort. Je vais l'enterrer dans la fosse… Mais… j'ai le droit…

— Euh… OK ! répondit son voisin. Le couple n'était absolument pas intéressé par ce genre d'histoires. Ils montèrent directement chez eux.

Fabienne, qui avait entendu du bruit, avait ouvert ses fenêtres, pour les saluer et discuter avec eux. Si vous lui aviez posé la question, elle vous aurait répondu : « Mais non, je suis au rez-de-chaussée, alors je suis un peu obligée de voir ce que font les gens, ce n'est pas comme si je faisais exprès d'espionner ».

Elle s'adressa à Lucie :

— Encore un animal mort ! C'est pas un chat que vous avez, c'est un tigre !

La musique du générique de son émission se fit entendre.

Elle s'excusa :

— Oh, mais je dois vous laisser, c'est l'heure, je ne rate jamais, ce

Nagui est tellement exceptionnel !

Et elle fila s'installer sur son canapé. 18 h 50 « N'oubliez pas les paroles », elle avait un gros faible pour Nagui ? Lucie pourrait se débarrasser de son pigeon sans être inquiétée, elle nota au passage l'habitude de Fabienne.

« On ne sait jamais ! »

Lucie aperçut une nouvelle fois la voiture sombre garée devant l'entrée de la résidence. Le doute s'installa de nouveau en elle. Et s'il s'agissait effectivement de policiers en planque ? Avaient-ils des soupçons sur la culpabilité de certains résidents ? Soupçons plus que raisonnables d'ailleurs. Seraient-ils sous surveillance ?

Elle remarqua alors qu'il y avait déjà une voiture de police garée sur la place visiteur de la résidence, il n'y avait pas de raison pour qu'il y ait une unité en planque et une autre visible. À moins qu'ils ne soient en train d'embarquer l'un de ses complices ? Edward avait peut-être craqué. Il était tellement émotif et irréfléchi ! Elle se tourna vers leur place de parking. Il n'y avait ni la voiture d'Edward ni celle de David.

Elle se faisait des idées ! Cette voiture n'avait rien à voir avec leur histoire.

La porte de l'autre bâtiment s'ouvrit pendant que Lucie était perdue dans ses réflexions. En sortit Nadia. Son visage était décomposé par l'inquiétude, elle était encore plus blanche qu'à son habitude, elle avait des cernes très prononcés, sûrement d'avoir trop veillé, pleuré et fumé.

Deux hommes, que Lucie ne remarqua que plus tard, la suivaient. Il s'agissait des deux policiers qui étaient venus interroger les résidents.

En voyant Lucie, Nadia sortit de son apathie et se rua sur elle :

— Toi !

Elle avança vers Lucie en la pointant du doigt.

— Tu es tout le temps dehors à montrer ton cul, tu ne vas pas me dire que tu n'as rien vu ni rien entendu ?

— Qu... Quoi ! répondit Lucie.

— Nicolas, je te parle de Nicolas ! Je suis sûre que tu sais quelque chose.

Lucie recula rapidement, elle n'avait aucune envie de se prendre un coup. Le lieutenant Mosut agrippa Nadia par les bras.

— AHHH ! Lâchez-moi et toi, avoue ! Mais avoue, salope !

Nadia trépigna de rage, car elle n'arrivait ni à se dégager ni à donner des coups de pied à Lucie.

— Calmez-vous, mademoiselle Werber, dit le policier en la maintenant. Nous avons déjà interrogé cette personne. Venez avec moi.

Et il l'emmena de force jusqu'à la voiture.

Elle hurlait :

— C'est moi qui vais l'interroger ! À grands coups de pied, vous allez voir, elle va me dire ce qu'elle sait.

— Mais je sais rien ! répondit Lucie, en s'adressant au lieutenant Bog, qui était resté auprès d'elle pour la reluquer.

— Menteuse !

Nadia se débattait comme une furie pendant que le lieutenant Mosut la faisait rentrer de force dans la voiture.

Le lieutenant Bog s'approcha de Lucie, regardant dans son décolleté.

— Vous allez bien ?

Il prit un air intéressé, il avait bien envie de jouer les gardes du corps avec elle.

Par expérience, il savait que son uniforme l'aidait à amadouer ses futures conquêtes et il se savait beau garçon. Il reprit, protecteur :

— Je vois votre trouble.

Il regardait toujours sa poitrine.

— Ne vous inquiétez pas, elle en veut à la terre entière.

— Je ne comprends absolument pas pourquoi elle pense que je devrais savoir quelque chose au sujet de la disparition de Nicolas, dit Lucie avec la voix bien trop aiguë de quelqu'un qui ment.

— Paranoïa, mademoiselle. Monsieur Duclesne est suspecté de plusieurs délits. Alors, même si elle ne participait pas aux activités illicites de l'individu, elle était au minimum au courant des fréquentations de ce dernier. Il y a de quoi être paranoïaque, je vous assure. Il est « en affaires » avec des hommes dangereux.

— Ah bon ! Et à quel genre d'affaires faites-vous allusion ?

— Nous avons appris de source sûre qu'il travaillait pour la Mafia et qu'il aurait essayé de les doubler. On n'a pas les détails pour l'instant, mais beaucoup d'argent serait en jeu. On va venir perquisitionner demain. Vous pourrez dire à vos voisins de garder un œil les uns sur les autres, plus l'enquête avance et plus on découvre des histoires sordides auxquelles monsieur Duclesne est lié. C'est un individu instable et très dangereux. Si vous le voyez, surtout mettez-vous à l'abri et appelez-nous.

« La Mafia ? À Bordeaux ? N'importe quoi ! »

Lucie pensait que ce jeune policier en rajoutait des tonnes, il devait avoir besoin de gonfler l'importance de ses enquêtes qui étaient sûrement ennuyeuses pour parler de Mafia !

Au moment où Lucie jeta le cadavre du pigeon dans la fosse, en faisant attention à ne pas dévoiler ce qu'il y avait dessous, elle entendit une voix grave derrière elle.

Pas êtrrre jolie jolie mademoiselle !

— HIIIIIiiiiiiii ? ?! !? ?

Lucie cria comme une enfant prise sur le fait en train de faire une bêtise. Elle se retourna en direction de la voix, en étant persuadée qu'il s'agissait du policier le plus âgé, et qu'il avait vu le cadavre de Nicolas, que tout était fichu, qu'elle allait finir sa vie dans une pièce de six mètres carrés avec les toilettes au milieu.

Elle se retourna lentement et se retrouva devant trois personnes inconnues.

17

Pendant l'altercation entre Lucie et Nadia, cachés à l'arrière du bâtiment, trois hommes en costumes attendaient que la police s'en aille.

Un peu plus tôt, ils étaient sortis de la Mercedes noire, juste avant que les policiers n'arrivent et ne se garent sur le parking de la résidence.

Le premier homme à sortir de la voiture mesurait 1 mètre 65, il était très maigre. Mais il ne fallait pas se fier à son aspect chétif. Lors d'un combat, il pouvait se montrer redoutable. Il était bien entrainé, sadique et à moitié fou. Sa mère avait continué à boire pendant sa grossesse, et il en avait gardé le faciès typique des fœtus alcooliques.

Il se dirigea vers le premier bâtiment, l'air de rien, pour vérifier la présence ou non, de Nicolas dans son appartement. Il vit Nadia à travers la fenêtre, vérifia qu'elle était seule, il fit alors signe aux deux autres de venir.

Le deuxième homme, qui sortit du côté conducteur de la voiture, était grand, immense, une vraie armoire à glace. D'une quarantaine d'années, il avait un air très dur, dangereux et mauvais. Son visage carré, massif, était porteur de nombreuses cicatrices. Son nez était tordu, il avait dû le casser où se le faire casser à de nombreuses reprises. Il avait une carrure de boxeur et ses mains étaient gigantesques. Le genre de personne que l'on ne veut pas rencontrer la nuit quand on est seul dans un parking. Il avait une tête de tueur à gages comme on nous les représente dans les séries policières.

Il fit le tour de la voiture en jetant de furtifs coups d'oeil un peu partout pour vérifier qu'il n'y avait aucun danger. Puis, quand il fut certain qu'il n'y en avait pas, il ouvrit la portière arrière.

Une voix grave avec un fort accent russe lui ordonna :

— Tu interrroges la fille et tu me trrrouves le trrruc vite fait, Igorrr ! Prrrends pas de gant, on est prrressé il faut encorrre qu'on aille tuer

Vladimirrr avant le diner.

Igor lui répondit en hochant la tête.

Un petit homme corpulent d'une soixantaine d'années sortit à son tour de la voiture.

Il était très élégant. Son costume était de bien meilleure qualité que celui de ses employés : sur-mesure, de confection italienne, sans aucun doute.

Ils échangèrent quelques paroles et se dirigèrent vers l'entrée du bâtiment de Nadia.

Juste au moment où ils rentraient dans le couloir extérieur que formaient les deux bâtiments, ils entendirent une voiture arriver. Le grand type à l'allure de boxeur et le chef du groupe se dépêchèrent de se mettre hors de vue pendant que l'autre homme de main se précipita pour voir la voiture de police qui arrivait.

— Les flics, dit-il, lui aussi avec un accent russe, entrainant son patron à l'arrière du bâtiment.

Ils se dirigèrent ensemble vers l'arrière de la résidence, calmement. Ils connaissaient parfaitement les lieux pour y être venus faire de nombreux repérages. Ils savaient qu'ils pourraient prendre la fuite en faisant le tour du bâtiment et repartir dans leur voiture sans être vus.

Monsieur Iougov était très contrarié de devoir attendre ainsi, caché comme un animal : il avait une affaire à régler, il voulait interroger la compagne de Nicolas pour découvrir où ce dernier avait bien pu disparaître avec son bien.

Il n'arrivait pas encore à se remettre de la trahison de ce garçon qu'il avait accueilli dans son équipe comme un fils. Tout était de la faute de son frère : Vladimir...

Alexey Iougov dirigeait l'ensemble de la Mafia à Bordeaux.

Cinq mois plus tôt, il avait fait la connaissance de Nicolas par l'intermédiaire de son frère. Ce dernier avait rencontré un certain Vladimir lors d'une de ses nuits en cellule de dégrisement. Il apprit qu'il était le frère d'un homme important dans le milieu, alors il l'avait convaincu de l'introduire auprès de son frère. Nicolas cherchait un moyen pour avoir de la cocaïne, du shit et « tout ce que vous pourrez me fournir » en échange de services en nature. Il était prêt à tout, sauf à se prostituer ou alors en couchant avec des filles.

Alexey le méprisa, dans un premier temps car il le payait avec de la drogue. Puis, après l'avoir chargé de récupérer les taxes de protection auprès des travailleurs de nuit, il lui découvrit un certain potentiel. Alors il lui donna des tâches avec des responsabilités, plus importantes, sous condition que Nicolas ne soit ni ivre, ni défoncé lors de ses opérations.

C'est ainsi qu'il monta en grade dans l'organisation, devenant après Igor et Boris, le troisième homme de confiance d'Alexey. Il fut ainsi chargé de son bien le plus précieux.

Sa déception fut donc extrêmement douloureuse quand Nicolas disparut avec celui-ci, sans un mot, sans une trace. Alexey Iougov était dans une telle fureur que deux hommes déjà avaient perdu la vie, de ses propres mains alors qu'il n'avait tué personne depuis des années.

Plus jeune, ayant un don inné pour tuer, il avait été intégré par l'Organisation, chez lui, en Russie. Il avait gravi les échelons en se salissant les mains. Il était même connu pour son sadisme dans ses jeunes années.

Il n'avait pas eu de pitié quant à l'âge de seize ans, il avait commis son premier meurtre. L'homme de vingt ans son ainé avait eu beau le supplier, lui parler de sa famille et de ses jeunes enfants qui allaient devenir orphelins, Alexey Iougov lui avait coupé les doigts un par un, jusqu'à ce l'homme lui confia l'information qu'il était venu chercher. Et à la fin, il le tua d'une balle dans la tête sans sourciller puis alla manger un hamburger.

Lors d'une bagarre, il avait arraché l'oreille de son adversaire et l'avait mangé devant lui en le regardant avec des yeux et un sourire de fou. C'était d'ailleurs sa marque de fabrique, il coupait les oreilles des gens qu'il torturait et les mangeait devant eux, ainsi ils mouraient en pensant être dévorés par ce malade mental.

Au début de sa carrière dans le grand banditisme, il avait adoré ce pouvoir qu'il avait sur les gens. Le pouvoir de vie et de mort, il disait à un homme que sa survie dépendrait de l'odeur de sa peur, si cette odeur ne lui plaisait pas : il mourrait.

Il obtenait toujours ce qu'il voulait. Il ne connaissait pas la frustration ni la défaite.

À trente ans, il était devenu le bras droit du grand patron et il le resta jusqu'à la mort de ce dernier qui lui passa le relai, sans surprise pour les autres membres de l'Organisation.

Avec l'âge, il s'était lassé de tout ce sang et de toutes ces tortures, et puis cela finissait toujours de la même manière, on le suppliait, on se pissait dessus et on mourait. Il avait donc délégué. Il n'avait plus le cœur à l'ouvrage, il ressentait un grand vide qu'il n'arrivait pas à s'expliquer. Et il se sentait triste de plus en plus souvent, il avait voulu voir un psychiatre, mais quand celui-ci lui avait dit qu'il devait s'agir d'une dépression il l'avait fait exécuter. Il lui en avait un peu trop dit sur ses activités de toute façon.

L'arrivée de Nicolas dans sa vie sembla combler un peu ce vide. Il s'occupa de ce jeune homme perdu, il lui transmit son savoir. S'il pouvait le sevrer de la drogue, peut-être qu'un jour il aurait pu prendre sa suite, comme le fils qu'il n'avait jamais eu.

Remise de sa surprise, Lucie observa les trois hommes en costume qui se tenaient devant elle. Elle repensa à ce que lui avait dit le lieutenant Bog sur la Mafia, car ils avaient effectivement des têtes de mafieux. Cela dit, ne pouvant y croire, elle se dit que ce devait être une blague. Lucie chercha du regard des caméras : aux fenêtres, à l'angle du bâtiment, elle se retourna pour voir si elles n'étaient pas derrière.

Elle ne vit rien : ni caméra, ni voisins, ni amis… Ce n'était pas une mauvaise blague.

Elle eut soudain très peur, car ils étaient effrayants. Deux sur les trois avait des têtes de fou, le grand costaud pourrait écraser un crâne d'une seule main et le petit avait un regard inquiétant d'hyène et un sourire vicieux en coin. Elle comprit qu'ils avaient entendu les accusations de Nadia à son encontre.

Puis son regard fut attiré par une bosse anormale sous la veste du petit. Voyant qu'elle louchait dessus, Boris la caressa, à travers sa veste, lentement en hochant de la tête pour lui indiquer qu'elle avait bien deviné :

« OH MON DIEU, c'est un révolver ».

Elle se sentit alors très mal en réalisant que oui, la Mafia existait à Bordeaux, qu'elle était dans son jardin et que ce petit homme vicieux caressait son arme.

Elle eut brusquement très chaud, la nausée et la tête qui tournait. Elle pensa que si elle tombait dans les pommes maintenant, ce petit vicieux allait sûrement la violer, alors elle se rappela qu'il fallait qu'elle respire, chose qu'elle ne faisait plus depuis que l'homme à fière allure lui avait parlé.

— Nous avoirrr entendu votrrre petite conversation avec la petite amie de notrrre… cherrr employé, dit Alexey Iougov. Je vouloirrr savoirrr si vous savoirrr quelque chose surrr sa disparrrition.

— Euhhhh…

— C'est pas rrréponse, reprit Alexey Iougov.

— Mais !?! Quoi ?!? Quelle est la question ?

— Où êtrrre Nicolas Duclesne ? lui répondit-il en écartant les bras comme si c'était l'évidence même.

— Je ne sais pas. Je ne le connaissais pas, elle dit n'importe quoi l'autre-là, pfff… je l'ai vu qu'une fois à travers la fenêtre et…

Lucie suait à grosses gouttes.

— Mademoiselle, je me foutrrre komplètement des excuses, je vouloirrr mon bien. Le ptit flic semble bien vous aimer alorrrs vous allez m'aider, si vous pas vouloirrr que je le coupe en morrrceaux et que je vous forrrce à bouffer lui-même.

— Mais je ne sais pas ce que vous voulez ?

— Attention si vous kontinuer surrr cette voie c'est avec Igor qu'il faudrrra négocier, et il n'est pas trrrrès délikate.

Igor lui envoya un baiser, il avait l'écume aux lèvres.

Lucie imagina ce qu'il avait dans la tête : la torturer, la violer et pourquoi pas la manger. Après tout, il venait de se lécher les babines comme un chien devant un os.

Puis il ouvrit sa veste, toujours souriant, laissant voir un revolver rangé dans son holster. Il lui manquait quelques dents et certaines étaient pourries.

— Dites-moi ce que vous voulez et je verrais ce que je peux faire pour vous.

— Je viens de dirrrre à vous ! Moi vouloirrr bien et vous aider à le rrrrécupérrrrer.

— Eh bien… quel est votre bien monsieur ? Si je le trouve, je vous promets de vous le donner immédiatement, je m'en fous, je ne veux pas de problème. Mais encore une fois, Nicolas ne m'a jamais rien donné. J'ai les clés de tous les placards de la résidence si vous voulez vérifier que votre bien ne s'y trouve pas par vous-même…

— Ne jouez pas à ça ! lui répondit Alexey Iougov.

— Monsieur, je vous assure que je ne sais pas de quoi vous parlez.

Lucie commençait à s'impatienter, il allait peut-être la tuer, mais il n'était quand même pas con au point de ne pas comprendre qu'elle ne pouvait pas lire dans ses pensées.

— Vous avoirrr une semaine pour trrrrouver et me rrrremettrrrre.

— Mais puisque je vous dis que je sais rien ! C'était un emmerdeur de première qui faisait chier toute la résidence. C'était pas mon ami ! Je ne pouvais pas le saquer, je vous le jure. Même mor… Je veux dire, même disparu, il trouve le moyen de me faire chier.

— Une semaine.

— Mais vous êtes têtu à la fin.

Alexey Iougov sourit devant l'impertinence de cette jeune fille, cela le changeait de gens qui lui léchaient les bottes à longueur de journée.

— C'est quoi votre truc ?

Igor avança vers elle, la main sur son révolver, mais Alexey Iougov le retint. Ce geste surprit Boris et Igor, jamais avant il n'avait laissé quelqu'un lui parler sur ce ton, il avait un sourire étrange sur les lèvres, ils pensèrent alors que leur patron préparait un plan de torture spéciale pour cette petite effrontée. Il allait probablement se remettre à l'ouvrage juste pour elle.

— Laisse Igor, ce trrruk c'est le Veshch' et vous allez me rrrékupérrrer.

— Une vache ?

— Veshch'

— Une vriche ?

— Veshch'

— Ah une vis, mais y en a plein à Leroy Merlin, y en a un pas loin…

Lucie montra du doigt en direction du nord.

Alexey Iougov fit un signe discret à Boris et lui présenta sa main droite, celui-ci y déposa un petit révolver, en ayant pris soin de l'armer et d'enlever la sécurité.

— Vous êtrrre diverrrtissante… un moment, mademoiselle. Vous fairrre ce que je demande, ou moi envoyer vous six pieds sous terrrre.

Lucie tomba à genoux en secouant la tête en signe de négation.

— Non ! Monsieur, je vous en supplie !

Elle le regarda avec des yeux implorants, à la manière du chat Potté.

— Je ne comprends pas ce que vous voulez, ce n'est pas de ma faute, ne me faites pas de mal, peut-être pourriez-vous me l'écrire pour que je comprenne mieux.

— Il sortit un stylo de la poche de sa veste, Boris lui passa une feuille de papier sur laquelle il écrivit. Puis il tendit la feuille à Lucie qui y lu :

вещь.

— Ah… euh… briche… ben… je vais voir si je le trouve alors, dit Lucie sans certitude.

— Demandez un koup de main à copains … et n'oubliez pas k'on a à l'oeil vous, dit Alexey Iougov en rendant le revolver à Boris.

Lucie regarda les trois hommes se diriger vers la Mercedes noire. Igor ouvrit la portière arrière à son chef avant de monter à la place du conducteur.

Avant de fermer sa portière, il regarda Lucie avec un sourire qui lui glaça le sang. Il pointa sa main vers elle en faisant semblant de lui tirer dessus avec un révolver.

Simultanément, il lui fit un clin d'œil.

Lucie regarda la voiture se diriger vers le bout du chemin de la résidence et disparaître en tournant à droite. Elle resta bien cinq minutes sans pouvoir ni bouger ni réfléchir.

Transi de peur, son cerveau avait arrêté de fonctionner.

Quand elle reprit ses esprits, elle remonta rapidement chez elle pour envoyer un SMS groupé à ses complices :

« RÉUNION D'URGENCE CE SOIR »

18

— Mais qu'est-ce que tu voulais que je fasse ? Ils étaient armés et ils m'ont menacée, dit Lucie à Edward qui venait de lui reprocher de l'avoir impliqué dans une sale histoire avec des gens dangereux et armés.

Ils s'étaient réunis dans le salon de ce dernier. Lucie n'avait pas voulu mettre une fois de plus Fred à la porte de son appartement. Elle avait peur qu'il commence à avoir des soupçons.

De plus, Fabienne risquait elle aussi de trouver bizarre que les voisins, qui encore quelques semaines plus tôt se disaient à peine poliment bonjour, soient devenus si proches au point de se rencontrer plusieurs fois par semaine. Les travaux ne pouvaient leur servir d'excuses qu'un temps.

L'habitude était de communiquer par mail les informations sur les travaux et d'en informer tout le monde. Or à présent, ils se rencontraient en douce sans prévenir et parlaient à voix basse. Fabienne avait déjà des soupçons. Bien sûr, elle n'imaginait pas qu'ils étaient complices d'avoir dissimulé un corps et encore moins d'être en lien avec des mafieux. Elle suspectait pour l'instant qu'on lui cachait des informations importantes : qu'on allait installer des choses sans son accord ! Elle ne voulait pas que le barbecue se retrouve en face de la fenêtre de sa chambre !

Edward et David étaient assis sur un premier canapé deux places, Jérôme et Sophie sur le deuxième qui faisait l'angle. Eux aussi avaient créé une cuisine américaine pour agrandir leur pièce principale. L'appartement était bien rangé, trop peut-être. Ils avaient minutieusement étudié la place de chaque objet, à la limite de la perfection.

— Tu n'avais qu'à pas nous mettre dans le lot, pour commencer, dit

Edward.

Lucie debout leur avait relaté sa rencontre avec Alexey Iougov et ses sbires. Encore agitée par l'émotion, elle gesticulait dans la pièce. Elle avait fait son récit en mimant les attitudes de chacun et en insistant sur celle d'Igor, c'était lui qui l'avait rendu le plus mal à l'aise. Il avait vraiment l'air d'aimer un peu trop son travail.

— Mais enfin, ils m'ont bien précisé que si j'avais des difficultés dans mon entreprise, je pouvais toujours me faire aider par l'homo blond du deuxième !

— Qu... OI ? faillit s'étouffer Edward.

— Je pense qu'ils nous observent depuis un moment, j'en suis sûre même, reprit-elle. Tous ces signes, les voitures qui démarraient quand la police était là, ces gens qui nous observaient, ici, au boulot...

Elle s'adressa à Jérôme :

— Je suis sûre que le mec que tu as vu à ton cours était en fait Igor.

— Mais enfin, on est à Bordeaux ! dit Sophie, je ne peux pas imaginer que la Mafia existe ici, en dehors des films ou des séries télévisées. Encore à Marseille, pourquoi pas, on entend des trucs...

— Moi j'ai entendu des trucs à l'époque où je voulais ouvrir une boîte de nuit, dit Edward, en hochant de la tête d'un air entendu, on m'a raconté qu'il fallait les payer sinon : couic. Il passa un doigt sous sa gorge.

— Couic quoi ? demanda David agacé.

— Ben couic ! Je ne sais pas ! Mais bon, ça sentait pas bon !

— Mais enfin, qui t'a dit ça ?

— Je ne sais plus, mais qu'est-ce qui te prend à la fin ? Tu crois que je l'ai inventé ? C'était des collègues, je crois.

— Et comment ils savaient eux ?

— Ah, mais tu m'agaces à la fin, t'arrêtes ! Ohhh... dit Edward en se levant.

L'atmosphère déjà tendue entre eux ne s'améliora pas avec cette nouvelle information qui les stressa davantage encore. Ils se disputèrent franchement :

— Je voudrais que tu comprennes que c'est quand même étrange que comme par hasard toi tu sais, toi tu as vu...

— Je ne t'écoute plus.

Edward croisa les bras et se dirigea à l'opposé de la pièce.

— Mais…

— Chuuut !

La discussion s'arrêta là, David ne voulait pas se donner plus en spectacle devant les autres. De plus s'il insistait Edward pouvait devenir incontrôlable. Il n'avait pas envie que sous l'effet de la colère il lâche des informations intimes sur leur vie sexuelle.

— Lucie, pourrais-tu dire à cet énergumène que je ne souhaite plus lui parler pour ce soir et que s'il veut m'adresser la parole il n'a qu'à me faire des excuses et…

Mais Lucie coupa Edward :

— Ça suffit ! T'as quel âge ? Assieds-toi et tais-toi ! On a des trucs plus graves à régler entre grandes personnes.

— Je pense que tu as raison Lucie, dit Jérôme, le type que j'ai remarqué au DOJO devait être Igor, sa description correspond à ce que j'ai vu, et tu as raison aussi quand tu dis qu'ils nous surveillent, en tout cas il semble qu'ils nous connaissent tous. Reste à savoir comment on va faire pour trouver un truc dont on ne sait rien et qui plus est se trouve dans un appartement auquel on n'a pas accès.

Jérôme avait dit cela de manière très calme, simplement. Comme à son habitude, en situation de stress ou de tension, il savait réagir rapidement et désamorcer les conflits. Si bien qu'au lieu d'être agacé par leur dispute, les protagonistes se recentrèrent sur leur situation, avec cela dit un sentiment d'accablement : Jérôme disait vrai ! Comment allaient-ils pouvoir se sortir d'une telle situation ? Chacun se concentra sur une solution.

Jérôme se leva pour regarder par la fenêtre.

— On ne l'a pas… fouillé… Le truc est peut-être sur lui.

Personne ne répondit. Lucie s'imaginait déjà en train de devoir retourner dans la tombe improvisée de Nicolas et de toucher son corps en putréfaction. Elle eut la nausée en pensant à l'odeur. Edward et David comprirent ses réflexions, devant son teint devenu verdâtre et Edward eut un haut-le-cœur à son tour.

— NON, NON ET NON on ne peut pas... le toucher... c'est dégueulasse, il doit être tout pourri, dit-il.

Sophie venait de réaliser de quoi il était question et se mit à pleurer.

David prit la parole à son tour :

— On ne sait même pas ce que l'on cherche. Doit-on vraiment passer par cette expérience, qui ma foi semble répugnante ?

Edward eut un nouveau haut-le-cœur. Il était pâle.

— Au moins, on aura écarté cette option, répondit Jérôme. Mais rassurez-vous, c'est moi qui le ferai. Après tout, c'est moi qui l'ai mis dans ce trou, enfin je veux dire, c'est de ma faute.

— Ne dis pas de bêtises, répliqua Lucie, on a déjà établi qu'il s'agissait d'un accident. Et de la responsabilité de Nicolas en plus ! S'il avait été moins con...

Edward la dévisagea, choqué par ses propos, on ne parlait pas ainsi d'un mort, même si on avait des griefs contre lui, la société n'admettait pas ce genre de chose.

Lucie avait vu beaucoup de choses à son travail, alors elle n'était plus choquée par ce genre de réflexion. Après le décès d'un patient, les soignants devaient s'occuper du corps. Il fallait le laver, l'emmailloter, fourrer du coton dans tous ses orifices et enfin l'habiller, et cela le plus tôt possible avant que la rigidité cadavérique ne s'installe. Sinon il y avait des bruits, des odeurs et parfois des liquides à gérer, on ne pouvait prendre le risque de présenter le corps à la famille avec une trace marron dégoulinant sur le drap blanc de l'hôpital.

Elle avait vu des collègues manger leur yaourt en regardant d'autres faire une toilette mortuaire. Une collègue se couchait dans le lit juste après un décès (lit vide et refait, mais quand même...). Elle avait eu avec ses collègues des fous rires pendant ce soin, commentant les défauts physiques du cadavre.

Elle en avait vu certaines qui ne pouvaient pas entrer dans la chambre.

— Déformation professionnelle, dit-elle en s'adressant à Edward.

Puis elle reprit :

— Si c'est sur lui ce doit-être petit, quelque chose qui rentre dans une poche de pantalon. Une clé USB peut-être…

— Ah ouais ! Avec les plans d'une nouvelle arme secrète, répondit Edward.

— Et pourquoi pas les codes du compte bancaire de la reine d'Angleterre tant que vous y êtes ? David se moquait d'eux. Non, ce doit être autre chose. Il doit s'agir d'argent, de drogue. Je pense qu'il faut chercher une mallette ou un sac.

— Oui, de la drogue, vu le profil de Nicolas, ce doit être de la drogue ! dit Sophie.

— Mais non ! Enfin, on ne donne pas de drogue à garder à un toxico, sauf si l'on veut qu'il la consomme, répondit Lucie, toujours agacée par la stupidité de sa rivale.

Comment Jérôme pouvait-il être avec une fille si bête ?

— De l'or… ?

— Des armes ! dit David.

— De l'or ! insista Lucie.

— Tu l'as déjà dit, dit Edward.

— Une boîte avec écrit Veshch' dessus, c'est p'être la marque de quelque chose, dit Sophie, Lucie se mit la main sur le front.

« Qu'elle est conne ! »

— Mais enfin pourquoi ils ne t'ont pas dit ce qu'il fallait trouver, ça me tue de ne pas le savoir, dit Edward en s'agitant comme un enfant qui allait faire un caprice.

Il tapait des poings sur le canapé, faisait la moue.

Ils se recentrèrent ensuite sur le « comment ». Il fallait qu'ils fouillent le corps de Nicolas et son appartement. Peut-être qu'ils y verraient plus clair quand ils auraient le nez sur ce « Veshch' ».

— On pourrait aller chez Nadia avec un gâteau pour lui faire part de notre soutien, dit Sophie. Pendant que je l'occuperais, quelqu'un pourrait fouiller le reste de l'appartement.

— Sans moi ! elle ne peut pas me sentir, répondit Lucie.

— Je pense qu'elle trouverait ça bizarre mon amour, elle sait qu'on ne l'aime pas. Elle risquerait d'avoir des soupçons, répondit Jérôme.

— Tu as raison.

Ils discutèrent encore une demi-heure et se mirent finalement d'accord sur un plan d'action.

19

Le plan qu'ils avaient élaboré était très simple, sur le papier : ils allaient cambrioler Nadia.

Ils n'avaient pas le choix de toute façon, il fallait trouver ce truc ou prendre le risque de mettre en colère Alexey Iougov qui aurait lâché ses chiens sur eux, à n'en pas douter. Ils avaient la chance d'être nombreux dans la « confidence » et d'être dans une petite résidence fermée à la vue du voisinage. Ils connaissaient également les habitudes de chacun des résidents.

Le plan était le suivant : les filles feraient le guet à l'entrée des bâtiments. Elles feraient semblant de discuter sur le parking. Ainsi elles auraient le temps de donner l'alerte si elles voyaient une voiture tourner dans le chemin. L'une irait prévenir Jérôme qui, dans l'arrière-cour, fouillerait Nicolas et l'autre avertirait Edward et David qui fouilleraient l'appartement de Nadia.

Lucie avait récupéré, ou plutôt volé, à l'hôpital, des gants en latex pour que les garçons ne laissent pas d'empreintes digitales. Ils avaient décidé de rester vêtus normalement. Il serait plus facile de faire croire, dans le cas où quelqu'un les surprendrait, qu'ils avaient entendu du bruit et avaient voulu intervenir sur l'effraction, plutôt que de s'enfuir et prendre le risque de se faire attraper.

Il fallait trouver une solution pour ouvrir la porte d'entrée. Elle fut trouvée par Jérôme. Lors de sa formation en sécurité il avait appris les différentes manières de forcer des serrures. De plus, les portes d'entrée de la résidence étaient d'origine, vieilles et fragiles. Certains avaient rajouté des serrures modernes et des verrous complémentaires, mais pas la propriétaire de Nadia. Jérôme estima qu'il lui faudrait cinq minutes seulement pour la forcer.

Edward en frémit et décida d'acheter un troisième verrou.

Le choix de la date fut simple : un samedi après-midi, entre 12 heures et 15 heures, car la résidence serait vide dans ce créneau. Fabienne serait chez sa fille, elle en avait parlé toute la semaine, Fred et Nadia travailleraient, les deux étudiants et le jeune couple qui habitaient en face de chez Lucie partaient généralement en week-end dans leur famille. Ils avaient prévu d'aller frapper à leur porte pour s'assurer de leur absence.

Leur plan était, pour des cambrioleurs amateurs, très abouti et ils se félicitaient de leur entente. Tout avait été pensé, anticipé et solutionné. Un vrai travail de pro !

Le samedi après-midi suivant, la vérification, de l'absence des résidents gênants faite, chacun des complices rejoignit son poste :

Lucie et Sophie sur le parking ne trouvaient pas grand-chose à se dire. Elles sortirent leur smartphone respectif et s'occupèrent en attendant la suite, jetant des coups d'œil fréquents et fiévreux vers l'entrée de l'impasse. Elles entendirent un coup de marteau, Jérôme venait de fracturer la porte d'entrée de l'appartement de Nadia. Il avait réussi son coup, comme promis, en cinq minutes et les filles le suivirent du regard quand il sortit du bâtiment et qu'il se dirigea vers l'arrière-cour.

Ils ne pouvaient plus faire marche arrière. Le plan était lancé ! Personne ne se parla, personne ne se regarda, ils avaient honte d'eux à présent.

Dans l'arrière-cour, Jérôme se munit d'une paire de gants et d'un masque sur lequel il appliqua des huiles essentielles de menthe poivrée, conseil fourni par Lucie, qui ne pouvait pas s'empêcher de penser que l'odeur de Nicolas en décomposition serait insoutenable malgré la chaux. Il s'accroupit face à l'entrée de la cour et souleva la bâche. De cette manière, s'il était surpris, les intrus ne pourraient pas voir dans la fosse. Il opéra rapidement, mécaniquement, sans penser à ce qu'il était en train de faire, à ce qu'il allait voir ou à ce qu'il allait sentir. Après avoir dégagé la chaux vive, et la terre qui s'y mélangeait, il fut surpris que l'odeur ne soit pas plus saisissante, mais en était reconnaissant.

Pendant ce temps, Edward et David « visitaient » l'appartement où Nicolas avait vécu.

— On commence par quoi ? demanda Edward.

Il regardait un peu partout, hésitant.

— Je ne sais pas vraiment, c'est une première pour moi aussi… On devrait peut-être se séparer, lui répondit David.

— Ça ne m'étonne pas que tu dises ça…

— Qu'est-ce que j'ai dit ? Qu'on se sépare ! Mais c'est pour fouiller, ne commence pas à faire des liens qui n'ont pas lieu d'être s'il te plait.

— Mouais, c'est ça, lui répondit Edward en marmonnant, suspicieux. Je vais dans la chambre !

Et il partit d'un pas déterminé, en enfilant ses gants.

Cinq minutes plus tard, Edward avait oublié pourquoi il boudait. Il revint dans le salon montrer ce qu'il avait découvert. Il tenait un caleçon sale qu'il jeta par terre aux pieds de David.

— Regarde ce que j'ai trouvé dans le lit : il est plein de merde, c'était un gros porc en plus d'être un connard ! Il y a aussi plein de boîtes de McDo et tout un tas d'immondices. Je refuse de continuer à fouiller la chambre ! Même avec des gants c'est trop dégueulasse.

— On n'a pas le temps de faire des caprices, lui répondit David.

— Attention ! J'ai dit non ! c'est non ! Je te préviens, je m'en vais.

— OK ! lui cria David, résigné. Je n'ai pas le temps de discuter.

Il partit remplacer son compagnon dans la chambre. Celle-ci était vraiment sale. Il y avait des détritus partout, de la nourriture. Elle sentait le renfermé, le sexe, la transpiration et la friture. Elle sentait comme leur poubelle. David comprenait mieux pourquoi Nicolas n'était pas gêné de laisser ses poubelles dans les couloirs des communs. C'était son mode de vie.

— AAAAH !

David entendit son compagnon hurler. Il se précipita à sa rencontre.

— Chut, fais attention au bruit !

— Mais il y a un rat dans la cuisine.

Edward était monté se réfugier sur une chaise.

Le rat en question était un furet qui les regardait depuis sa cage. David lui en fit la remarque.

— Bon, écoute, reste où tu es je finis et on s'en va.

— Oui s'il te plait, dépêche-toi.

Sur le parking, LeChat comme à son habitude rejoignit sa maîtresse. Parfois, c'était pour lui faire un coucou, parfois c'était pour jouer avec elle. Il alla se présenter à Sophie en se frottant contre ses jambes.

— Il est mignon ton chat, dit Sophie, soulagé de mettre fin au silence qui s'éternisait.

— Oui, répondit Lucie mal à l'aise.

— Il n'a pas peur, c'est rare.

— Oui, il est très sociable.

— Quel âge a-t-il ? demanda Sophie, elle voulait relancer la conversation.

— Il a un peu plus d'un an.

Lucie attrapa l'un des jouets qu'elle laissait dehors, il s'agissait d'une baguette de bois sur lequel était fixé un fil. Au bout de ce fil se trouvait une balle en mousse. Elle pouvait ainsi la lancer et faire courir son chat. Mais aujourd'hui, concentrée sur sa mission de surveillance, elle ne faisait pas attention et envoyait systématiquement la balle sur la tête de son chat, qui ne trouva plus cela aussi drôle. Au bout du troisième coup, il partit pour se trouver une autre occupation, sans que sa maîtresse s'en rende compte.

Jérôme avait trouvé le portable éteint de Nicolas, un paquet de cigarettes et son portefeuille dans les poches de son pantalon. Il avait également récupéré sa montre et étala le tout à la vue de tous sur la table basse.

Ils eurent un coup de stress en pensant que Nadia aurait pu retrouver le corps en faisant sonner son téléphone.

Les tâches de chacun effectuées, ils s'étaient réunis dans l'appartement de David et Edward.

— Je vous passe les détails sur leur mode de vie, avait commenté Edward, mais ils sont vraiment DÉ-GUEU-LA-SSES. Ils vivent comme des porcs. Finalement le seul truc intéressant que nous avons trouvé c'est cette mallette. Elle détonnait avec le reste de l'appartement et en plus il y a des inscriptions en russe dessus.

Il déposa la mallette noire à côté des objets trouvés par Jérôme.

— Je suis sûr que c'est ça ! reprit-il, enthousiaste.

— C'est vrai qu'elle n'avait pas vraiment sa place entre les chaussettes sales et les conserves ouvertes sur le sol de la chambre, renchérit David. De plus, elle était vraiment bien cachée dans un coin.

— Et Lucie sort ton papier pour voir si c'est bien ce que l'on cherche.

Ils comparèrent alors les inscriptions :

вещь.

вибратор

— Et ben voilà ! s'exclama Edward dix sur dix !

— On l'ouvre ? demanda Sophie, curieuse d'en connaître le contenu.

— T'es folle ? s'insurgea Lucie.

— Mais je veux savoir ce que c'est !

— Oh oui ! moi aussi, supplia Edward.

Lucie pensa qu'elle était entourée par des imbéciles, sauf Jérôme, bien sûr.

— Trouve la combinaison alors, dit-elle en s'adressant à Edward, car il est hors de question de l'abimer avant de la rendre aux mafieux. Je n'ai pas envie de me faire buter !

20

Lucie et Edward se tenaient debout devant une immense porte de hangar en tôle grise. Ils avaient été priés par Alexey Iougov de le retrouver à cette adresse, en périphérie de la ville.

Ils étaient étonnés de se retrouver devant un hangar de grande taille, composé de murs en tôle grise, avec au-dessus de la porte d'entrée un immense panneau indiquant : Ent. Iougov.

La zone était très fréquentée, car il y avait de nombreux magasins d'usine ; il y avait plusieurs concessionnaires automobiles, un de moto, et des magasins de vêtements.

Ils avaient sonné à l'interphone pour signaler leur présence et les hommes de main d'Alexey Iougov étaient venus à leur rencontre.

Ils avancèrent dans le hangar ainsi escorté par Boris et Igor.

Boris, devant eux, les menait en direction du fond de la pièce, tandis qu'Igor fermait la marche, prêt à intervenir en cas de tentative de fuite de l'un ou l'autre de leurs invités.

À l'intérieur se trouvaient une dizaine de voitures à moitié démontées, certaines sur des parpaings, d'autres sur des ponts, autour desquelles un certain nombre d'hommes s'activaient. Ils dévissaient, sciaient, arrachaient.

D'autres s'occupaient ensuite d'aller ranger les pièces démontées sur des étagères qui devaient bien mesurer 6 mètres de hauteur.

La première chose que remarqua Lucie c'était qu'il faisait très froid, elle sentait des courants d'air. Levant les yeux au plafond elle put voir que plusieurs fenêtres étaient brisées et que par endroit il manquait des bouts de toiture.

La deuxième chose qui la frappa ce fut le bruit, il était omniprésent, désagréable et fatigant. Lucie, en passant devant les véhicules, reconnut une LEXUS et une PORCHE. Cela dit, elle ne regardait que du coin de l'œil, car elle ne voulait pas faire comprendre aux mafieux qu'elle avait compris qu'ils organisaient ici un trafic de pièces détachées de voitures de luxe.

Ils entendaient au loin, couverts par le bruit des machines, les cris d'un homme mêlés aux chants des chœurs de l'armée russe et la voix, familière à présent, d'Alexey Iougov. L'atmosphère était vraiment angoissante. Lucie se disait qu'ils n'auraient jamais dû accepter de venir sur le territoire d'Alexey Iougov et pensa :

« On va se faire buter ici et en plus ils ont de quoi nous dépecer et de l'acide pour faire disparaître nos corps. MON DIEU ! Je ne veux pas finir dans un baril d'acide mon tissu adipeux flottant à la surface de mes os… »

— Monsieur Iougov ! hurla Boris pour couvrir le bruit des machines. ILS SONT ARRRRIVÉS.

— Bien, bien, bien, lui répondit Alexey Iougov.

Ils le virent alors sortir de derrière un pan de mur. Il était en chemise blanche, les manches retournées. Il portait également un masque à visière et un tablier tous deux transparents, couverts d'un liquide rouge. Après avoir enlevé son tablier de boucher et l'avoir accroché au mur, il se dirigea vers un lavabo et se lava les mains énergiquement. Tout en leur tournant le dos, il leur dit :

— Mais venez donk kamarrades. Soyez bien venus. Pas fairrre attention au… désorrrdre je vous prrrie, je suis arrrtiste, et ceci êtrrre mon atelier.

Il fit un geste de sa main pour montrer l'ensemble du bâtiment.

— Peu de gens y sont invités et peu resorrrtirrr viv… Mais parrrlons plutôt de nos affairrres.

Au mot « artiste », Edward se détendit, pendant un moment il avait cru qu'il était couvert de sang. Il se dit en lui-même qu'il ne pouvait pas en être ainsi, pas à Bordeaux, pas dans la vraie vie. Lucie, elle, avait reconnu l'odeur du sang à travers les odeurs de cambouis, et entendait des râles cachés par la musique.

Avant leur arrivée, Alexey Iougov appliquait son art sur la personne de son frère : Vladimir, pendant qu'Igor et Boris assis autour d'une table jouaient au poker. Ils ne pariaient pas d'argent, ils trouvaient cela vulgaire et commun, ils pariaient les missions auxquelles ils voulaient échapper :

— Quinte flush, lança Boris en jetant ses cartes sur la table. C'est moi qui tabasserrrai l'indic de la police cette semaine.

— Grhhhh, se contenta de répondre Igor.

— Et tu serrras gentil de me le tenirrr, puis il se mit à rire. Pourrr la prrrochaine main, reprit-il en distribuant les cartes, je mets en jeu l'escorrrte des putes de cette semaine !

Cette situation avec Nicolas avait mis Alexey Iougov tellement en colère, qu'il avait décidé de se remettre en selle. Mais il avait perdu la main. Sa victime criait, hurlait et suppliait sous les tortures, mais finissait par tomber dans les pommes si rapidement qu'Alexey Iougov n'avait pas ses réponses.

Il faut dire qu'il électrocutait son frère avec un voltage bien trop important, il était pressé d'obtenir des informations sur la disparition de Nicolas. Alors pour le réveiller il lui mettait de grands coups de poing, si bien que Vladimir Iougov revenait à lui en sang et avec d'affreuses douleurs.

Alexey Iougov lui avait brisé plusieurs dents et la mâchoire, il s'était également acharné sur son thorax lui brisant plusieurs côtes et avait fini par lui mordre la main sans avoir obtenu une seule réponse. Il faut dire qu'il ne posait pas vraiment de question non plus, constata Igor, en se gardant d'en faire le commentaire à voix haute. Boris était à la fois fasciné de voir son mentor en action et déçu, car oui, il se faisait vieux.

Effrayé, mais fier de sauver ses voisins grâce à son courage, Edward s'avança vers Alexey Iougov. Il tenait la mallette avec ses deux mains, la présentant comme si c'était un plateau de caviar. Dessus, il avait déposé le portefeuille et le portable de Nicolas.

— Voilà monsieur, je crois que c'est ce que vous cherchiez, lui dit-il.

Igor s'avança vers Edward avant qu'il ne soit trop près de son patron, il lui prit violemment la mallette d'une main et le repoussa avec l'autre.

— AIEUUUUH, se plaignit Edward en se frottant son bras meurtri.

— Toi te foutrrre de ma gueule ? lui répondit Alexey Iougov.

Il fit un geste de la main à Boris qui mit la mallette par terre et qui à l'aide d'un coup de pied cassa la serrure. Le couvercle de la mallette s'ouvrit, dévoilant des godes pour dilatation anale, une revue : « Comment une femme doit-elle sodomiser son homme », des déguisements pour pénis et une salière. Ils regardèrent le contenu de la mallette, surpris. Aucun n'aurait imaginé que Nicolas était adepte de ce genre de pratiques sexuelles.

« Mais à quoi servait la salière ? », se demanda Edward ?

— Pas êtrrre dedans, dit Boris.

— Êtrrre ennuyeux… dit Alexey Iougov en s'asseyant à la table de poker. Mais je rrrreconnaitrre l'efforrrt et la prrrrise de rrrrisque. Fouiller un apparrrrrtement inconnu kand pas êtrrre du métier c'est courrrageux. Alorrrs je vais êtrrre générrreux avec vous. Je vous laisse en vie… Pourrr l'instant.

Il réfléchit pendant un temps qui sembla infini puis reprit :

— Tant que vous n'aurrrez pas rrretrrrouvé mon bien vous me serrrez rrredevable, si je besoin d'un serrrvice, je viendrrrais vous voirrr, si vous dirrre non, je vous couperrrais les doigts jusqu'à ce que vous changiez d'avis. Vous pouvoirrr prrrier pourrr ke Nicolas rrrefasse surrrface et rrrende mon bien ou ke sa grrrognasse le trrrouve.

Il fit signe à ses hommes qu'il était temps de partir. Ils les raccompagnèrent jusqu'à la sortie.

— C'est pas juste ! marmonna Edward en sortant du hangar.

Soudain, il se retourna, car il avait entendu une masse tomber à terre et un râle. Il regarda Igor et lui demanda :

— C'était pas de la peinture qu'il faisait ?

Comme à son habitude Igor sourit, mais ne répondit pas.

C'est pour cela qu'il était apprécié dans le milieu : il ne disait rien et s'exécutait.

Edward l'observa lui aussi sans rien dire, il fixait le grain de beauté qu'Igor portait sous la narine droite. Ce fut sa manière de fuir une réalité bien trop violente.

De retour de chez les mafieux, Lucie et Edward avaient rencontré les lieutenants Mosut et Bog sortants de la résidence et ils avaient été questionnés sur le cambriolage de l'appartement de Nadia.

— L'appartement de madame Werber a été cambriolé, fouillé plutôt, car rien n'a été volé selon elle, avait dit lieutenant Mosut. Ça commence à faire beaucoup pour une petite résidence si tranquille. On a relevé des indices et on va trouver les individus, ce ne sera pas difficile...

— Mmmmais ? À bon, mais euh... Vous avez trouvé quoi comme indices ? avait-il demandé.

Il avait failli tout avouer, mais s'était ravisé à temps sous le regard assassin de Lucie.

— Eh bien des empreintes, des fibres, des matières organiques, répondit le lieutenant Mosut.

Pendant ce temps, le lieutenant Bog lançait de grands sourires à Lucie en regardant dans son décolleté sans que cette dernière le remarque.

Mosut reprit :

— Mais justement auriez-vous des informations ? Ainsi ils apportèrent leur témoignage :

— Rien vu, rien entendu monsieur l'agent.

Lucie était assise sur les marches d'un escalier en béton, à l'extérieur de l'hôpital, en compagnie de sa collègue aide-soignante, Sandrine. Il était 20 heures, les collègues de jour venaient de leur faire les transmissions.

Quatre patients avaient déclenché leur sonnette afin de demander l'assistance des soignants. Les trois premiers pendant les transmissions, mais les aides-soignantes de jour étaient déjà parties, on ne leur payait ni les temps d'échange ni les heures sup. On ne pouvait pas leur en vouloir d'être parties à l'heure, même si cela impliquait que pendant une demi-heure, personne ne répondait aux appels des patients, après tout elles avaient eu une dure journée de travail, et peu de reconnaissance.

Lucie regrettait souvent de ne pas avoir arrêté ses études plus tôt, si elle avait été aide-soignante, elle aussi aurait débauché à l'heure, elle aurait eu moins de responsabilités, moins de prise de tête : « Vous avez un problème ? Je vous appelle l'infirmière ! »

Lucie ne pouvait pas aller répondre aux patients dans son état. Elle était encore très stressée de ses dernières aventures, elle avait besoin de fumer une ou deux cigarettes avant de coucher madame Untel ou de donner un comprimé à un autre. Sinon elle ne pourrait pas s'empêcher de les envoyer bouler.

Chaque soir, c'était la même chose, les soixante patients impatients voulaient être 'servis' en premier. Et on avait beau leur rappeler que « la nuit on est plus que deux, qu'il ne faut pas sonner pour le somnifère, car on passe voir tout le monde pour ça, que sonner ralentissait les soignants », la plupart n'en avaient rien à faire et continuaient à réclamer un somnifère, pour l'avoir, pour se rassurer, pour s'amuser avec les soignants de nuit. On n'était pas dans un service d'urgence, et avaler son somnifère ne relevait pourtant pas de l'urgence vitale !

Plus jeune Lucie comprenait leurs souffrances psychiques. L'hospitalisation, les opérations, les soignants sont source d'anxiété. Mais voilà, aujourd'hui elle était en SSR, les opérations étaient lointaines, les plaies cicatrisées, la rééducation débutée.

Mais où avaient-ils appris à se faire servir par des esclaves ? Lucie échangeait son sentiment avec sa collègue. Elle n'avait plus l'impression d'être une infirmière, mais un nègre sortit de son champ de coton pour aller s'occuper de nettoyer les fesses de la grand-mère du patron de la plantation. Cela fit rire sa collègue qui ne comprenait pas à quel point cela faisait souffrir Lucie.

Elle alluma sa troisième cigarette au moment où une sixième sonnette se déclencha. Elle en fuma la moitié et partit voir la première personne qui avait sonné.

Elle rentra dans la chambre en même temps qu'elle frappa à la porte et se dirigea vers le lit dans lequel se trouvait une dame d'une soixantaine d'années. La nuit, dans la pénombre, tous les patients avaient la même tête : une boule, couverte de cheveux gris, dépassant de la couette orange de l'hôpital. On les différenciait grâce à quelques caractéristiques précises. Ici, la patiente portait un bonnet de nuit en mailles noires et des lunettes ovales.

— Bonjour, madame Begin, vous avez sonné ?

— C'est pas trop tôt ! Ça fait un moment que je sonne.

— Oui, ben on avait du travail, vous n'êtes pas seule ! Qu'est-ce que vous voulez ? demanda sèchement Lucie.

— Je veux mon comprimé pour la nuit.

— On vous l'apporte en faisant le tour MA-DA-ME. On vous le répète tous les soirs, alors ça suffit, arrêtez de sonner pour des conneries.

Lucie sortit en claquant la porte. Finalement, les cigarettes n'avaient pas réussi à la calmer. De plus, elle était sur le qui-vive. Et si les mafieux venaient ici pendant sa garde. Savaient-ils où elle travaillait, l'avaient-ils suivi ? Bien sûr que oui ! pensa-t-elle en se souvenant de la silhouette d'Igor aperçue cette fameuse nuit sur le parking. L'angoisse la submergea.

Pendant le reste de la nuit, elle se retourna régulièrement pour surveiller qu'elle n'était pas suivie, sous le regard de sa collègue qui la trouvait décidément de plus en plus nerveuse.

Avant de rentrer dans la chambre 10, elle prit une profonde inspiration. Dans cette chambre se trouvait un nouveau patient, début de démence qui avait été hospitalisé pour déshydratation. Il avait la particularité désagréable de changer d'humeur très rapidement. En entrant dans l'antre de la bête, on ne savait jamais sur quoi l'on allait tomber.

Grosse tête chauve sur un oreiller, monsieur Inizan regarda Lucie avancer vers lui avec ses médicaments.

— Voilà vos comprimés de nuit, je vous les mets dans la bouche. Ils sont tout petits.

— Qu'est-ce que c'est ? demanda-t-il suspicieux.

— Les comprimés pour dormir, hurla Lucie dans son oreille, car il était sourd.

— Ne criez pas ! Vous êtes sûre ?

— Oh putain qu'il me saoule ! dit Lucie en s'adressant à sa collègue. Il n'entendait pas à cette distance. Oui, je suis sûre, reprit-elle en hurlant.

Elles finirent de l'installer et continuèrent leur tour. Mais monsieur Inizan n'était pas dans un bon jour, il sonna un quart d'heure plus tard pour redemander ses comprimés.

— Puisque je vous dis que je vous les ai mis dans la bouche tout à l'heure !

— Je ne vous crois pas, vous ne m'avez pas dit les noms des pilules.

— Je vous ai dit les comprimés de nuit, c'est pareil !

Ils hurlaient tous les deux à présent. Il était 23 h, les patients qui venaient de s'endormir furent réveillés par le bruit.

— Je vous préviens, je vais sonner jusqu'à ce que je les ai ! lui dit-il quand Lucie sortit de la chambre.

Quelle sensation désagréable !

Lucie sentit une contracture atroce dans son thorax, au niveau du plexus solaire. C'était la goutte d'eau, elle n'en pouvait plus. Que pouvait-elle faire pour qu'il comprenne ?

Elle se sentit démunie face à cette situation. Elle aurait dû garder son calme, l'équipe médicale avait remarqué que ce patient semblait prendre un malin plaisir à pousser les gens à bout.

Il avait bien compris comment le faire avec elle, ce soir plus que jamais elle démarra au quart de tour.

Le patient de Lucie était impossible à raisonner, quelle solution choisir ?

Toutes les solutions pourraient être considérées comme maltraitantes.

Elle n'était pas formée pour la psychiatrie et de plus en plus de patients étaient déments. Il sonna à nouveau, sa collègue alla répondre, mais ressortit aussitôt, tant le patient hurlait et la menaçait. Lucie s'accroupit par terre, les mains sur le visage.

Elle allait craquer alors elle sortit le téléphone de sa poche.

— Il veut les cachets que je lui ai donné une heure auparavant... non il en a eu déjà trois... ça fait 2 heures que ça dure... mais oui

Sandrine aussi a essayé… oui les filles d'ortho aussi ! Non je te dis que je ne peux plus m'occuper de lui…

Lucie était au téléphone avec la cadre de nuit, elle pleurait.

— OK merci à tout à l'heure.

— Alors ? demanda sa collègue.

— Elle va venir prendre le relai.

Parfois quand une situation tournait en rond, il fallait savoir passer le relai avant d'étouffer son patient, remis sous notre garde bienveillante, avec son propre oreiller.

Lucie n'aimait pas demander de l'aide, car ensuite elle se sentait redevable, en plus elle avait peur que la cadre raconte cette histoire au reste de l'hôpital. C'était un petit monde et les ragots allaient bon train.

Ce même soir, Edward seul chez lui, car David était à la salle de sport, tenait dans ses mains le paquet de cigarettes trouvé dans la tombe de Nicolas. Il se remémorait l'entrevue qu'il avait eue avec les policiers qui enquêtaient sur la disparition de Nicolas. Il se repassait en boucle, encore et encore, les remarques des agents, cherchant à les interpréter, à les analyser, il avait pris cette rencontre pour un interrogatoire et se sentait menacé.

Tout ça était la faute de Lucie ! Assis sur son canapé, Edward transposa toute sa peur en colère envers elle : si elle n'avait pas tant insisté pour que tous gardent le secret, aujourd'hui Jérôme aurait été disculpé, car c'était bel et bien un accident, et il ne vivrait pas entre la peur de se faire arrêter pour complicité de meurtre et l'angoisse de se faire tuer par des mafieux.

Il cherchait comment se tirer de cette situation, il fallait qu'il assure ses arrières et le bonus serait de se venger de Lucie, qui depuis le début de cette histoire lui parlait vraiment trop mal.

Depuis le changement d'heure, il faisait nuit noire de bonne heure. Dans l'obscurité du couloir, Edward rasait les murs aussi discrètement que possible quand il entendit la porte de l'appartement de Sophie et de Jérôme qui s'ouvrait.

Il se réfugia dans un recoin, se figea, le souffle coupé et vit Sophie qui sortait elle aussi discrètement, sans avoir allumé la lumière du couloir. Quand elle se retourna pour sortir de sa résidence, elle vit l'éclairage de la montre d'Edward et ils sursautèrent tous les deux.

Un peu plus tôt chez elle, Sophie, elle aussi, était en pleine réflexion sur le comportement de Lucie le jour de l'accident. Elle avait le sentiment que Lucie avait voulu séduire Jérôme et devant elle qui plus est ! Et comme Edward, elle pensait qu'elle ne serait pas dans une situation aussi tragique s'ils n'avaient pas écouté Lucie.

Elle avait pris la même décision que lui. Ils le comprirent quand ils virent ce que chacun tenait dans les mains, car Sophie, elle, avait pris la montre de Nicolas…

21

— Ah ! c'est ce soir ? T'es sûr. J'avais complètement oublié !

Assise sur son canapé, en pantalon de pyjama et tee-shirt, Lucie venait ainsi de répondre à Fred.

Elle était en train de manger une glace à la vanille accompagnée de chips quand il était rentré, lui rappelant que c'était la soirée cinéma du mois, lui signifiant qu'il avait bien fait ses devoirs puisqu'il avait repéré plusieurs films sympas qui pourraient leur plaire à tous les deux.

Il prouvait ainsi que lui aussi pouvait faire des efforts dans leur couple et ne comprenait donc pas pourquoi encore une fois elle essayait de le piéger en rajoutant :

— Vraiment, je n'ai pas envie ce soir, je n'ai pas le moral, je suis trop stressée en ce moment.

Elle montra le pot de glace et les chips, son code pour exprimer un grand état de déprime ou son syndrome prémenstruel.

Pourtant, c'était Lucie elle-même qui avait imposé cette règle de la sortie mensuelle au cinéma. Après quelques semaines de vie commune, elle avait remarqué qu'ils passaient leur temps à dire qu'ils devraient faire des balades à vélo, du roller, du tennis, qu'ils iraient au théâtre, voir des concerts et ainsi de suite, pour finalement rester chez eux, bien trop las le soir pour organiser quoi que ce soit.

Lucie avait alors imposé un minimum d'une soirée cinéma par mois, le premier vendredi du mois quand elle ne travaillait pas. Elle faisait la gueule à Fred et le privait de sexe pendant une semaine s'il ne participait pas à l'organisation alors il avait bien appris sa leçon !

— On passe ce soir si tu veux bien ? lui dit Lucie.

— Écoute non ! Moi aussi je suis fatigué, mais cela nous fera du bien. Tu as mis cette règle pour notre bien et ça marche, répondit Fred.

Il attrapa son ordinateur portable.

— Ne bouge pas pour l'instant, je vais te montrer les bandes d'annonces des films que j'ai repérés.

— Mais euh… répondit Lucie boudeuse. Je n'ai pas envie.

— Tu n'as rien à faire qu'à regarder.

Il déposa l'ordinateur sur les genoux de Lucie qui lui fit la moue.

« Elle me prend vraiment pour un jambon ! »

Fred flairait le piège, il pensait que s'il cédait, elle allait lui reprocher son manque d'engagement dans leur couple, dans quelques jours après avoir bien pris le temps de le ruminer, de l'amplifier jusqu'à ce que cela prenne des proportions démesurées.

La première bande-annonce laissa Lucie coite. Il s'agissait d'un film sur la politique américaine des années cinquante avec une histoire d'amour secrète entre deux militaires hauts gradés. Il essaya ensuite un film de cape et d'épée futuriste, bourré d'effets spéciaux qui n'eut pas plus de succès.

Qu'à cela ne tienne, Fred ne se découragea pas et sortit son arme secrète, se sacrifiant pour la paix de son couple.

Son dernier choix était le film tiré de l'un des bouquins préférés de Lucie. Le bouquin en question trainait depuis plusieurs mois sur sa table de nuit. L'histoire d'un vieux qui ne voulait pas fêter son anniversaire, de Jonas Jonasson.

« Sans intérêt » pensait Fred qui n'avait aucune envie de le voir, il aimait les films d'action. Il savait en revanche que le geste serait apprécié.

Et Lucie apprécia, elle avait beaucoup aimé le livre et attendait avec impatience de voir le film qui en avait été tiré. Alors même si cela tombait mal, même si elle ne pouvait pas expliquer à Fred pourquoi elle ne voulait pas sortir ce soir-là, elle n'eut pas d'autre choix que d'accepter la soirée. Et puis c'était la règle, sa règle, et il avait parfaitement joué le jeu, jusqu'au film qu'il avait choisi.

On sonna à la porte au moment où Lucie avait fini de se changer, elle ouvrit et se retrouva devant Sophie et Edward qui venaient d'y frapper discrètement à nouveau.

— Je peux vous aider ? demanda Lucie quand elle ouvrit sa porte.

Fred était là, elle leur fit comprendre d'un signe de la tête qu'ils n'avaient pas intérêt à parler de leur problème concernant Nicolas.

— Salut, rien à voir avec… tu sais le truc qu'on a euh… planté…

— Oui, je vois, pas la peine de rentrer dans les détails, vous voulez quoi ? s'impatienta Lucie.

— On avait parlé l'autre jour de vérifier les comptes et ce soir on a le temps.

— C'est-à-dire qu'on doit aller au ciné, je n'ai pas le temps-là.

— On veut juste les documents, on va le faire.

— OK ?

Lucie fut surprise, d'habitude ils ne se portaient pas volontaires pour ce genre de corvées et encore moins sans elle. Elle les trouva étranges, mais mit ça sur le compte du stress qu'ils supportaient tous en ce moment.

— Mais j'aurais pu vous les envoyer par mail sur simple demande.

— Super ! Envoie maintenant, demanda Edward.

Il savait que son bureau était dans la chambre, il voulait qu'elle sorte de la pièce pour mettre son plan en action.

Ils entrèrent et Fred leur proposa un « petit truc à boire ».

— Merci, mais on ne veut pas vous retarder, répondit Sophie.

Edward lui fit les gros yeux, à quoi pensait-elle, il fallait également éloigner Fred :

— Puisque tu insistes, je veux bien un verre d'eau, dit Edward.

— Mais je t'en prie.

Fred se dirigea vers le frigo cherchant ce qu'il pourrait leur offrir de plus accueillant qu'un verre d'eau.

— J'ai du vin rouge ?

— De l'eau, s'il te plait, dit Edward.

Pendant ce temps, Sophie et Edward cherchèrent, rapidement, où ils pourraient se débarrasser de leurs objets. Edward demanda à aller aux toilettes. Il trouva une cachette parfaite pour le paquet de cigarettes : derrière les rouleaux de papier toilette.

— Ah ! J'ai du Floc, c'est un régal !

— Non, de l'eau.

Sophie se retrouva seule avec Fred qui lui avait servi un verre d'eau en l'invitant à s'assoir sur le canapé. Il avait apporté sur un plateau trois autres verres et plusieurs bouteilles d'alcool, dont le Floc. Désarmée, Sophie ne savait pas où cacher son objet, elle finit par sortir la montre de Nicolas de sa poche et la dissimula discrètement entre les coussins du canapé en entendant Lucie qui revenait dans le salon.

— C'est fait, mais maintenant faut vraiment qu'on y aille.

Sophie se leva d'un bond.

— OK c'est gentil. Merci et bon film ! dit Edward qui sortait des toilettes.

Lucie et Fred étaient assis dans les fauteuils d'une salle de cinéma, bien au milieu d'un rang, bien au milieu de la salle pour que Fred puisse profiter de son film de façon optimale.

Alors que Lucie cherchait toujours à être la plus discrète possible, et encore plus aujourd'hui qu'elle avait peur d'être surveillée par la police ou par les hommes d'Alexey Iougov, Fred, lui, parce que c'était son bon droit, avait fait plusieurs fois l'aller-retour dans les rangées de fauteuils, bousculant les gens à chacun de ses passages afin de choisir le meilleur angle de vue.

Pour lui.

— J'ai payé pour ça, disait-il à la manière d'un bourgeois dans un grand restaurant, qui renverrait une assiette, car la sauce était à gauche au lieu d'être à droite.

— Comme les autres ! marmonna Lucie.

Elle imagina ce qui pourrait se passer si chaque personne dans la salle avait décidé qu'elle méritait la meilleure place, il y aurait sûrement eu des morts, pour 9€70 la place ! S'ils avaient été là, les grands gagnants auraient bien pu être les hommes de la Mafia, car eux, ils avaient des armes.

Avant de s'asseoir, elle regarda encore une fois pour voir si elle reconnaissait quelqu'un de suspect dans la salle.

— Tu as fini de t'agiter, lui demanda Fred, tant elle se retournait.

Et la lumière s'éteignit. Elle poussa un petit couinement. Fred sourit :

— Tu es vraiment sur les nerfs !

Elle lui répondit par un sourire crispé.

Pendant toutes les bandes-annonces et tout le début du film, Lucie se retourna régulièrement pour vérifier qui rentrait en retard ? Qui faisait du bruit avec une poche de chips ? Ou sortant un revolver ? Qui chuchotait ? En russe ? Et pourquoi ce mec au fond regardait dans sa direction ?

Il lui fallut une demi-heure après le début du film pour qu'elle réussisse à se concentrer sur l'écran et qu'elle se détendit un peu, elle finit par sourire même lors de la scène où le héros fait exploser, par accident, un des autres personnages du film, expliquant que ce qu'il préférait dans la vie c'était faire péter des trucs.

— Ha ha ha ! Ha ha ha ! … il fait tout péter, hu hu hu ! hu hu hu ! … Non, mais t'as vu, lui dit Fred en lui donnant un premier coup de coude. Ha ha ha ! Ha ha ha ! … Il fait tout péter, ha ha ha ! …

Fred était parti dans un fou rire comme la moitié du public de la salle. Il donnait des coups de coude à Lucie à chaque fois qu'il repartait dans son fou rire.

Le film avançait, de nouvelles explosions, lors de situations toujours aussi cocasses, provoquaient de nouveaux éclats de rire.

— Il fait tout péter, ha ha ha ! … Fred imitait le héros du film, en se retournant vers Lucie : « moi ce que j'aime : c'est faire péter des trucs… » Ha ha ha ! …

Lucie regardait à présent Fred d'un œil noir :

« Il n'allait pas partir dans un trip de répétition, là ? »

Pour les non-initiés à « Fred devient un blaireau », les trips de répétition étaient simples : prenez un fait drôle, incongru ou banal. Fred, s'il était interpellé par ledit événement, vous en parlait matin et soir pendant plusieurs jours, voire plusieurs semaines, toujours avec la même intensité et le même entrain, comme un enfant s'émerveillant devant un sapin de Noël chaque fois qu'il en voyait un.

Autant dire qu'au bout de la troisième fois, Lucie ne trouvait plus les situations très drôles. Lucie avait perdu depuis longtemps cette âme d'enfant et se lassait très vite de tout. Au bout de la dixième répétition, elle était généralement fortement agacée.

Mais au bout de plusieurs jours, elle rentrait dans une rage folle, sans que jamais Fred ne puisse comprendre pourquoi elle se mettait dans un tel état :

« C'est pourtant drôle ».

Cela donnait à Lucie l'impression de vivre avec un enfant qui répétait inlassablement la même chose.

Fred riait encore pendant le générique de fin, en se dirigeant vers la voiture et dans celle-ci :

— Il fait tout péter, ha ha ha ! …

— C'est bon, on a compris. Lui dit Lucie qui sentait qu'elle n'aurait pas la patience ce soir de l'écouter.

— Quoi t'a pas aimé ? demanda Fred, réalisant qu'elle était agacée.

— Si, c'est pas la question. Je suis trop fatiguée pour t'expliquer ce soir. Change de disque un point c'est tout.

Elle démarra.

Le trajet se déroula dans un silence de mort jusqu'au moment où Lucie rentra dans un rond-point et râla, car un chauffard lui avait coupé la priorité la forçant à ralentir.

— Ne t'énerve pas, il avait le temps de passer, tenta de tempérer Fred. Je te rappelle que dans un rond-point tu es soumis à la force centrifuge : il est impossible d'avoir un accident.

— Pardon, tu viens de dire qu'il était impossible d'avoir un accident dans un rond-point à cause de la force centrifuge ? Dans une voiture ?

— Oui, n'oublie pas que je suis avant tout un scientifique, c'est une connaissance de base, enfin toi aussi tu as bien dû apprendre cela en cours de physique ! dit-il d'un ton hautain. C'est élémentaire. M'enfin, tu es bien allée à l'école ? Toi en plus, tu as eu ton BAC !

— Tu es sûr ? demanda Lucie

— N'oublie pas à qui tu parles ! Heureusement que j'ai une bonne estime de moi, car tu remets sans arrêt mes compétences en doute. Si je ne connaissais pas ma valeur, je pourrais me vexer. Je suis un scientifique avant tout.

— Donc tu me soutiens que si je n'avais pas freiné on n'aurait quand même pas eu d'accident ?

— Oui, c'est de la science ma chérie, tu auras au moins appris un truc aujourd'hui.

En entrant dans le rond-point suivant, Lucie accéléra, percutant ainsi un automobiliste qui s'était déjà engagé.

— C'est incroyable, je viens de te prouver que ta théorie était fausse et tu continues à me soutenir que tu avais raison ?

Lucie était debout à l'avant de sa voiture. Elle venait de finir son constat et Fred la rejoignit alors que l'autre automobiliste impliqué dans l'accident remontait dans son véhicule.

— À ben forcément, si tu accélères !

Fred se sentait con, mais il n'avouerait jamais son erreur. Son ego était intouchable.

— Tu te fous de ma gueule pauvre con ? Tu avais tort et en voici la preuve.

Lucie lui montra le constat qu'elle tenait dans les mains :

— Affaire classée trouduc !

Fred se contenta de se taire et d'oublier qu'il avait pu faire une erreur. Ils rentrèrent silencieusement dans l'appartement de Lucie et se préparèrent pour la nuit sans s'adresser la parole. Lucie entendit des rires provenant de la salle de bain alors qu'elle buvait un jus d'orange dans la cuisine.

— Il fait tout péter, ha ha ha ! se rappelait Fred.

Lucie se dit que la prochaine fois qu'elle l'entendrait cette phrase, c'était elle qui appuierait sur le bouton pour faire exploser Fred.

Le lendemain matin, Fred était aux toilettes en train de lire dans son « Science et vie junior », un article passionnant sur les mystères enfin révélés de l'univers. Il était fasciné par ses nouvelles découvertes.

En se retournant pour attraper un rouleau de papier toilette rangé sur les étagères en bois que Lucie avait bricolées aux dessus des toilettes, un paquet de cigarettes tomba à terre, il était sale, souillé de terre. Fred le ramassa et le dépoussiéra. En sortant des toilettes, il jeta le paquet et rangea les cigarettes dans la boîte à tabac de Lucie.

Elle avait trouvé cette boîte lors d'une de ses nombreuses séances de shopping. C'était une boîte en fer dont les dimensions avaient été étudiées pour contenir 5 paquets de cigarettes, et dessus il y avait une jolie image de pin-up peinte, qui donnait à la boîte un côté rétro que Lucie affectionnait.

Fred ne remarqua pas que ce n'était pas la marque de sa compagne, car les deux paquets étaient à prédominance rouge. Il aurait bien voulu que Lucie se débarrasse de cette mauvaise habitude, mais il ne prenait plus le risque de lui en parler, car Lucie lui avait affirmé à plusieurs reprises déjà qu'elle adorait fumer et qu'elle n'arrêterait jamais.

— Et si tu n'es pas content, c'est pareil, lui répondait Lucie lors de leurs disputes sur le sujet du tabac.

Croisant Lucie qui se rendait à la salle de bain, il engagea une tentative de rapprochement :

— Tu avais laissé un paquet de clopes aux toilettes, je l'ai rangé dans ta boîte.

— Ta gueule !

Lucie était encore « un peu » fâchée de leur dispute de la veille.

Il n'insista pas et partit déjeuner.

22

Dans l'arrière-cour de la résidence, Lucie se tenait debout face aux bâtiments en se rongeant les ongles. Edward, Alexey Iougov et ses hommes de main étaient avec elle autour du futur carré de potager. Alexey Iougov les avait convoqués pour donner ses ordres.

— Nous fouiller nous-même apparrrtement de Nicolas et vous nous couvrrrir. Si quelqu'un arrrriver, trrrouvez excuse pourrr notrrre prrrésence, ordonna Iougov sans préambule.

— Fait chier ! vous voulez qu'on dise quoi ? Que vous êtes mon tonton ? dit Lucie.

Edward était terrorisé par Iougov et ses hommes de main, mais Lucie, elle, commençait à s'irriter.

Ils lui faisaient penser à ses patients qui, prétextant leur état, perdaient le sens de la politesse et de la courtoisie sociale.

« Et faites-moi ceci et cela, ni merci ni merde ! »

— C'est fini l'esclavage ! Vous pouvez demander poliment, ou bien gentiment au moins. J'en ai marre qu'on me parle mal, au boulot, au supermarché et maintenant des tueurs psychopathes ! Moi aussi je suis une personne sensible !

Énervée, elle ne se contrôlait plus.

Alexey Iougov arrêta d'un geste ses hommes qui déjà avaient ouvert leur veste, prêts à sortir leur révolver pour abattre Lucie au premier signal de leur chef. Ils en furent de nouveau très surpris. Il y a encore quelque temps, Alexey Iougov n'aurait laissé personne lui parler sur ce ton. En moins de temps qu'il n'en fallait pour dire « Je vous en supplie ne me faites pas de mal… », il aurait lui-même tiré une balle entre les yeux de la personne qui aurait osé élever le ton contre lui. Mais voilà, Iougov la trouvait courageuse, confondant sa témérité avec le mal-être causé par son syndrome prémenstruel.

— Oh ! ça va les gorilles, vous avez qu'à me buter, au moins je ne serais plus stressée.

— Mais tais-toi donc ! murmura Edward entre ses dents serrées, reculant sur le côté, s'écartant lentement d'elle.

Il observait craintivement les réactions de l'ennemi.

— Non, mais c'est vrai quoi ! Vous vous rendez compte de la pression que vous nous mettez. Mais on n'est pas habitué à commettre des délits nous, monsieur ! Personnellement, j'ai même du mal à mentir quand je fais des conneries ! J'avoue tout au premier regard !

— Oui, moi c'est pareil, chuchota Edward en secouant la tête de haut en bas, en signe d'approbation.

Il était rassuré par la réaction d'Alexey Iougov qui souriait en écoutant les réponses de Lucie et qui avait arrêté ses hommes. Edward se dit que finalement le parrain n'était peut-être pas si mauvais.

Alexey Iougov commençait effectivement à apprécier cette Lucie. Elle avait du cran et du répondant. Par contre, il n'aimait pas beaucoup Edward, il le trouvait lâche.

— Nous avoirrr accorrrrd, reprit Alexey Iougov, soit vous fourrrrnissez notrrre « trrruk », soit vous rrrendrrre de petits serrrvices de temps en temps, soit vous mourrrrirrr.

— Ça vous empêche pas d'être poli, dit Lucie en croisant les bras et en faisant la moue.

— C'est vrrrai, lui répondit-il, amusé.

— Ah oui, demandez poliment, répéta Edward, qui s'engaillardissait. Et puis vous pourriez penser à une petite rémunération. On prend des risques pour vous…

Alexey Iougov fit un geste discret à Boris :

— Bien sûrrr, on va dédommager vous.

Lucie le regarda perplexe. Mais pourquoi Edward avait-il eu cet élan de courage, de folie plutôt, cela ne lui ressemblait pas, il était plutôt lâche d'habitude.

Boris fit un signe d'approbation à son chef et s'avança rapidement, en souriant, vers Edward qui, médusé, ne pouvait ni bouger ni parler. Il attrapa l'oreille d'Edward, qui tomba à genoux tellement il avait mal.

— Hiii ! Edward poussa le cri le plus aigu que Lucie n'eut jamais entendu.

Boris lui mit ensuite un couteau sous la gorge pendant qu'Alexey Iougov s'approcha de lui avec une espèce de mini machette.

— Tu vas calmer toi Jason, lui ordonna Iougov.

— Il s'appelle pas Jason, dit Lucie doucement.

— Je m'appelle pas Jason, confirma Edward en chouinant.

— Ta gueule, si je dirrre que tu appelles Jason, tu t'appelles Jason, avec ta coupe de cheveux surrr le côté tu as tête à appeler Jason alorrrs je t'appellerrrai Jason et toi rrrépondrrra : oui monsieur ! Comprrris.

— Oui monsieur, répondit Edward en fondant en larmes.

Puis s'adoucissant, alexey l'aida à se remettre debout, pendant que Boris le menaçait toujours de son couteau.

— Alors moi expliquer encorrre une fois, petite merrrde mais c'est derrrrnièrrre f...

Alexey Iougov fut coupé dans son élan.

Ils entendaient une voiture qui arrivait sur le parking.

Boris lâcha Edward, et tous rangèrent leurs armes et refermèrent leur veste pour les camoufler.

Fabienne venait de se garer et, les ayant aperçus depuis le parking, elle s'était dirigée directement dans l'arrière-cour et observait à présent les trois inconnus dans un silence de mort, les mains sur les hanches.

Le premier était un petit homme maigre. Elle trouvait qu'il ressemblait à un rongeur. Il avait l'air vicieux. Le deuxième était vraiment immense, elle pensa, à juste titre, qu'il devait être boxeur et comme en attestaient les nombreuses cicatrices qu'il avait sur le visage qu'il devait aimer se battre.

Le dernier, celui qui était placé au milieu ressemblait à un politicien entouré de ses gardes du corps. Il n'était pas très grand non plus. Elle se demanda l'espace de quelques secondes si c'était une bouée qu'il cachait sous sa chemise ou si c'était son ventre. Néanmoins, elle le trouvait très élégant dans son costume trois-pièces sur mesure.

—Vous là ! Avec votre tête de promoteur ! dit Fabienne en

pointant son doigt en direction d'Alexey Iougov, ce n'est pas la peine de faire un devis et ce n'est pas la peine de revenir, je ne suis pas d'accord pour ce projet...

« Décidément, les femmes ont du caractère dans le coin. »

Alexey Iougov fut immédiatement séduit par cette femme, le chevauchement des textures et des couleurs de ses vêtements amplifiait son embonpoint la faisant ressembler à sa mère, femme qu'il chérirait, admirerait et respecterait toute sa vie.

Elle n'avait pas eu d'autres enfants et était morte alors qu'il était âgé de 8 ans. Mais avant de mourir, elle avait aimé son enfant d'un amour incommensurable.

Peu après la naissance d'Alexey, son mari avait été assassiné. À l'époque, ils habitaient en Russie, et il travaillait pour le parrain local. Elle s'était mariée à son amour d'enfance, alors elle refusa de se remarier, au grand désespoir de bon nombre d'hommes du milieu qui auraient bien voulu récupérer cette beauté et de sa famille qui avait fini par la rejeter. D'ailleurs, certains pensaient que l'assassin de son mari avait commis ce crime dans le but de la séduire.

Pour surmonter cette épreuve, elle se raccrocha à son fils, qui devint sa seule obsession. Elle l'éleva seule, le traitant comme un prince puis comme un roi.

Comme elle travaillait sur un marché, sur un étal de poisson, et qu'elle avait remarqué ses regards avides de curiosité, elle lui avait tout appris sur l'art de vider des poissons.

Très jeune, il montra des prédispositions dans le maniement des armes blanches, un véritable artiste qui fut rapidement remarqué par l'ancien patron de son défunt père, qui gardait un œil sur cette famille. C'est ainsi qu'il finit par intégrer le milieu.

À l'âge de 13 ans, sa mère décéda d'un cancer du sein et le parrain lui-même le prit sous son aile.

Alexey Iougov n'avait pas l'habitude qu'on lui parle ainsi. Il trouvait cela très rafraichissant. D'habitude, il inspirait la peur et la crainte par son physique, son statut de chef de l'Organisation et ses antécédents.

Aujourd'hui à soixante ans, il était las de tout cela. Il ne tuait plus, il n'avait plus de frisson d'excitation. Il aspirait à autre chose, mais ne savait pas quoi. Ses hommes de main pensaient qu'il s'affaiblissait, qu'il vieillissait et se ramollissait. Ils étaient sur le qui-vive pour savoir qui allait le remplacer.

Alexey Iougov n'avait jamais été marié. Les femmes aussi avaient peur de lui. Il est vrai que son physique n'aidait pas, il avait toujours été petit, gros et poilu. Son visage et son corps étaient bardés de cicatrices, récoltées lors de ses nombreuses bagarres et accidents. Il dégageait une odeur de vieillard malgré une toilette soignée. Et il était plutôt maladroit avec la gent féminine. Alors, il satisfaisait ses besoins sexuels avec les prostituées de l'Organisation.

— Alors j'attends ! Ne croyez pas que je n'ai pas remarqué votre petit jeu et vos réunions cachées.

Fabienne accusa du regard ses voisins, Lucie et Edward qui restèrent muets, pétrifiés par la peur que Fabienne ne découvre qui était Alexey.

— J'ai déjà dit que je ne voulais pas de piscine, c'est trop cher et tous les gamins du quartier vont y venir la nuit ! Monsieur, je vous le dis, ce n'est pas la peine de faire un devis, je voterai contre et je convaincrai la majorité avec mes arguments, soyez-en assuré.

Décidément cette femme plaisait énormément à Alexey Iougov :

— Madame, Alexey Iougov prit une voix grave et un ton doux que ses hommes ne lui connaissaient pas.

C'était bien la première fois qu'il essayait de séduire une femme.

— Perrrmettez moi prrrésenter.

Il s'approcha d'elle et lui prit délicatement la main.

— Monsieur Alexey Iougov, pas être là pourr fairrre piscine, madame.

Fabienne reconnut son accent et s'adoucit aussitôt.

— Pardonnez-moi monsieur, j'ai cru en vous voyant… mais… pardonnez mon audace, seriez-vous d'origine russe.

— Da ! Madame. Il lui fit la révérence.

— Mais c'est merveilleux ! Mais quelle coïncidence, je me passionne depuis toujours pour la Russie et tout ce qui s'y rapporte. D'ailleurs, mon chien se nomme Igor, comme le prince Igor.

En entendant cela, l'homme à l'allure de boxeur se renfrogna. Boris se moqua de lui. Ce qui eut pour conséquence un coup de coude discret, mais douloureux dans les côtes, de quoi lui faire passer l'envie de continuer de rire.

Alexey Iougov dit en devenant sévère :

— Nous venirr fairrrre trrravaux dans l'apparrrtement de monsieur, il désigna Edward. D'ailleurrrs, Igor toi kommencer, on rrrejoint plus tarrrd. Et toi arrrête de rrrirrre Komme un âne, rajouta-t-il à l'adresse de Boris.

Les deux hommes de main s'exécutèrent et Igor partit en direction du bâtiment d'Edward. Fabienne admira le « patron ».

— Le prince Igor fut mon premier opéra, reprit Fabienne qui ne faisait plus attention à ce qui se passait autour d'elle. Depuis, je le regarde lors des fêtes de fin d'année, chaque année. J'ai la chance d'avoir un enregistrement de la représentation de 1978 à l'opéra de Moscou, grâce à internet ! Ah internet ! Et ces voix, ces danses, je suis tombée amoureuse de la Russie. Je n'ai pas pu encore y aller et vous êtes le premier Russe que je rencontre. Pardonnez mon excitation.

Pendant que Fabienne parlait, Lucie et Edward entendirent le bruit, à présent familier, d'un verrou que l'on force, et très rapidement ils purent voir Igor par la fenêtre du salon de Nadia. Ils devinrent blancs comme linge.

Fabienne, enflammée par sa rencontre avec un vrai Russe, n'avait rien remarqué et dos à la fenêtre ne voyait pas les hommes d'Alexey qui fouillaient énergiquement l'appartement.

À présent, Lucie et Edward voyaient des objets, des meubles et parfois Igor traverser la pièce, à grand fracas.

Remarquant le regard de ses voisins, Fabienne tourna la tête dans la même direction, mais ne vit rien, car Alexey Iougov reprit :

— Mais pas excuser vous, c'est merrrveilleux de voirrr une amourrreuse de ma chèrrre patrrrie.

Soudain, les témoins de la scène se demandèrent s'ils n'étaient pas de trop.

— Mais laissez-moi vous présenter mon chien : I-GOR ! hurla-t-elle d'une voix stridente.

Le chien ne vint pas, sa maîtresse l'avait oublié dans la voiture, il grattait furieusement la vitre, espérant se faire délivrer. Oubliant la bienséance, elle se précipita, invitant Alexey Iougov à la suivre pour rencontrer son chien et venir boire un café. Elle voulait qu'il lui parle de son si beau pays.

— Bien sûrrr madame.

Il indiqua à Boris de l'attendre et partit la rejoindre. C'était la première fois qu'une femme le regardait sans dégoût, sans peur ou sans cupidité. Il avait même perçu de l'envie et de l'admiration dans les yeux de cette sublime femme. Pour la première fois de sa vie, il avait envie de prendre le temps de connaître une femme et pas seulement la prendre de force et la tabasser, comme les prostituées avec lesquelles il couchait d'ordinaire.

Quand Fabienne ouvrit la portière de la voiture, Igor se précipita dans le jardin pour assouvir une envie pressante, sans se soucier des ordres de sa maîtresse qui voulait qu'il dise bonjour à leur invité. Fabienne faisait partie de ces éleveurs qui cèdent à tous les caprices de leur chien.

Elle n'avait aucune autorité sur lui.

Elle continua à l'appeler pathétiquement sans aucun résultat et une fois ses besoins satisfaits, Igor partit explorer les alentours et renifler les jambes de l'inconnu.

Soudain, une odeur très envoutante l'ensorcela et le chien voulut en trouver la source.

Non, ce n'était pas cet homme bizarre, lui sentait le danger.

Non, l'odeur venait de plus profond.

Il continua son exploration en se dirigeant vers la remorque devant les yeux écarquillés de Lucie et Edward.

— Igor, allez, viens, on rentre ! dit Fabienne, revenue à présent dans l'arrière-cour. On va prendre un thé avec notre nouvel ami… dépêche-toi ! Tu creuseras un trou plus tard mon lapin.

« Oui Igor, pensa… supplia Lucie, espérant qu'elle arriverait à lui transmettre ses pensées, tu récupèreras un nonos de Nicolas à ronger plus tard, promis. »

— Il n'écoute jamais ce que je lui dis, dit Fabienne, confuse, pour s'excuser devant Alexey Iougov.

— Mais enfin Fabienne vous voulez bien l'empêcher de déranger notre… euh… tas de… euh… terre, s'il vous plait ! cria Edward.

Fabienne et Alexey Iougov ne pouvaient voir que l'arrière-train d'Igor, sa tête étant cachée par la bâche, alors que les autres témoins de la scène pouvaient parfaitement le voir en train de tirer une sorte de tissu de dessous la terre.

Lucie et Edward blêmirent alors que Boris aperçut une main qui sortait de terre.

— Chef vous devrrriez… commença Boris.

— Bien sûrrr. Le coupa Alexey Iougov. Madame permettez-moi rrrékupérrrer chien pourrr vous.

— Vous êtes vraiment très galant, dit Fabienne en rougissant. Je vous en remercie.

En attrapant le chien, Alexey Iougov vit la main et comprit tout, il se releva et regarda Lucie puis Edward.

— Ah je voirrr.

— On est tous impliqués ! dit précipitamment Edward, avec une voix aiguë.

Il espérait qu'en impliquant Fabienne dans l'histoire Alexey Iougov les prendrait en affection. Il avait remarqué son changement d'attitude face à elle et voulait en tirer profit. Fabienne qui regardait en direction de la fenêtre de Nicolas, ayant cru entendre un bruit, retourna la tête en direction d'Edward en entendant ses paroles et ne vit pas les coussins lancés par Igor, traverser l'appartement.

— Ah ça, c'est sûr ! On s'est tous impliqué ! dit Fabienne ayant mal compris, pensant qu'ils parlaient des travaux de rénovation de la résidence. Et cela ne se passe pas toujours en douceur, comme vous pouvez en être témoin. Il faut savoir y mettre un bon coup de temps en temps. Voyez par vous-même.

Elle désigna la bâche.

Alexey Iougov fut émerveillé par cette femme. C'était donc elle le chef de cette petite organisation.

« Madame me menace moi avec ses sous-entendus ? Mais quelle

femme ! Capable tuer un homme, de l'enterrrer dans son jardin et d'en parler comme si de rien n'était. Capable de menacer un homme comme moi ! »

Elle était son alter ego et c'est pour ça qu'il était si attiré par elle, il comprenait tout à présent. Et cette Lucie, elle aussi avait du sang froid, ce pourrait être sa fille. Sa fille de cœur.

Aurait-il trouvé, en ce lieu, ce qu'il cherchait depuis toujours : une famille.

— Mais je ne veux pas parler de sujet si désagréable, allons prendre ce thé et racontez-moi tout sur votre pays.

— Oui madame, pas besoin dirrrre davantage.

Et ils partirent laissant Lucie et Edward dans un état de frayeur abominable.

Après une bonne demi-heure, Igor revint dans l'arrière-cour.

— Alorrrs ? lui demanda Boris.

Igor lui fit signe qu'il n'avait rien trouvé.

— Ah ! vous voyez qu'on a fait de notre mieux, dit Edward.

— Ouais, on voirrr, mais c'est chef qui décide, pas nous ! répondit Boris, mauvais.

Et il se mit à rire.

Ils entendirent brusquement un cri dans l'appartement de Nadia. Lucie renfonça avec son talon la main de Nicolas et rabattit un peu plus la bâche qu'elle cala avec un gros caillou.

— NON ! PUTAIN ! Pas encore !

Nadia était rentrée quelques instants seulement après qu'Igor ait rejoint le groupe dans l'arrière-cour. Elle se précipita à la fenêtre de sa chambre quand elle les aperçut :

— On m'a encore cambriolé ! Elle n'était pourtant partie que deux heures, pensa-t-elle. Ça fait 2 fois cette semaine, en plus de la perquisition de la police ! J'en ai marre. Et toi, dit-elle en désignant Lucie, tu es encore là ! Tu n'as rien vu, je suppose ? Ne me dis pas non ! Tu fous rien de la journée…

— Non, je n'ai rien vu et rien entendu ! répondit Lucie.

— On est immunisé contre le bruit à force d'entendre votre musique de merde, rajouta Edward.

C'était la première fois que Lucie osait répondre aussi franchement et désagréablement à sa voisine. Elle savait qu'elle n'aurait plus à subir les menaces de Nicolas et la présence des mafieux la mettait en confiance.

Les remarquant, Nadia demanda :

— Et vous, qui êtes-vous ?

Elle se radoucit, cela dit, car le grand costaud n'avait pas l'air tendre.

— Vous n'avez rien vu ?

— Non m'selle, rrrien vu, rrrien entendu, répondit Boris.

Au regard que lui lança Igor, elle comprit que ce n'était pas la peine d'insister et referma sa fenêtre.

23

Pour éviter de trop fumer la nuit, Lucie, suivant les conseils d'un de ses bouquins de développement personnel, utilisait depuis quelque temps un étui dans lequel elle ne pouvait mettre que 10 cigarettes. Elle le remplit rapidement ce soir-là les prenant de sa boîte qui était à côté du canapé. Elle était en retard et n'avait pas le temps de chercher sa cartouche.

Avant de partir, elle en alluma une qu'elle allait fumer dans sa voiture. Elle lui trouva un drôle de goût et mit cela sur le compte des choux de Bruxelles qu'elle venait de manger et qui lui provoquaient des renvois malodorants.

Elle prit un chewing-gum.

Un peu plus tard, arrivée à son poste, transmissions prises, elle était assise sur les marches de l'escalier où elles s'installaient avec ses collègues quand elles faisaient leur pause cigarette. Elles étaient en train de boire leur café d'embauche et fumer leur deuxième cigarette.

— Dis donc, t'as les yeux rouges, dit Sandrine, sa collègue aide-soignante.

— Ah bon ? lui demanda Lucie.

— Et elle sent bizarre ta clope. Je connais cette odeur, mais je n'arrive pas à me rappeler…

— Hum ! c'est vrai et elle a un drôle de goût, mais j'ai que ça… alors…

Elle regarda la marque de la cigarette, ce n'était pas la sienne.

— C'est mon ami qui les a trouvées, reprit-elle. Faudra que je lui dise que la prochaine fois il pourra les donner à ses collègues, elles sont vraiment pas bonnes.

Un quart d'heure plus tard, Lucie commença à se sentir franchement mal. Elle avait des vertiges, elle se sentait nauséeuse et avait des idées noires.

Elle prit sa tension et sa température, mais elles étaient normales. Elle se demanda ce qu'elle pouvait couver et se dit que la fin de la nuit allait être dure.

« C'était sûrement la grippe ! »

Elle prit du paracétamol, un antinauséeux et un antispasmodique au cas où ce soit une grippe intestinale, et se remit à la tâche.

Elle essaya de pousser son chariot dans les couloirs, mais, régulièrement, elle rentrait dans les murs, se roulait sur le pied ou le poussait trop fort si bien qu'elle manquait de tomber en voulant s'y raccrocher.

À 23 heures, en sueur, elle retrouva ses collègues, autour de la table de la tisanerie.

— Tiens, le vase est brisé ? Quelqu'un a vu ce qui s'est passé, demanda Audrey, l'infirmière du service d'orthopédie.

— Non, mais ça fait déjà un moment, répondit Sandrine.

— De toute façon, celui qui a fait ça ne le dira pas, les êtres humains sont des lâches, lâcha Nicole.

— Lucie, ça va, tu es toute pâle ? demanda Audrey.

Lucie se mit alors à pleurer sans raison apparente sous les regards médusés de ses collègues.

— Comment voulais-tu que je le sauve si sa nuque était brisée ?

Elle regarda intensément par la porte ouverte de la tisanerie.

— De quoi tu parles ? lui demanda Audrey.

— Ah ! J'ai les dents qui poussent.

— À qui tu parles ? rajouta Sandrine, qui regardait vers la porte, mais ne vit personne, on te parle du vase.

— Je vais aller en prison pour non-assistance à personne en danger.

— Mais qu'est-ce qu'elle a ? demanda Audrey, Lucie, c'est toi qui l'as cassé ?

— Je ne sais pas, elle est étrange depuis tout à l'heure, répondit Sandrine. Je crois qu'elle est malade. On a installé monsieur Dalby et il s'est plaint de s'être fait mal à la nuque, c'est peut-être pour ça qu'elle parle de nuque ? Lucie, c'est ça ton problème ?

— Lucie, tu as bu ? demanda Audrey, outrée.

— Et crac ! Avant que je puisse faire quelque chose, dit Lucie désespérée.

— Tu es saoule !

Audrey s'avança pour sentir son haleine, mais ne perçut aucune odeur d'alcool. Elle sentit par contre l'odeur du shit et lui en fit la remarque.

— Depuis quand tu fumes ?

— Ah voilà ! s'écria Sandrine. Je savais que je connaissais cette odeur ! Lucie, tu diras à ton mec de pas te filer des cigarettes imbibées de shit avant ton embauche.

Lucie passa le reste de la nuit, prostrée sur une chaise, tenant une couverture sous son cou, sursautant à chaque bruit. Ses collègues avaient voulu la coucher, mais elle avait refusé prétextant la présence de lutins cannibales dans ses chaussures.

— OK ! dit Audrey, elle fait un bad trip, elle n'a pas l'habitude du shit et à mon avis elle n'en reprendra plus !

Ses collègues en rigoleraient pendant plusieurs semaines.

Quand l'équipe de jour arriva pour prendre la relève, Lucie commençait enfin à émerger, mais avait une tête à faire peur. Son mascara avait coulé, lui laissant des cernes noirs sous les yeux, elle était verdâtre et avait vomi deux fois. Sa blouse en était tachée, mais elle n'avait pas eu la force de se changer. Ses lèvres, sèches, commençaient à peler.

Heureusement, la nuit avait été calme, sa collègue fit les transmissions à sa place expliquant que Lucie avait été malade toute la nuit, mais qu'il ne s'était rien passé de particulier.

Pendant que Lucie passait la nuit à lutter contre des lutins invisibles, Fred assis dans le salon devant la télévision allumée, réfléchissait à ce qu'il pourrait faire pour ne pas se mettre une nouvelle fois dans le genre de situation qui avait conduit Lucie à provoquer un accident de la circulation pour lui montrer qu'il pouvait avoir tort. D'ailleurs, il n'avait jamais tort. Encore une fois, c'est Lucie qui n'avait rien compris. Il tomba sur un match de catch. Alors il oublia le sujet de ses réflexions et se laissa entraîner par la liesse du public.

La montre que Sophie avait cachée entre les coussins formait une bosse inconfortable sous son assise et au bout de plusieurs minutes à se tortiller, il décida de se lever pour enlever cet obstacle entre lui et le confort de ce bon canapé.

Il trouva alors la montre de Nicolas. Sans se poser de question sur la présence de terre, qu'il balaya avec sa main, puis en soufflant, ni de savoir à qui elle appartenait et comme il la trouva à son goût et pratique, il l'adopta et la mit à son poignet.

À aucun moment il ne se demanda d'où venait cette montre d'homme ni à qui elle appartenait. Un autre que lui se serait montré suspicieux, voire jaloux, et aurait harcelé sa compagne de SMS afin de connaître le nom de son amant. Mais Fred n'était pas de ces hommes. Lui voyait seulement la montre gratuite qu'il venait de trouver.

Heureusement, Lucie ne travaillait pas le soir suivant l'incident des cigarettes droguées, elle était de repos, ce qui lui permettrait de se remettre de son bad trip.

Elle avait réussi à conduire jusqu'à chez elle sans incident, car l'effet de la drogue s'était finalement estompé. Si ses hallucinations et son angoisse avaient disparu, ils laissaient place à présent à une montée de colère incontrôlable. Avant d'aller se coucher et de jouir d'un repos bien mérité, elle allait demander des explications à Fred.

Elle ouvrit violemment la porte qui claqua bruyamment contre le mur et entra dans leur chambre.

— Dis donc Fred ! Elle ne m'a pas fait rire ta blague de merde.

Elle prit un oreiller et frappa Fred avec, car il ne se réveillait pas assez vite à son goût.

— Hein, mais t'es folle ! Pourquoi tu fais ça ? répondit Fred encore à moitié endormi.

— Tu m'as fait fumer du shit au boulot, t'es trop con, j'ai fait un bad trip ! hurla Lucie. J'aurais pu avoir de gros ennuis.

Lucie repensa aux paroles concernant le meurtre de Nicolas qui lui avait échappé.

— Mais enfin, tu sais que je suis contre la drogue, jamais je n'aurais fait un truc pareil, et puis je ne sais même pas où acheter du shit.

— Mais…

Lucie n'avait pas d'argument, Fred était irréprochable en ce qui concernait les drogues.

— Mais… Les cigarettes qui étaient dans ma boîte… C'est bien toi qui les y as mises ?

— Oui, mais je croyais qu'elles étaient à toi !

Lucie s'assit à côté de lui sur le lit. Elle tenait son étui à cigarettes, ouvert, dans ses mains et le regardait plus attentivement.

— Mais où as-tu trouvé ce paquet ? demanda-t-elle.

— Dans les w.c., tu l'avais laissé derrière le papier toilette.

— Il n'était pas à m…

Elle ne finit pas sa phrase, ces cigarettes n'étaient pas de la marque qu'elle fumait.

Fred ne l'avait pas remarqué, car les paquets se ressemblaient beaucoup. Pour une fois, ce n'était vraiment pas de sa faute, pensa-t-elle.

Elle observa de plus près la cigarette qu'elle tenait entre ses doigts et y vit de la terre. Elle commençait à comprendre quand elle remarqua la montre de Fred.

— Qu'est-ce que c'est ? Tu as acheté une nouvelle montre ? lui demanda-t-elle.

— Non, je l'ai trouvé entre les coussins du canapé. Ne me dis pas qu'elle est à toi, on voit bien que c'est une montre d'homme.

— Non effectivement, elle n'est pas à moi.

— Ben alors elle est à moi maintenant, répondit-il fièrement.

— Tu trouves une montre d'homme dans le canapé et tu ne te demandes pas d'où elle vient ?

— Non.

— Et tu ne me demandes pas d'où elle peut venir ?

— Non.

— Tu la prends, juste tu la prends, dit Lucie étonnée.

— Ben oui. Mais enfin quoi ? T'es bizarre ! Tu voulais que je la laisse là où elle était ? Tu n'es pas logique !

Encore une fois, Lucie perdit patience et s'agaça de sa remarque qui la vexa grandement. Elle sentit monter en elle les prémisses d'une grande colère, mais ô miracle, elle pensa alors à respirer. Lentement et profondément. Elle prit conscience qu'effectivement elle n'était pas logique.

Mais pourquoi ? Elle se rappela un épisode avec son prof de math en 3e.

— Mais enfin mademoiselle ! il y a quand même plus simple pour résoudre ce problème ! Vous n'êtes vraiment pas logique.

Et d'un autre souvenir à un cours de sport :

— Mais enfin, c'est logique pourtant, posez votre pied ici !

Et soudain, tout s'éclaira, elle se souvint de ce matin du vendredi 17 décembre 1982. La maternelle où elle était inscrite était en fête pour Noël. Tous les enfants étaient réunis dans le réfectoire, assis autour de tables carrées. Lucie était assise à côté de ses bonnes copines Nathalie et Christelle. Et soudain, musique de Noël, agitation sur la droite. Oui, il se passait bien un truc.

Mademoiselle Berthier, la maîtresse annonçait l'arrivée du père Noël.

Lucie vit entrer un homme grossièrement déguisé, il portait une veste rouge entourée d'un col blanc en fausse fourrure du déguisement du père Noël, une fausse barbe synthétique tenue par des élastiques qui la reliait au bonnet rouge à pompon, mais en ce qui concernait le bas, il était en jeans et baskets. Lucie se tourna alors vers ses copines :

— C'est pas le vrai, il porte pas de jeans le père Noël ! « LOGIQUE ! »

— LUCIE ! hurla madame Jacques, la directrice de la maternelle, en l'entendant.

Lucie se retourna vers elle soudain prise d'une grosse angoisse et SLAP elle se prit une claque.

— Ne dis pas de bêtises à tes camarades, lui chuchota madame

Jacques.

Logique = Claque et « grondage », conclusion ?

Ne pas être logique pour éviter les problèmes. Et un mécanisme de défense en place ! Merci maîtresse.

Alors repensant à l'injustice qu'elle avait vécue petite et au commentaire si juste de Fred, Lucie explosa :

— Elle t'emmerde ma logique, répondit-elle à Fred en sortant précipitamment de la chambre.

Elle était de toute façon trop énervée pour se coucher, elle se mit à faire un peu de ménage dans la cuisine. Elle entreprit de nettoyer les boîtes de rangement sur l'étagère, mais avant de commencer, elle alluma la radio : « Goodnight travel well, The Killers ».

« Oh ! Merci FIP de rendre ma vie plus supportable ! remercia Lucie en se mettant à chanter. »

Le gras et la poussière s'étaient accumulés. Elle descendit les boîtes une à une et les vida sur le plan de travail, dans la dernière, elle eut la surprise de trouver le saucisson pour lequel elle avait accusé Fred d'être : « Un sale égoïste de goinfre ».

Elle se sentit mal à l'aise de lui avoir fait une crise alors qu'il n'y était effectivement pour rien. Mais elle était trop fière pour aller lui faire des excuses maintenant. Elle ne pouvait pas avoir tort deux fois dans la même journée. Elle décida qu'elle lui enverrait un SMS un peu plus tard dans la journée, mais commença à le rédiger, l'inspiration étant là. Se rappelant leur fou rire au sujet d'Obi-WAN Kenobi elle commença à écrire :

« Je te demande de bien vouloir pardonner au jeune, mais courageux Padawan que je suis. Comme tu vis avec moi, chaque problème est, dans mon esprit lié à toi. Mille milliers de pardons, j'ai retrouvé le saucisson, je pensais que tu étais si gourmand que tu ne t'étais pas rendu compte que tu avais tout mangé.

Je suis restée bloqué sur ça et n'ai pu envisager une autre possibilité : le saucisson est tombé dans une boîte. Je te demanderais de ne pas te servir de ce point faible contre moi et je promets d'essayer de le travailler sérieusement… quand je ne serai pas énervée… »

Elle imagina la réaction de Fred qui se moquerait d'elle pendant des heures, voire des jours, assurément, avec des réminiscences, des taquineries, il ne saurait pas s'arrêter c'était certain. Non, elle n'aura pas le courage de supporter ça.

Elle se remit en colère après lui :

« Plutôt crever que de lui avouer que j'ai eu tort et lui faire des excuses ! »

Elle jeta le saucisson dans la poubelle en prenant soin de bien le cacher au fond et effaça le message de son téléphone.

Elle se dirigea ensuite vers le salon où elle avait jeté son sac de travail à terre en rentrant du boulot, afin de le ranger quand elle repensa aux cigarettes. Il fallait qu'elle les trouve toutes pour s'en débarrasser avant qu'un autre accident ne se produise.

Elle fit le tri dans sa boîte de réserve et en trouva 4 autres, en plus des 5 qui se trouvaient dans son étui. Maintenant à côté des siennes, elle voyait qu'elles étaient d'une étrange couleur. Il n'y avait aucun doute sur le fait qu'elles étaient empoisonnées avec du shit.

Il était dans la terre, pensa-t-elle à voix haute au moment où Fred sortit de la chambre et se dirigea discrètement vers la cuisine pour prendre son petit déjeuner, sans un mot, car il comprit qu'elle ne s'adressait pas à lui. Elle remarqua une nouvelle fois la montre. Elle comprit alors pourquoi Sophie et Edward étaient venus lui rendre cette petite visite l'autre soir :

« Les bâtards ! »

— Rends-moi cette montre, je vais la rendre à son propriétaire.

Sans rien dire, mais très déçu de perdre sa trouvaille, Fred lui donna la montre, la regarda avec effroi l'asperger de javel puis l'essuyer.

Lucie aurait voulu leur rendre la pareille. Dans ce but, elle essaya de concocter un plan les incriminant à leur tour : aller chez eux pour cacher à nouveau les objets. Ou bien elle aurait pu les cacher sur leur lieu de travail ? Non, cela n'était pas possible, dans les deux cas si on découvrait les objets et si on faisait le lien avec le meurtre de Nicolas, des personnes innocentes risquaient d'être incriminées par erreur. Jérôme et David ou bien encore les collègues innocents de ses « deux espèces de rats ».

Elle ne réussit pas à trouver un plan pour se venger d'eux. Elle n'avait pas dormi depuis la veille et avait été malade toute la nuit. Alors elle se résigna à cacher les objets dans un placard. En attendant, elle allait se reposer, elle trouverait une solution plus tard. Elle se promit de leur passer un savon dès que possible.

24

Lucie, une fois reposée, réfléchit à leur comportement. Elle pensa que vraiment, elle ne pouvait avoir confiance en personne. L'être humain était vraiment abject quand il s'agissait de défendre ses propres intérêts.

Et d'où l'homme était-il un animal social ? Égoïste oui ! Peut-être au temps de la préhistoire c'était vrai, ils vivaient en troupeaux et se protégeaient les uns les autres, mais de nos jours, elle pensait que ce n'était plus nécessaire. Trop nombreux sur la terre, l'homme moderne retrouvait sa place de loup solitaire. Chaque individu pouvait devenir autonome et c'est ce mode de vie dont elle rêvait secrètement. Cela devenait possible du fait des infrastructures : appartements, véhicules… Oui ! Elle pourrait vivre seule ! D'ailleurs si elle devait se retrouver la dernière survivante sur terre, elle avait déjà un plan : elle irait vivre à Ikea, elle aurait Auchan juste à côté pour faire les courses de toute une vie…

Fini les traitres qui lui plantaient des poignards dans le dos, fini les patients qui lui parlaient mal, fini les Alexey Iougov qui venaient la menacer dans le confort douillet de son appartement, FINI LES CONS !

Dans son salon, Lucie faisait les cent pas. Elle s'était reposée, avait réfléchi et avait trouvé une solution à son problème et elle s'était apprêtée pour la soirée. Elle voulait être éblouissante pour son coup d'éclat. Elle avait envoyé un mail disant qu'il allait falloir organiser l'évacuation de la terre et des « ordures » trouvées dans la fosse, sous la remorque. Elle avait rajouté en post-scriptum que le problème devenait urgent.

Elle savait que ces sous-entendus allaient rendre fou d'inquiétude Sophie et Edward et s'en frottait les mains en les attendant.

Et justement, on frappait à la porte, Lucie sourit quand elle regarda l'heure, ils avaient un quart d'heure d'avance. Sophie et Jérôme étaient les premiers, suivis de près par Edward et David.

— Non Edward, je t'en prie, assieds-toi à côté de Sophie, tu seras plus à l'aise.

Lucie jubilait, ils étaient pâles d'angoisse. Cela dit, elle entra dans le vif du sujet sans plus attendre :

— Vous avez tous compris pourquoi j'ai demandé cette réunion...

Elle se tut pour faire monter le malaise de Sophie et Edward.

— Oui, répondit Jérôme. Tu as raison il faut qu'on trouve une solution pour le corps de Nicolas. On ne peut pas le laisser là plus longtemps.

Lucie apporta, du bar derrière le canapé où étaient assises ses deux victimes, un plateau sur lequel se trouvaient des verres, une carafe remplie d'eau, une bouteille de jus de fruits, les cigarettes et la montre de Nicolas.

Elle jeta plus qu'elle ne posa le plateau sur la table renversant de l'eau partout.

— Lequel de vous deux, espèces d'enfoirés de sa mère, a planqué ceci chez moi ? demanda Lucie en pointant du doigt les objets et en regardant tour à tour Sophie et Edward.

Jérôme et David, surpris, mais curieux, regardèrent dans le plateau pour essayer de comprendre le geste virulent de Lucie.

Sophie et Edward restèrent pétrifiés sans réponse à lui donner. Aucun n'avait encore vu Lucie aussi déterminée et en colère. Son regard était menaçant, très loin de la fille discrète et introvertie dont ils avaient l'habitude. À cet instant précis, elle leur fit plus peur qu'Alexey Iougov et Igor réunis.

— Répondez bande de bâtards !

— Attends Lucie, calme-toi et explique-nous, on ne comprend pas ton problème, dit Jérôme en se levant, les mains devant lui pour la calmer.

— Demande à ta pute !

— LUCIE !

Jérôme ne savait pas de quoi il s'agissait, mais il ne voulait pas l'entendre parler ainsi de sa femme.

— Tu vas trop loin.

— Fred a trouvé un paquet de cigarettes caché derrière MON papier toilette et cette montre entre les coussins de MON canapé.

Elle les prit du plateau et les déposa dans les mains de Jérôme.

— Cela ne te rappelle rien ?

— Ce sont de graves accusations, dit David après s'être levé à son tour et avoir reconnu les objets en question.

— Ben tu réfléchis et tu me dis comment ils sont arrivés chez moi, j'attends une meilleure explication sachant que ces deux lascars sont venus me faire une visite surprise. Oui ! l'autre soir, vos chères moitiés sont venues chez moi sous la fausse excuse de récupérer des documents de la copro…

Lucie raconta leur étrange visite et leur étrange comportement.

— C'est vrai ? demanda David à Edward.

— C'est pas moi qui ai eu l'idée… répondit précipitamment Edward.

— Qu… quuoiii ? gémit Sophie.

Elle regarda Jérôme en secouant la tête. Non, il ne pouvait pas croire ça !

— Ah ! tu avoues.

Lucie pointa Edward du doigt avec un regard qui glaça celui-ci jusqu'au sang, il finit par baisser la tête de honte.

Sophie se mit à pleurer. Très fière d'elle Lucie poursuivit :

— Je vous demanderai de ne plus chercher à m'incriminer sinon je vais voir la police et j'avoue tout. Pardon Jérôme, mais faut pas déconner, si je vous aide, c'est pas pour que vous me mettiez dans la merde.

— C'est normal, lui répondit-il.

Son code d'honneur ne lui permettait pas de tolérer ce genre de chose. Il reprit :

— Écoutez, je sais qu'on est tous sous pression, mais on doit se serrer les coudes et pas se piéger les uns les autres. C'est inadmissible et dégueulasse pour Lucie. Si c'est comme cela, je vais me dénoncer sur le champ…

— NON ! crièrent Sophie, Lucie et Edward en même temps.

Ils étaient tous les trois amoureux de Jérôme, les deux derniers secrètement.

— Fini les bassesses alors ? demanda David qui lui aussi était choqué et déçu par l'acte honteux de son conjoint.

— Hum hum, fut la réponse d'Edward.

— Donne-moi une réponse franche, Edward ! Pour une fois dans ta vie, agis en homme mature ! répliqua David.

Edward écarquilla les yeux de surprise et lui promit de ne pas recommencer ce genre de choses à l'avenir.

— N'oubliez pas qu'on est tous impliqués maintenant ! renchérit Lucie. Si je tombe, je vous ferai tous tomber avec moi. Putain, je vous le jure !

Jérôme acquiesça d'un hochement de tête.

« Bien sûr qu'il me comprend pensa Lucie, c'est un homme droit dans ses bottes, juste, il est formidable ! »

Jérôme avait pris sa défense contre sa femme. Lucie y vit un nouveau signe de son affection pour elle. Elle était sûre à présent que la fin de leur couple était proche et qu'il allait bientôt lui déclarer sa flamme. Il allait falloir qu'elle se débarrasse rapidement de Fred.

Pendant que le reste de ses invités se confondait en excuses, promettant de ne plus recommencer, Lucie cherchait comment et quand elle allait pouvoir remercier son conjoint actuel pour faire de la place pour Jérôme. Celui-ci hésitait peut-être à lui déclarer sa flamme, car il la croyait heureuse en ménage ? Mais si elle se débarrassait de Fred trop vite, sa lampe ne serait jamais réparée, elle ne pouvait décemment pas demander à Jérôme de s'en occuper aussitôt son aménagement avec elle fait.

Elle imagina sa future rupture :

— Tu te casses Fred, c'est tout.

Fred, un bout de sandwich dans la bouche, aurait répondu.

— Qu… quoi ? Tu me largues, comme ça ?

— Oui, prends tes affaires et débarrasse-moi le plancher.

— Mais attends, je ne comprends pas, on ne s'est même pas disputé là. Je suis rentré, comme d'habitude, j'ai posé mes affaires en respirant un bon coup. Puis, je suis venu me faire un sandwich... ah, OK ! c'est les traces de cambouis, ne bouge pas, je vais les nettoyer immédiatement.

Et Fred s'exécuterait fiévreusement puis la regarderait, mais verrait qu'il y avait autre chose.

— Quoi ? reprendrait-il.

— Écoute Fred, je t'ai assez expliqué mes besoins, si tu n'as pas encore compris après 6 mois de vie commune, c'est que tu ne comprendras jamais.

— Mais non, je ne comprends pas, on ne se dispute jamais, tout roule entre nous, ma chérie !

Prise dans son flot de pensées, elle ne se rendit pas compte qu'elle parlait à voix haute :

— De toute façon, Fred, t'es un gros boulet, je ne suis même pas amoureuse de toi.

Tous la dévisagèrent en entendant ses paroles qui n'avaient rien à voir avec le sujet.

Toujours assis dans le salon de Lucie, les cinq complices étaient à présent silencieux et concentrés. Chacun réfléchissait à une manière efficace de se débarrasser d'un corps, quand soudain :

— Les mafieux pourraient peut-être nous aider ? suggéra Edward en se levant.

— Mais n'importe quoi ! répondit Lucie, à la manière d'une adolescente. On a déjà assez de problèmes comme ça ! Je ne veux pas en plus leur être redevable. Je n'ai pas envie de me retrouver à voler des voitures ou à distribuer de la drogue parce qu'on leur devrait « un petit service ».

— Mais attends, la donne a changé à présent.

— Explique-toi.

Lucie était curieuse.

— Il est amoureux de Fabienne ! Ça crève les yeux, je suis sûr qu'il lui rendrait ce petit service.

— Sauf que Fabienne, elle ne sait rien de nos affaires et je préfère que cela reste ainsi.

— Je suis d'accord avec Lucie, répondit David, rendant fou de rage son compagnon qui se rassit en croisant les bras et les jambes, dos tourné à David. On ne sait pas comment elle pourrait réagir.

— Oui, et en plus, je ne l'aime pas, elle est trop « langue de putiste », dit Lucie.

— PARDON ?

Sophie et Edward posèrent leur question de concert.

— Oui ben elle parle trop de ce qui ne la regarde pas, répondit-elle méprisante. Ah, mais enfin, vous savez bien ! Vous la connaissez, elle raconte tout à tout le monde sur tout le monde.

— Je ne connaissais pas cette expression, dit Sophie.

— Ça veut rien dire « putiste », ça n'existe pas ! renchérit Edward.

— Si ! Ça veut dire… heu… et oh ! c'est pas ma faute si tu ne connais pas.

— Et ça veut dire quoi, alors ?

— Eh bien, c'est comme langue de pute, mais euh…oh et puis, je n'ai pas le temps de t'expliquer, on a d'autres moutons en route.

— Moutons en route, ça n'existe pas non plus, nargua Edward.

— Merde ! C'est pas le sujet ! On n'est pas là pour corriger ma syntaxe.

Elle les regarda avec un regard noir, rempli de rancune.

Ils redevinrent alors silencieux, Jérôme se leva pour aller regarder par la fenêtre. L'ambiance était lourde, ils étaient tous fatigués, angoissés et stressés.

De plus, le mauvais tour qu'avaient joué Sophie et Edward à Lucie avait fragilisé la confiance qu'ils pouvaient avoir les uns envers les autres. Il se devait de calmer le jeu et de trouver une solution pour les tirer d'affaire, il se sentait responsable de tout ce qui arrivait au groupe.

Mais lui non plus n'avait jamais encore subi une telle pression, il n'arrivait pas à réfléchir correctement. Finalement, après une longue minute de réflexion, il dit :

— Lucie à raison on doit le faire nous-mêmes.

— Jetons-le dans la Garonne ! proposa David.

— On pourrait le brûler en forêt ? suggéra timidement Sophie.

— Et foutre le feu partout, t'es folle ! En plus, les pompiers le retrouveraient de suite.

Lucie se dirigea vers la bibliothèque et leur présenta d'un geste de la main, pareil à une animatrice de télé-achat, sa collection de DVD, en grande partie composée de séries policières américaines.

— Comme vous pouvez le constater je suis fan de séries, les Experts, Esprits criminels, X files et tant d'autres…

— On le met sur le toit, personne n'y va jamais ! dit Edward lui coupant la parole.

— Tais-toi ! Je parle ! l'arrêta Lucie puis elle reprit, professionnelle : il faut surtout qu'on fasse attention à ce que la police ne puisse pas trouver de preuve contre nous. Ça va être chaud ! Je connais presque par cœur tous les épisodes de ma DVD-thèque, ils ont des moyens énormes pour trouver des indices.

Ils restèrent silencieux quelques secondes.

— Oulala ! Ça y est, je sais ! On fait comme dans Nikita on le fait fondre avec de l'acide ! dit Edward.

— Ah ! Oui ! C'est une bonne idée ça, répondit Lucie et Sophie en même temps.

Elles se regardèrent, Sophie amusée, Lucie inquiète d'être en accord avec une personne qu'elle méprisait.

— Bien, réfléchissons à cette solution, dit Jérôme, méthodique. Alors il nous faut de l'acide… mais combien ?

— Attends, je cherche, dit Lucie en prenant son iPad.

Ils attendirent la réponse dans un silence gênant, Edward n'arrêtait pas de gesticuler d'impatience sur son siège sous le regard réprobateur de son compagnon.

Lucie tapa sur Google « Quantité d'acide pour faire fondre un corps d'homme »

— Attends, Lucie, tu rêves, tu ne trouveras pas ça sur internet, dit David.

Lucie stupéfaite lui tendit l'iPad, en première page s'était affiché un article sur les dix manières de faire disparaître un corps. Sophie et Edward se levèrent pour lire par-dessus ses épaules. Ils se mirent à sourire devant les propositions.

— Comme dans Dexter ! On le balance dans l'océan, lut David.

— Mais faut un bateau et un courant ! continua de lire Edward en riant maintenant.

— Non mais attends ! Il est sérieux le mec qui a fait l'article ? demanda Lucie. Elle aussi souriait.

— Regarde celui-là ! dit Edward en montrant du doigt le chapitre à Sophie. C'est trop drôle. Et ils rigolèrent de bon cœur.

Lucie repoussa violemment le doigt de l'écran de son iPad.

— Bon, revenons-en à nos moutons… hihihi… pour l'acide, dit David, les larmes aux yeux d'avoir tant ri avec eux. Ils disent : « Il vous faudra des bidons en plastique », mais ne précise pas combien de litres d'acide il faut.

— Et puis on le trouve où l'acide ? demanda Sophie.

— Facile ! À Leroy Merlin ! lui répondit Lucie. Ça sert pour déboucher les toilettes, j'ai un bidon dans mon placard que Fred m'a acheté.

Elle partit le chercher puis elle leur présenta fièrement.

— Ça va être suspect si on doit en acheter une dizaine, dit David.

— Et puis on fait quoi du bidon après… qu'il ait… fondu… dit Edward en repartant dans un fou rire. Pardon, je repense au paragraphe sur les porcs qui mangeraient les restes. Il dit quoi déjà ? Hihihi… Ça marche pas avec des cochons d'inde !

— Et il repartit dans un fou rire à gorge déployée.

— Oh non, regarde après, lui dit David, hihihi, le recycler, hihihi… en le mangeant par petit bout… c'est dégueulasse hihihi… Faire des sacs avec le cuir de sa peau, une gourde avec sa vessie HIHIHI…

Lucie glissa à terre tellement elle rigolait.

— Je vais me pisser dessus, dit-elle.

Edward prit l'iPad pour continuer la lecture de l'article.

— L'empailler… mais vous pourrez plus inviter personne à manger.

Il tomba lui aussi à genoux en pleurant de rire.

Seul Jérôme restait sérieux :

— Va quand même falloir trouver… une solution… sérieuse.

Ce qui eut pour effet de les ramener à la réalité et de stopper leur fou rire collectif.

Lucie, séchant ses larmes, eut alors une autre idée :

— Je… enfin, je pense à quelque chose… mais euh… comment dire… c'est un peu crade et c'est une chose qui se passe en vrai, je veux dire que ce n'est pas une histoire drôle sur internet comme cet article, c'est la réalité.

— Vas-y ! l'incita Jérôme.

— Eh bien…, elle hésita, étaient-ils prêts à connaître certains aspects de son métier d'infirmière ? À l'hôpital, ils sont amenés à couper des membres… parfois, et… ils doivent bien se débarrasser des bouts. Je crois qu'ils les incinèrent.

— Oui, mais enfin là ça fait quand même un sacré bout à incinérer, dit David.

Lucie fut étonnée que personne ne soit plus choqué que ça.

« Ils ne doivent pas réaliser ! »

— Justement, ce serait mieux en petits bouts… dit Lucie en regardant ses pieds.

— Tu ne veux pas dire… David ne finit pas sa phrase, ce n'était pas nécessaire.

En comprenant à quoi Lucie faisait allusion, Edward blêmit et eut un haut-le-cœur.

— Non !

Sophie ne voulait pas entendre la suite, elle se leva et sortit.

25

L'après-midi était ensoleillé et il faisait bon, c'est pourquoi Lucie avait accepté de faire une sortie à rollers avec Fred, malgré son angoisse de tomber sur les hommes de la Mafia.

Cette sortie tombait bien, car justement, elle en avait assez de rester cloîtrer chez elle dans l'attente que quelque chose de grave se passe. Que Iougov décide de les éliminer ou de les dénoncer à la police pour le meurtre de Nicolas. Depuis que les mafieux avaient vu la main de ce dernier sortir de sa tombe, ils ne s'étaient plus manifestés, et le petit groupe en était très inquiet, car ils étaient sûrs à présent qu'ils savaient que Nicolas était mort et que Lucie et ses complices en étaient responsables.

Elle n'avait pas eu d'appel de Jérôme qui devait lui déclarer sa flamme et lui annoncer qu'il quittait Sophie, alors elle avait décidé de continuer son train-train avec Fred en l'attendant. Il devait probablement attendre que l'enfant naisse pour ne pas perturber la mère et mettre la vie de son enfant en danger.

Fred lui avait fait acheter des rollers depuis deux mois, lui promettant qu'il lui apprendrait « tout ce que je savais donc tout ce qu'il y avait à savoir sur le sujet » et ce n'était que la deuxième leçon qu'il avait trouvé le temps de lui donner.

La première leçon s'était plutôt bien passée, il lui avait fait un grand discours sur la sécurité et lui avait montré tout ce qu'il savait : comment freiner, comment tourner, comment surveiller ses arrières, où rouler et comment tomber. En tant que technicien chevronné, il avait fait ses démonstrations pendant une heure entière. Il l'avait forcée à acheter toutes les protections malgré les revendications de Lucie qui ne voulait pas les mettre pour ne pas être ridicule.

Pour le reste, il avait été un peu déçu, elle avait gardé de bons restes de son enfance et de sa pratique sur des rollers quad. Elle avait retrouvé un bon équilibre dès qu'elle s'était levée pour la première fois avec ses rollers. Il fut réconforté quand elle lui demanda comment on freinait avec ceux-là et ce fut fièrement qu'il lui en fit la démonstration.

Pour ce deuxième cours, il avait décidé de l'amener en balade sur les pistes cyclables de leur quartier. Et elle suivait bien. Ils passaient un bon moment, ce qui était assez rare ces derniers temps, à cause de leurs emplois du temps décalés et du mauvais caractère de Lucie.

Sur une légère pente descendante, Fred lui montra comment ralentir sa vitesse, sans user ses roues, par le biais de slaloms. Lucie eut plus de mal à assimiler cette technique qui venait du ski, sport qu'elle n'avait jamais pratiqué. Elle avait la fausse idée que les roues allaient lui arracher la cheville, et surtout elle n'aimait pas ne pas maitriser son corps et avait l'impression que tout le monde s'en apercevait et la regardait. Elle s'y entraînait de temps en temps, mais quand elle prenait peur elle revenait à la méthode traditionnelle se disant qu'elle allait devoir changer ses roues rapidement : elle arrachait toute la gomme.

Cependant, commençant à fatiguer et à avoir faim, ils décidèrent qu'il était temps de rentrer et Fred choisit de faire une boucle du quartier ce qui les amena à passer par une pente raide. Lucie s'engagea en premier et prenant aussitôt de la vitesse, elle paniqua et ne réussit pas à faire la descente en slalomant.

Au bout de la pente se trouvait un carrefour avec un feu tricolore qui passa au rouge. Lucie allait de plus en plus vite et n'arrivait plus à freiner. Elle paniqua se disant qu'elle allait mourir si elle continuait tout droit et qu'une voiture traversait le carrefour. Elle aurait voulu se jeter à terre, mais n'en trouva pas le courage, alors elle se dit qu'elle allait foncer sur le feu tricolore pour s'arrêter.

Quand elle attrapa le poteau avec ses bras, le reste de son corps fut déséquilibré et elle fit un vol plané, tomba la tête la première dans une haie qui faisait l'angle, mais réussit à ne pas dépasser le croisement et donc à éviter la Fiat 500, conduite par une vieille dame qui la regarda en soufflant et en faisant un signe de mépris avec sa tête.

Elle reprit rapidement ses esprits, se retourna pour s'assoir et voir si elle s'était blessée.

— Chevilles ? Check !

— Genoux ? Check !

— Fesses ? Un petit bleu demain sur la droite, peut-être.

— Bras ? Check !

— Dos ? Check !

— Tête ? Super check !

« Mais où était donc Fred ? »

Cela faisait bien 2 minutes qu'elle faisait son état des lieux ! Elle ne pouvait pas le voir, car la haie lui cachait la vue, elle vérifia s'il avait traversé le croisement, inquiète à son tour qu'il ait percuté une voiture. Mais non, il n'était pas là.

Toujours assise, elle s'avança un peu, et le vit qui descendait la rue vers elle, tranquillement, en slalomant. De là où il était, il ne pouvait probablement que voir les rollers de Lucie et constater qu'elle ne bougeait pas. Aucun son ne sortait de sa bouche ? Il ne criait pas ? Il n'était donc pas inquiet pour elle ? Bon OK, il ne voulait pas rajouter un suraccident en se précipitant vers elle, ça elle pouvait le comprendre, même si ça passait mal. Mais il aurait quand même pu crier pour savoir si elle était consciente ou pas !

Elle attendit donc qu'il arrive jusqu'à elle, pendant ce qui lui parut de longues minutes. Ce qui lui permit d'imaginer ce qu'aurait fait son homme idéal : Jérôme.

— Attention Lucie ! lui aurait-il dit en l'arrêtant de son bras. La pente est plus raide que tout à l'heure. Je passe devant, essaie de faire comme moi.

— Mais je vais être ridicule, tout le monde va me regarder, aurait dit Lucie en chouinant, régressant à l'âge de 8 ans et demi.

— Jamais mon amour ! Tu es bien trop belle, et bien trop forte.

Quelques secondes plus tard, Lucie aurait dévalé la pente.

Alors l'homme idéal serait parti à sa poursuite, l'aurait attrapé avec un bras par la taille, avec l'autre bras il aurait attrapé le poteau du feu tricolore et ils seraient tombés dans la haie, Lucie protégée dans ses bras, amortissant ainsi sa chute avec son corps musclé.

— Lucie ? Lucie, ça va ? Tu n'as rien ? Lucie est-ce que tu as mal quelque part ? aurait demandé Jérôme en l'auscultant précautionneusement.

Quel romantisme !

Lucie revint à la réalité, en sentant la douleur dans sa fesse droite qui augmentait. Elle se dit qu'elle avait eu de la chance de se rattraper à ce poteau, car si elle avait percuté une voiture elle aurait pu finir déchiquetée... Cela lui fit penser à la conversation qu'elle avait eue l'autre soir avec ses voisins, à l'effroi de ses complices quand ils comprirent qu'elle sous-entendait de découper le corps de Nicolas. Elle se souvint aussi du regard d'Edward disant :

— Tu ne veux pas dire...

— Si je veux dire que, quelle que soit la solution que l'on choisira, il faudra probablement le dépiauter, lui avait répondu Lucie, faisant retomber le moral des troupes.

— Tu ne peux pas employer un autre mot ! avait dit Edward. C'est horrible dépiauter ! Je sens que je vais être malade.

— Et tu veux que je dise quoi : dépecer ? Découper ? Couper ? Scier ? Hacher ? Éventrer ? Désarticuler ?

Elle parlait en avançant vers lui, lentement, menaçante. Edward pâlissait en mettant des images sur les termes qu'elle employait.

— Décapiter ? Démembrer ?

À ces derniers mots, Edward sentit la nausée arriver pour de bon, il essaya de la retenir, mais ses efforts furent vains, il se précipita sur l'évier de la cuisine de Lucie et y vomit bruyamment. À part Lucie qui avait l'habitude en tant qu'infirmière, le reste de la bande se sentit à son tour indisposé.

Fred finit par la rejoindre, il vit qu'elle était consciente et qu'elle se relevait très bien toute seule, donc il ne dit rien d'autre que :

— C'est bon, on y va ?

— Tu ne me demandes même pas si je vais bien ?

— Ben non, ma chérie, je le vois bien : tu parles donc tu es consciente et je vois d'ici que tu n'as pas de déformation des membres donc pas d'os cassé. Tu ne veux pas aller manger ? On a dit qu'on rentrait, non ?

Une fois rentrée à l'appartement, Lucie continua son train-train comme si rien ne s'était passé. En temps normal, elle aurait explosé, elle l'aurait inondé de reproches, aurait crié, hurlé, pleuré. Mais rien ne se passa, c'était comme si elle était anesthésiée, comme si elle avait atteint son seuil de déception avec Fred.

Elle ne ressentait ni plaisir, ni douleur, ni aucune rancune envers lui, juste une grosse fatigue, une grande lassitude, elle devait se débarrasser de lui, même si Jérôme ne lui déclarait jamais sa flamme.

Avait-elle fait suffisamment d'efforts pour s'investir dans cette relation ? Sa réponse était oui, elle n'aurait pas de regrets.

Quand elle arriva, ce soir-là au travail, elle était dans un état étrange, elle se sentait comme dans du coton, elle n'arrivait pas à se concentrer sur les transmissions que lui faisait sa collègue de jour.

— Madame Darracq a eu très mal…

Lucie n'entendait que des sons étouffés, lointains.

— Hum hum, répondit-elle en mâchouillant son stylo tout en regardant par la fenêtre les branches qui bougeaient sous les caresses d'une légère brise.

— Et monsieur…

— Hum OK…

— Mais vous ne me reposez pas la perfusion ? lui demanda madame Sonilhac, la patiente de la chambre 13.

Lucie sortit soudainement de son état de somnambulisme. Elle était désorientée et se demanda comment elle avait pu passer des transmissions d'embauche à la chambre de sa patiente sans se rendre compte de ses faits et gestes ni du temps écoulé. Mais qui avait préparé les médicaments pour son tour ? Elle, assurément ! Mais quand ? Comment ? Elle regarda la patiente. Oui, il y avait bien une poche de sérum physiologique accrochée sur une potence et pas de cathéter à son bras.

— Merde ! Laurence aurait pu me le dire aux transmissions.

— Elle te la dit Lucie, lui répondit sa collègue.

— T'es sûre ? questionna Lucie, elle ne se souvenait de rien.

— Oui je l'ai noté… et toi aussi regardes.

Elle lui montra son carnet où était effectivement noté le soin.

— Ça alors.

La patiente regardait Lucie d'un mauvais œil, pensant que cette infirmière avait l'air bien incompétente.

— Bon, madame, je vais reposer la perf, mais il faudra faire attention de ne pas l'arracher celle-là, je n'ai pas que ça à faire. Lucie fut subitement prise d'un profond agacement.

— Mais je n'ai rien fait ! lui répondit la patiente.

— À ouais, c'est ça, c'est moi qui vous l'ai arrachée peut-être, ou ma collègue de jour, ou des petits lutins.

Elle sortit de la chambre en claquant la porte pour aller chercher le matériel qu'elle avait oublié de préparer. Vraiment elle ne se sentait pas bien, elle avait été comme anesthésiée toute la journée et maintenant elle avait l'impression d'être dans le même état qu'un lendemain de cuite : courbaturée, épuisée, énervée, diminuée, vaseuse, son cerveau ne voulait que dormir, il était incapable de réfléchir.

Quand elle revint auprès d'elle, la patiente était au fond de son lit, elle n'osait plus rien dire pour ne pas aggraver la situation. Elle savait que pour le reste de la nuit elle n'aurait pas le choix, il n'y avait qu'une infirmière dans le service et c'était cette folle.

— Ne bougez pas je pique, ordonna Lucie. Ne bougez pas, elle grognait à présent… fait chier ! Elle a pété, mais je vous avais dit de ne pas bouger aussi.

Lucie faisait n'importe quoi, elle avait enlevé le cathéter avant d'enlever le garrot ce qui fit gicler une gerbe de sang sur le lit et sur sa blouse.

— Oh ! cria la patiente.

— Et merde voilà, c'est votre faute.

Lucie se leva, attrapa son plateau et le jeta contre le mur de la chambre.

Madame Sonilhac avait à présent la larme à l'œil, se sentant à la merci de cette infirmière en pleine crise d'hystérie. Elle avait appris, l'après-midi, que sa plaie était infectée et qu'elle devait recevoir des antibiotiques. Elle était très inquiète de son état, mais à présent elle se demandait qui était le plus dangereux : l'infection ou cette infirmière ?

Lucie piqua une troisième fois, et cette fois-ci, elle réussit à attraper la veine, elle voulut brancher sa perfusion, mais elle avait oublié la moitié de son matériel, elle appela sa collègue qui ne put venir, car elle était occupée dans une autre chambre. Alors Lucie s'impatienta encore plus et s'énerva de plus belle, elle se mit à hurler :

— Faut tout faire par soi-même, on n'est pas assez dans la merde !

La patiente s'enfonça encore plus dans son lit, elle n'avait pas de trou où se cacher.

« Dans l'état où elle est, elle pourrait bien m'agresser, voire me tuer ! »

— Mais où elle est, bordel ? Lucie ne voulait plus attendre. Ne bougez pas… Elle menaça sa patiente du doigt.

Elle sortit en oubliant, une fois de plus, le garrot autour du bras de sa patiente, alors le sang s'échappa du cathéter, se déversant dans le lit puis par terre. La patiente le vit bien sûr, mais n'osa ni bouger ni crier :

« Mon Dieu, je vais me vider de mon sang, mais que faire ! Si je bouge, elle va probablement me battre ».

— Mais vous en avez mis partout, vous ne pouviez pas appeler ? dit Lucie en revenant et en voyant la mare de sang au pied du lit.

« C'est la meilleure », pensa madame Sonilhac.

Lucie finit de brancher la perfusion, passa les antibiotiques et nettoya le sang en jurant, puis elle passa à la patiente suivante.

— Servez-moi un verre d'eau ! hurla madame Cabandé avant même que Lucie ait eu le temps de lui dire bonjour.

— Bonjour ! dit sèchement Lucie. Je suis l'infirmière, je viens vous faire votre piqure du soir.

— Servez-moi À BOIRE.

Lucie prit une grande respiration, regarda la patiente et sa table. Le pichet et le verre était bien à portée de main.

— Votre pichet est sur la table. Elle s'approcha pour lui faire l'injection.

— AIE, mais faites attention enfin, vous m'avez fait très mal.

— N'importe quoi.

— Vous n'avez pas fait comme les autres !

— Y a pas qu'une manière de faire madame.

— Mais vous faites mal, vous ! Servez-moi à boire.

Lucie planta violemment la seringue dans le matelas de madame Cabandé. Elle lui prit le bras et dirigea la main de la patiente jusqu'au pichet.

— Alors un ! votre bras est assez long et en assez bon état pour attraper le pichet. Et de deux ! je ne suis pas votre nègre, et je vais vous dire mieux : l'esclavage c'est fini ! Demandez poliment, vous obtiendrez plus de choses dans la vie.

— Comment osez-vous ! Je me plaindrai !

— Tenez ! voilà mon nom, dit Lucie en écrivant sur une serviette en papier ses nom et prénom. Et sachez que moi aussi je vais me plaindre !

Elle déposa ensuite les médicaments de nuit de la patiente sur l'adaptable.

— Voilà votre traitement de nuit ! Bonsoir.

Moins de dix minutes plus tard, la patiente rappela.

— Je veux mes traitements de nuit, dit-elle à Lucie.

— Je vous les ai donnés tout à l'heure.

— C'est pas vrai, vous mentez ! Je vous préviens je vais sonner toute la nuit pour les avoir.

Lucie vérifia l'adaptable, elle vérifia ensuite qu'ils n'étaient pas tombés dans le lit.

— MES MÉDICAMENTS !

Lucie eut une impression de déjà-vu.

C'était comme si elle revivait en une seule nuit, les pires épisodes de sa carrière. Sa seule envie à ce moment précis fut de jeter la carafe d'eau au visage de sa patiente, de sauter dans son lit, de se mettre de tout son poids à califourchon sur elle, de coincer ses bras avec ses genoux, et enfin de lui mettre de grandes claques à cette vieille conne de patiente qui épuisait les équipes, de jour comme de nuit.

— Alors la vieille, tu ne vas pas continuer à me saouler, clac… et tu ne comprends pas ce que je dis ? Clac… une bonne tarte dans ta gueule ça t'aide à comprendre ou non ? Clac…

Puis Lucie pourrait l'étrangler.

— Je vous préviens ! moi, je n'ai pas la patience de mes collègues !

Pendant qu'elle s'imaginait tout cela, sa collègue restait muette, devant le lit de madame Cabande, se disant qu'elle était bien contente de ne pas être infirmière, jusqu'à ce que la patiente lui dise :

Et vous, espèce d'huître ! vous avez intérêt à me donner un yaourt.

L'après-midi suivant, Lucie se réveilla bien plus tard que d'habitude. Quand son réveil avait sonné à 14 h, elle s'était sentie si fatiguée et si déprimée qu'elle avait reculé l'alarme jusqu'à 18 h.

Mais à 18 h, elle ne se sentait pas mieux, elle avait passé le reste de sa nuit à pleurer entre les chambres des patients sous les yeux impuissants de sa collègue.

Elle fut pourtant obligée de se lever, car quelqu'un tambourinait à sa porte depuis plus de cinq minutes. Manifestement, il n'arrêterait pas tant qu'elle ne lui aurait pas ouvert.

Edward fit une grimace de dégoût devant la tête de Lucie. Elle avait les yeux bouffis et rougis d'avoir tant pleuré la nuit dernière, des cernes s'étaient formés à cause de son mascara qui avait coulé, encore une fois elle n'avait pas pris le temps de se démaquiller, ses cheveux roux étaient en bataille et sa robe de chambre était sale et tachée, du café ? Il rentra précipitamment dans son salon, sans y être invité.

— J'ai trouvé !

— Euh… OK ! Bonjour ? lui répondit Lucie, en fermant la porte d'entrée.

Il se rapprocha d'elle, lui attrapa les épaules et la regarda droit dans les yeux.

J'ai trouvé un moyen super efficace de se débarrasser du corps !

— Attends, c'est du sang que tu as sur ta chemise ? Lucie venait de remarquer les traces sur la chemise blanche d'Edward.

— Oui justement c'est à cause de cela que j'ai trouvé cette idée.

— Mais il est à qui ce sang encore ? demanda Lucie suspicieuse en reculant d'un pas.

Il lui expliqua en détail sa découverte.

— C'est une super idée ! lui répondit Lucie quand il eut fini. Un peu gore, mais bien trouvée.

— On appelle les autres et on monte un plan ! lui dit-il excité et fier de sa trouvaille.

26

Le lendemain soir, à travers l'œilleton de sa porte d'entrée, Fabienne observait les allées et venues de ses voisins, qui se rendaient, le plus discrètement possible, chez Lucie.

— Voyez monsieur Iougov, ce n'est pas que j'espionne, mais étant au premier étage j'entends tout et je vois tout ! Je suis obligée de savoir qui va et qui vient dans mon bâtiment.

Fabienne était furieuse que ses voisins se soient encore donné rendez-vous sans la convier.

— Ils manigancent sûrement quelque chose, chuchota-t-elle.

Elle rejoignit son visiteur dans le salon et lui resservit une tasse de thé.

Son salon était composé de deux canapés deux places, en cuir marron foncé, situés l'un en face de l'autre. Entre eux se trouvait une table basse en bois surmontée d'un plateau en verre. Sous la table se trouvait un amoncèlement de revues.

De nombreux bibelots encombraient ce salon déjà trop surchargé par des meubles rustiques. Il y avait des statuettes de chien, des poupées russes bien sûr, par dizaines, et des photos de son fils dans toutes sortes de cadres suivant l'âge qu'il avait sur la photo. Le cadre où il était en âge d'être en maternelle était fait avec des nouilles, probablement réalisé par lui-même. Au mur étaient accrochés de nombreux tableaux alourdissant encore l'atmosphère.

Alexey Iougov se sentait comme un coq en pâte, Fabienne l'avait agréablement installé dans le canapé.

— Je vous laisse la meilleure place, celle près du radiateur, lui avait-elle dit.

Elle lui avait ensuite déposé une couverture chauffante sur les genoux et prêté des chaussons d'invités, à sa taille.

Il aimait beaucoup l'atmosphère chaleureuse de cet appartement, elle lui rappelait son enfance, quand il vivait encore avec sa mère. Leur maison ne comportait qu'une pièce ainsi, ils partageaient le même lit qui était juste devant la cheminée. Tous les soirs pour l'endormir la mère d'Alexey lui racontait une histoire sur son père.

— Ma chèrrre amie, lui répondit Alexey Iougov ayant entendu sa remarque, n'ayez krrrainte, ils savent que j'ai bokou affektion pourrr vous et je peux vous assurrrez qu'ils ne ferrront rrrien qui puissent vous nuirrrre. Je suis prrratikement cerrrtain qu'ils cherrrchent une solution pour vous débarrrrasser de l'orrrdurrrre qui est dans votrrre jardin, sans vous impliker, pourrr vous éparrrgner… bien que je vous pense assez forrrte pourrr gérrrer la situation.

— Vous le pensez vraiment mon ami ? Il est vrai que je serai soulagée de ne pas avoir à toucher ces immondices. Ils me répugnent, sont si sales, si lourds, et j'ose à peine imaginer l'odeur… répondit Fabienne, pensant aux animaux morts que Lucie avait déposés dans la fosse.

— Il est sûrrr ke si vous avoirrr pas prrris de prrrrécaution, l'odeur de la dékomposition avancée est peu supporrrrtable, lui répondit Alexey Iougov pensant lui à l'état du corps de Nicolas.

— Bien, il suffit ! dit Fabienne en cachant avec sa main un rictus de dégoût. Parlons plutôt de cet album photo que vous m'avez apporté.

Alexey Iougov ouvrit alors, fièrement, l'album en cuir noir qu'il avait déposé à côté de lui en s'installant sur le canapé de son hôtesse. L'album était ancien, mais très bien conservé.

— Avant de vous y emmener, je vais vous fairrrre découvrrrrirrrr mon merrrrveilleux pays, lui dit-il.

Fabienne couina d'excitation, elle se frotta les mains.

Il commença par lui présenter toutes les photos de sa mère en finissant par celle de sa tombe.

— Et voilà son mausolée, expliqua Iougov.

— Oh, mais c'est magnifique !

— Da ! C'est moi dessiné les plans.

— Vous avez de nombreux talents, dites-moi… dit Fabienne en se rapprochant de lui pendant qu'il continuait à tourner les pages de son album.

— Ah ! Voici le parrrrain, dit-il en lui montrant une photo de lui adolescent à côté d'un homme de grande stature à l'air sévère.

Ils se tenaient devant un puits, en arrière-plan de la photo se trouvait la ferme du paysan qu'ils venaient d'assassiner pour non-paiement de la taxe de protection.

— Oh oui, votre parrain, c'est lui qui vous a épaulé à la mort de votre mère, je me rappelle à présent, quel homme… enfin, je veux dire il a l'air solide, droit !

Fabienne resta polie, mais elle trouva qu'il avait une tête à faire peur, un peu comme cet Igor qui accompagnait son nouvel ami, mais ne disait jamais un mot.

— Ah Da, kan dire au fond du puits, on jeter dans puits ! C'était ma prrremièrrre fois dans puits. Trrrès utile les puits.

— Bien sûr, dit Fabienne en gloussant pensant qu'il parlait de la première fois où il avait vu un puits.

Elle était attendrie par l'enfant de la photo qui ne connaissait rien à la vie, orphelin, mais qui avait eu la chance d'avoir un parrain attentif.

Alexey Iougov s'émerveillait de la facilité qu'il avait de parler avec elle. Il pouvait parler de tout sans qu'elle ait peur ou ne soit dégoûtée, quelle femme ! Il était soulagé aussi de la réaction de Fabienne alors qu'il venait de lui raconter son premier meurtre. Il avait gardé des souvenirs de tous ses meurtres. Souvent, c'étaient des photos, parfois des mèches de cheveux qu'il collait dans son album, avec la date des jours où ils avaient eu lieu. Il n'avait encore pu partager cela avec personne avant Fabienne. Elle était si compréhensive, si directe, si drôle !

— Ici êtrrre décharrrgee pour pourrriturrres de notrrre village.

Il lui montra une photo d'un cimetière, en contre bas des tombes se trouvait un charnier réservé à la Mafia locale.

— Formidable ! C'est vraiment bien organisé en Russie.

Fabienne avait compris qu'il faisait du compost avec leurs déchets ménagers juste à côté du cimetière, elle remarqua sur la photo que les tombes avaient toutes un magnifique pourtour de fleurs.

Suivirent des photos de lui et ses hommes en costume, armes apparentes que Fabienne prit pour des photos de bals costumés.

Il lui montra ensuite le premier hôtel de passe où il avait travaillé.

— Et prrremière fois aussi, dit Alexey en caressant une mèche de cheveux ayant appartenu à la première prostituée avec qui il avait couché. Il l'avait ensuite étouffée, car elle avait fait une réflexion gênante sur son endurance.

— Votre première amoureuse, c'est adorable. Fabienne observa Alexey qui parut soudain triste. Ça s'est mal fini ?

— Da, elle pas trrrès gentille…

— Ne m'en dites pas plus, les jeunes femmes trop belles sont souvent les plus cruelles, elle a bien mérité de mauvaises choses, mais je vous en prie ne soyez plus triste…

Et elle lui tendit une tasse de thé.

— Je crrroirrre que je vous aime !

Ils s'embrassèrent tendrement gênés par leurs ventres proéminents respectifs.

Edward regarda sa montre, il était déjà 21 h et ils attendaient encore que Sophie et Jérôme arrivent chez Lucie. Encore une fois, elle avait demandé à Fred d'aller regarder le match de foot chez ses copains, afin d'être tranquille et de pouvoir organiser leur petite réunion.

À force de rendez-vous, ils avaient pris l'habitude de rapporter des petits gâteaux, salés ou sucrés, pendant que Lucie leur servait du café, comme s'ils allaient vraiment discuter des prochaines plantations de leur jardin.

Quand Sophie et Jérôme arrivèrent, ils eurent à peine le temps de s'assoir que déjà Lucie pria Edward d'exposer son idée.

— Hier soir, en rentrant du boulot, j'ai trouvé une idée qui va nous permettre de nous débarrasser du corps de Nicolas de manière définitive !

— Pff, souffla David qui était déjà au courant et ne partageait pas l'optimisme de Lucie et d'Edward.

— Ah ! ne commence pas chou ! Laisse-moi au moins m'exprimer,

OK, je veux juste m'exprimer ! Tu crois que tu peux me laisser m'exprimer pour une fois ?

— Vas-y, je t'en prie.

— Merci ! Où en étais-je ? Ah oui, j'ai tué un chat en rentrant.

— Pardon ? demanda Jérôme qui ne voyait pas de lien possible entre un chat et un cadavre ?

— Je n'ai pas fait exprès, il a déboulé sous mes roues sans prévenir. J'ai vu ses yeux sous une voiture garée sur le trottoir et deux secondes plus tard, paf le chat.

Il tapa dans ses mains en même temps qu'il dit « paf », faisant sursauter Sophie.

— Abrège Edward, lui dit Lucie.

— OK. Je voulais me casser l'air de rien, après tout avec le changement d'heure, il faisait nuit, je pensais que personne ne m'avait vu quand j'ai aperçu une petite vieille sur le bord de la route qui me faisait signe. Pendant quelques secondes j'ai eu peur que ce soit son chat, mais non. Impossible de prendre la fuite, elle m'a forcé à emporter le chat chez un vétérinaire. J'ai été obligé de le mettre dans la poche plastique qu'elle m'avait donnée pour le transporter et j'ai sali ma chemise préférée avec le sang. Il n'y avait pas de doute à avoir sur le fait qu'il soit mort. Je n'ai rien dit à la vieille et je suis parti en faisant mon maximum pour qu'elle ne voie pas ma plaque d'immatriculation. On ne sait jamais. J'ai trouvé le véto du quartier… Il les regarda un à un pour faire son petit effet… La solution à notre problème était affichée sur la porte !

— Chez un vétérinaire ? demanda Jérôme. Tu as trouvé la solution chez un vétérinaire ? Il y avait quoi sur la porte ?

Edward ne lui répondit pas, il le regardait avec un sourire de triomphe.

— ACCOUCHE ! ordonna Lucie.

— La pub pour un cimetière pour animaux !

— Je ne comprends pas, dit Sophie.

Jérôme acquiesça.

— Qu'est-ce que vous ne comprenez pas ? On va cacher le corps de Nicolas dans les tombes des animaux !

Ils restèrent silencieux, seuls Lucie et Edward étaient enthousiastes à cette idée.

— Mais pourquoi un cimetière pour animaux ? Pourquoi pas un cimetière normal ? demanda Sophie.

— Faut tout t'expliquer à toi ? lui répondit hargneusement Lucie. Mais enfin, c'est logique. Petit un : le cimetière en question est à Saint Médard, dans un coin désert, sans habitation aux alentours. Donc il n'y aura personne qui pourra nous déranger ou nous surprendre. Petit deux : parce que les pierres tombales des animaux sont moins grosses que celles des humains et donc plus faciles à bouger, et petit trois qui irait chercher un cadavre là-bas ?

— Certains de vos arguments sont bons, dit David en se levant, mais je ne suis pas d'accord avec cette idée. Vous oubliez une chose importante : si les tombes sont plus petites comment voulez-vous y rentrer un corps en entier, surtout que Nicolas n'était pas un nain ! On avait dit qu'on ne pourrait pas le découper. À moins que tu aies changé d'avis et que tu t'y colles. Il interrogeait Edward. Parce que je te préviens que moi je passe mon tour ! Jérôme, aide-moi à leur faire reprendre leurs esprits s'il te plaît.

Jérôme ne répondit pas tout de suite. Il réfléchissait toujours avant de se prononcer.

— Et vous avez des infos sur l'organisation du cimetière ? Sur les employés ?

— QUOI ?!? questionnèrent en chœur Sophie et David étonnés tous les deux qu'il aille dans le sens de Lucie et Edward.

Justement, Edward avait eu le temps de faire quelques recherches sur internet. En bon élève, il leur fit un compte rendu détaillé : comment se déroulait l'enlèvement de la dépouille, les options (crémation ou inhumation), cérémonie d'adieux, horaires d'ouverture pour venir se recueillir, tarifs… Tout y passa. Personne ne lui coupa la parole, la plupart trop stupéfaits qu'il ait préparé un exposé sur le sujet.

— Mais bien sûr, il faudra qu'on se rende sur place pour étudier les lieux !

— Tu veux qu'on arrive là-bas avec un cercueil rempli de restes humains ? le mit au défi David.

— Non, lui répondit Edward agressif. Ils sont transparents sur ce point. Ce sont les employés du cimetière qui… préparent les corps.

— Alors on en revient au même point !

— Quel point ? demanda Sophie, comme sortie du brouillard.

Jérôme posa la main sur sa cuisse pour la réconforter et regarda David.

— Je vais m'en occuper ! dit-il.

Sophie fit semblant de ne pas comprendre, elle changea de sujet pour ne pas y être forcée.

— Qu'est-ce que tu as fait du chat ? demanda-t-elle à Edward.

— Oups, je l'ai oublié devant la porte du vétérinaire…

27

Lucie et Edward étaient allés acheter un téléphone mobile à carte prépayée dans un bureau de tabac à quinze kilomètres de chez eux. Lucie, assise côté passager de la voiture noire qu'ils avaient louée pour l'occasion, se disait qu'ils étaient en train de devenir de vrais criminels et qu'ils ne s'y prenaient pas si mal finalement. Elle en ressentit une certaine fierté.

— Téléphone IN-TRA-ÇA-BLE, dit-elle à Edward en le sortant de l'emballage.

Edward reprit la route, ils s'éloignèrent encore d'une dizaine de kilomètres pour appeler le cimetière.

— Pense à prendre une voix de mamie !

— Oui, je sais, lâche-moi.

Lucie composa le numéro et mit le haut-parleur pour qu'Edward puisse prendre des notes.

— « Havre de paix pour nos fidèles amis », bonjour, je vous écoute !

C'était une voix féminine qui avait répondu.

— Oh, madame ! je vous appelle, car mon chien Patapouf est mort, c'est une tragédie.

Edward pouffa de rire, Lucie lui claqua la cuisse.

— Excusez-moi, c'est mon mari, il est très ému.

— Bien sûr, madame, je comprends… votre tragédie. Je suis Françoise, la secrétaire du havre de paix, je suis à votre disposition pour vous aider dans vos démarches et trouver le meilleur endroit pour le repos éternel de Patapouf.

Lucie se mit également à rire.

— Excusez-moi, c'est nerveux… mais quel malheur… Hi hi hi.

Comme elle pleurait de rire à présent la secrétaire confondit son fou rire avec une crise de larmes. Elle attendit que la crise passe en lui disant des paroles de réconfort et quand Lucie lui demanda comment il fallait procéder, elle lui récita la procédure, tout en gardant un ton compréhensif et peiné. Elle se montrait empathique devant leur chagrin. Françoise était très professionnelle et impliquée dans son emploi.

Ce coup de téléphone leur apprit qu'un gardien vivait et travaillait sur place. Il avait son logement de fonction au fond du cimetière.

— C'est un problème, observa Lucie après avoir raccroché. Faut voir où est sa maison. On n'a pas le choix, il va falloir aller sur place, faire une enquête. Il faut qu'on sache tout de son emploi du temps.

Lucie essuya le téléphone avec des lingettes javellisées et le poussa dans un fossé après l'avoir écrasé avec son pied à plusieurs reprises.

— Mais pourquoi faut-il que ce soit moi qui m'y colle ? avait demandé Lucie à ses complices.

Ils avaient décidé que ce serait Lucie qui irait faire les repérages du cimetière.

— On travaille la journée, c'est plus compliqué pour nous de nous y rendre, lui avait répondu Edward.

Lucie avait eu beau protester, justifiant qu'elle était bien trop asociale pour accomplir cette mission, il avait réussi avec ce seul argument à l'imposer comme préposée au recueil d'informations.

Elle avait dû céder et ensemble ils avaient préparé un plan d'action très détaillé. Lucie devait repérer tous les accès du cimetière, surtout ceux réservés au personnel, et trouver le logement du gardien. Dans un deuxième temps, elle devait rentrer en contact avec ce gardien et le questionner sur ses habitudes.

Lucie doutait de ses capacités à interroger cet homme sans éveiller ses soupçons.

— Tu n'auras qu'à mettre une jupe ultra moulante, tu verras, il te dira tout ce que tu veux si son attention est focalisée sur ton cul, dit Edward en riant.

Lucie fit une grimace :

« Et en plus il allait falloir être sexy ! »

— On a besoin de connaître les heures de ses rondes, constata Jérôme qui voulait recentrer la conversation. Si elles sont aléatoires ou régulières… Tiens, je t'ai fait une liste de tout ce qui pourrait nous être utile. Prend ton temps pour l'étudier et quand tu es prête…

— Va lui montrer ton cul, pouffa Edward.

— Et qui te dit que ce n'est pas le tien qu'il voudra voir ? lui répondit-elle acerbe.

C'est donc en talons hauts et apprêtée d'une jupe sexy que Lucie entra dans le cimetière pour animaux de Saint-Médard. Elle s'était munie de son iPhone et de ses oreillettes et faisait semblant de parler au téléphone, alors qu'elle faisait en fait des enregistrements vocaux de ses observations, sur les conseils de Jérôme qui lui avait recommandé de relever le plus de détails possibles.

— Je passe les grilles, elles seront faciles à escalader, mais donnent directement sur la route. Au sol c'est du gravier, on entend mes pas, il faudra faire attention à nos chaussures pour ne pas faire de bruit. L'accueil se trouve directement à droite à l'entrée, c'est une espèce de cabanon peint en blanc… ça fait très écolo.

— … Je me dirige directement dans les allées du cimetière. Elles sont très propres et bien entretenues, je me demande comment ils font pour garder le chemin en gravier aussi blanc. Il y a peu de monde…

-… oui je vais dire bonjour à Kiki de ta part, Mamie… Bonjour… dit-elle un peu plus fort en rencontrant une femme dans l'allée suivante.

— … Il y a pas mal de tombes… et les dalles sont vraiment petites… c'est incroyable ce qu'ils ont pu mettre comme épitaphes :

— « À mon meilleur et plus fidèle ami… » Oh et celle-là : « À mon seul amour sur terre… ».

— …il y a plus de fleurs et de photos que dans un cimetière humain… Ah voilà la fin des allées… il y a une clôture… un portail… il y a une petite maison en bois un peu plus loin… rien d'autre… je confirme que le muret fait tout le tour du terrain et qu'il n'y a qu'une entrée…

— Et là p'tite dame, vous s'y avez poa le droit d'êt' loa.

— Aaaaah ! Vous m'avez fait peur !

Lucie sursauta en poussant un petit cri.

Elle se retourna et tomba nez à nez avec un homme plus petit qu'elle. Elle pouvait aisément observer le haut de son crâne qui commençait à se dégarnir. Il devait avoir dans les 50 ans. Il portait des cheveux bruns grisonnant jusqu'aux épaules, mais coupés comme s'il l'avait fait lui-même au couteau. Ils étaient gras, l'aspect général de l'homme faisait sale. Il était très maigre. Entre ses dents noircies, il tenait une cigarette sans filtre. Dans les poils de sa moustache, elle voyait les restes de son repas.

Elle n'eut plus de doute sur l'identité de l'homme quand elle vit l'étiquette « GARDIEN » brodée sur sa salopette grise.

— Qu'es'lle veut ?

— Euh… je cherche le gardien, monsieur, improvisa-t-elle.

— Ben t'y loa trouvé, c'é mouai.

— Je voulais vous poser les questions, sur la sécurité, parce que… vous comprenez…

— Nan ?

— Eh bien… Lucie trouva une idée. On a volé des photos de feu mon Kiki !

— Cté poua possible ! J'a r'en r'ma'qué !

Lucie le conduisit alors vers une tombe qu'elle avait repérée, avec le nom de Kiki. Pendant le trajet elle lui posa des questions sur les horaires de ses rondes mais le gardien ne lui répondit que des :

— Cté poua v'ai, tou'ti les c'me d'habitude… Vou s'y êtes su' d'avoi' rega'dé la bonne…

Lucie s'arrêta devant la tombe de Kiki.

— Voilà ! Il manque la photo de ses un an.

Lucie avait remarqué que certaines des photos montraient le chien devant un gâteau d'anniversaire, avec bougie et os dessinés en sucre glace.

— J't'en foutrais des Kikis mouai, répondit le gardien avec des gestes violents qui firent éloigner Lucie de la tombe. T'yé qui touai, j'la connais la mait'esss de c'te bête et cté poa touai. Vous s'y croiyé où 'spèce de zoophile ! T'y dégage et vite.

Lucie ne se le fit pas dire deux fois voyant qu'il attrapait une barre en fer.

Lucie revint deux jours plus tard au cimetière, mais cette fois-ci accompagnée d'Edward. Elle portait une perruque et des vêtements de vieille dame, pour ne pas être reconnue par le gardien. Ils avaient en effet mis au point un nouveau scénario. Elle cachait ses yeux, non ridés, avec des lunettes de soleil. Elle portait un col roulé et des gants cachant sa peau qui aurait trahi son âge véritable.

— Bonjour, je suis la comtesse de Pessac-Léognan. Lucie parlait comme une grand-mère distinguée, à la secrétaire de l'accueil. Je vous ai téléphoné pour visiter le cimetière.

— Bien sûr, madame la comtesse répondit la secrétaire qui avait été prévenue qu'une riche veuve de Bordeaux souhaitait trouver le meilleur endroit pour inhumer son chat.

Elle appela par l'interphone le directeur du cimetière, car il voulait s'en occuper personnellement. D'ordinaire, il n'était présent sur le site que le lundi après-midi pour organiser la semaine, mais il fit une exception pour cette cliente, car il entrevoyait la possibilité d'une donation, elle avait été très claire sur ses intentions de « participer au bon déroulement du repos éternel de son chat Jean de Michel, comte de Pavie ». Son chat était un chartreux, qui après treize ans d'amour allait bientôt la quitter des suites d'une longue maladie.

— Laissez-moi vous présenter mon petit-fils, dit Lucie en présentant Edward, qui s'était lui aussi habillé pour l'occasion.

Il portait des vêtements qu'il avait discrètement empruntés dans son magasin. Les plus chers et les plus beaux. Il singea la manière de parler des clients et des acteurs qu'il admirait le plus.

— Madame ! dit Edward en baisant la main de la secrétaire.

Elle en fut si émue qu'elle ne se rendit pas compte que ce genre de politesse n'avait pas lieu d'être en ce genre de circonstances et encore moins avec une secrétaire. Lucie lui avait pourtant demandé de ne pas trop en faire.

Quelques minutes plus tard, Lucie, Edward et le directeur se promenaient dans les allées discutant de l'importance du calme des lieux, de l'entretien, de l'organisation. Ils essayaient maladroitement d'avoir des informations sur l'emploi du temps du gardien.

— Et au sujet de la sécurité ? Y a-t-il un gardien ? Fait-il des rondes ? À quelles heures ? Pourrait-on le rencontrer ? questionna Edward.

— Soyez assuré que notre cimetière est sous surveillance 24 heures sur 24. Le gardien vit sur place et prend sa mission très au sérieux, répondit le directeur.

Cela dit, il trouva une excuse pour éviter de le leur présenter. Lucie trouva cela très louche.

28

Le recrutement de Max était devenu une nécessité suite aux dégradations répétitives des tombes, mais cela n'avait pas été chose simple.

En effet, il avait été difficile de trouver une personne supportant de vivre dans un cimetière, même s'il ne s'agissait que d'animaux morts.

Le premier gardien avait tenu une semaine. Quand la bande de voyous qui dégradait le cimetière avait appris son existence, ils lui avaient fait toutes sortes de tours dignes d'un film d'horreur : venant faire des bruits angoissant pendant ses rondes, déplaçant des objets dans le cimetière, puis ils avaient fini par pendre la dépouille d'un écureuil devant la porte de sa cabane. Jeune et impressionnable, il avait alors démissionné, abandonnant son poste pour retourner vivre chez sa mère.

Le deuxième gardien engagé fut moins impressionnable. Retraité de l'armée, il avait du sang-froid et quand ils commencèrent leurs petits tours, il arriva rapidement à attraper l'un des vandales. Néanmoins, ce dernier réussit à tourner la situation à son avantage.

— Mais monsieur, s'il vous plait, n'appelez pas la police, dit le gamin d'à peine 18 ans.

— Fallait réfléchir avant, lui répondit le militaire, vêtu avec ses habits de commando : treillis et veste de camouflage, bandeau autour du front et peintures noires sur la figure.

— Et monsieur, je vois que vous êtes militaire…

— À la retraite…

— N'empêche que vous méritez mieux que de vous occuper de cadavres d'animaux…

À force de persuasion, le gamin arriva à ses fins.

Non seulement le gardien n'appela pas la police, mais il démissionna lui aussi pour s'engager comme garde du corps de célébrités, ce qui correspondait mieux à son image.

Depuis, on peut le voir régulièrement, dans les journaux et à la télévision, aux côtés de Cyril Hanouna.

Le directeur du cimetière allait abandonner et se tourner vers un service de surveillance quand on lui parla de Max. Il s'agissait d'une institution dans le village. Vieux garçon de 49 ans, il vivait chez sa mère qui désespérait de le voir se marier.

Tous, y compris sa mère, le pensaient fou. D'ailleurs, il disparaissait souvent de longues périodes. Périodes pendant lesquelles on le disait interné à l'hôpital psychiatrique Charles Perrens, mais en vérité personne ne savait où il disparaissait, il s'agissait juste de ragots que l'on distillait au bar du quartier. Personne ne savait vraiment qui il était ni ce qu'il faisait dans la vie. Ce que l'on savait c'est qu'il aimait les animaux plus que les humains et qu'il aimait boire un coup au café avant d'aller se balader dans la forêt.

Il parlait de manière bourrue, à tout le monde, sans faire de distinction sociale, il portait des vêtements sales et troués. Visiblement, personne ne prenait soin de lui. C'est son oncle qui parla de lui au directeur du cimetière.

Quand il prit son poste de gardien, la bande de vandales avait voulu lui jouer les mêmes tours qu'aux autres. Ils trouvaient amusant de parier sur le temps qu'ils mettraient pour faire abandonner son poste à ce nouveau gardien.

Mais Max n'était pas impressionnable. Quand ils imitaient des loups, Max leur répondait, pour les faire venir et leur donner de quoi manger. Quand ils déplaçaient les pots de fleurs pour le désorienter, Max les remettait juste en place sans se poser la question de comment et par qui ils avaient pu être déplacés. Ce qui l'intéressait c'était que son cimetière soit propre et en bon état. Il prenait sa mission très au sérieux. Quand ils commencèrent à pendre de petits animaux morts à sa porte, max, qui était lui aussi un bon traqueur, finit par les attraper, tous, un par un.

Le premier des vandales attrapé, attendait, ligoté et bâillonné devant le porche de l'entrée de la cabane de Max. Il tremblait de froid et de peur, ce gardien n'était pas normal, il ne réagissait pas comme un être humain normal. Il commença à pleurer quand il le vit revenir avec ses deux complices, eux aussi attachés et bâillonnés.

Tout d'abord, il fut surpris de voir que Max était un être si chétif et se demanda comment il arrivait à marcher en portant, sur chacune de ses épaules, ses amis. Puis son angoisse augmenta, car il n'y avait plus personne pour lui venir en aide. Max disposa ses amis à côté de lui, mains et pieds attachés, en cercle devant sa cabane.

Les rôles étaient à présent inversés, les chasseurs étaient devenus les proies, les garçons n'étaient en réalité que trois jeunes du village qui s'ennuyaient, et devant le comportement de Max, ils étaient à présent, tous les trois terrifiés et auraient voulu le supplier de les laisser rentrer chez eux, mais n'arrivaient pas à s'exprimer avec leur bâillon.

Quand Max s'approcha de son premier prisonnier et lui retira son bâillon, celui-ci voulut retenter le coup de la flatterie qui avait si bien marché avec le militaire.

— Monsieur, PARDON, je vous en supp…

Il n'eut malheureusement pas l'opportunité de finir sa phrase, car Max lui enfonça le rongeur, précédemment suspendu devant sa porte, dans la bouche, avant de le congédier par un coup de pied aux fesses.

— On tue poa les animaux pour loa plaisi' mon goa. C'té pour manger qu'on loa tu ! Alo'r mange !

Finalement, après cet épisode traumatisant, les garçons se trouvèrent une autre occupation, n'étant arrivés à rien avec ce gardien et ne souhaitant pas remanger de l'écureuil faisandé et le cimetière retrouva son calme.

C'est pourquoi le directeur trouva une excuse pour ne pas présenter Max à la comtesse. Il avait peur de l'effrayer ou de la choquer avec ce personnage si imprévisible, au comportement parfois plus animal qu'humain. Cela n'arrangea pas les affaires de Lucie et Edward qui ne purent récolter d'autres d'informations sur les rondes du gardien.

Pour sa troisième tentative, Lucie choisit un style « dépouillé gothique ».

Elle portait une perruque noire, un pull large gris foncé, suffisamment long pour servir de robe et des boots noires à crampons.

Elle se rendit au cimetière un quart d'heure avant la fermeture, avec l'intention de la jouer agressive. Après tout, avoir été timide et bien élevée ne lui avait pas encore réussi dans l'accomplissement de sa mission. C'est au moment où elle se gara devant le cimetière que Fred choisit de l'appeler pour lui parler de son indignation devant ses collègues qui lui empruntaient ses outils et les lui rendaient sans les nettoyer.

— … ne les rangeait pas correctement laissant mon poste de travail en bordel. Tu te rends compte du manque de respect ! dit-il à Lucie.

Cette dernière se dit que cette conversation serait parfaite pour la mettre dans de bonnes dispositions et rentrer dans son rôle. Elle marcha d'un pas rapide et déterminé dans le cimetière, faisant croire qu'elle était distraite par sa conversation téléphonique et qu'elle ne savait pas où elle se dirigeait.

— Tu te fous de ma gueule ou quoi ! Tu as vu dans quel état TOI tu laisses MON appartement.

Elle passa devant Max qui avait commencé à mettre les gens dehors en prévision de la fermeture imminente du site.

— T'es le mec le plus dégueulasse avec qui je sois sortie, tu mets du cambouis partout, des merdes partout, tes putains de rognures d'ongles se mélangent avec ta crasse dans MON bac de douche…

Dans un premier temps, Max fut indigné qu'elle rentre en parlant si fort dans ce lieu de recueillement. Il se mit à la poursuivre, essayant de la faire taire et de la mettre dehors, mais Lucie ne lui laissa pas le temps d'en placer une, lui coupant systématiquement la parole en continuant à hurler sur Fred.

Chaque fois qu'il essayait de l'attraper et de la pousser vers la sortie, elle se dégageait violemment. Finalement, Max ayant entendu une grande partie de la conversation resta muet avec un sentiment qu'il ne comprenait pas.

Pour la première fois de sa vie, il eut envie de connaître cette personne et de lui faire physiquement l'amour. Il avait adoré la manière dont elle avait rabaissé l'homme à qui elle parlait au téléphone et la manière dont elle l'avait repoussé. Il se tenait devant elle, la regardant intensément sans rien dire même après qu'elle eut raccroché.

— Mais qu'est-ce que tu veux nabot ? Tu m'as jamais vu ? lui demanda-t-elle en repoussa violemment le bras de Max qui tentait maladroitement de toucher son bras.

Elle était terrifiée de la réaction qu'elle risquait de provoquer, mais resta dans son rôle et fit semblant de chercher où elle était.

— P'don mom'selle, mais on voua fermer.

— Qu'est-ce que j'en ai à foutre du con !

Lucie avait misé juste cette fois, elle reconnut une lueur d'excitation dans les yeux de Max.

Il fallait être plus bourru que lui pour l'amadouer. C'était son expérience d'infirmière qui lui en avait donné l'idée.

— Et puis d'abord, c'est quoi ici ?

La langue de Max se délia, il lui parla du cimetière, de son travail de gardien, de son amour des animaux, de ses longues balades dans la forêt… Mais la conversation ne pouvant se poursuivre dans les allées, il l'invita dans sa cabane. Bien sûr, Lucie accepta, car elle avait besoin d'informations.

— Assoyez voua, lui dit Max en lui présentant une vieille chaise en bois.

Lucie perdit son enthousiasme et son assurance dès qu'elle mit un pied dans la cabane.

La pièce dans laquelle on entrait en premier servait de salon, de cuisine et de déchetterie ? Les meubles étaient vieux et en mauvais état. Il y avait des tas de journaux partout, ainsi que des tas de conserves vides. Manifestement, cet homme gardait tout, il entassait ses ordures chez lui.

Mais le plus dérangeant c'était les photos qu'il avait au mur.

Ses photos de famille, en quelque sorte, le mettait en scène avec des animaux. Aucun humain n'y était, même sur ses photos d'enfance. Lucie remarqua aussi les animaux empaillés... Oui il s'agissait bien des mêmes qui étaient sur les photos avec lui :

« Mais enfin il devait avoir 6 ans sur celle-là »

— Voua avez r'ma'qué mes animaux ? demanda Max, avec un accent de fierté, quand il vit que le regard de Lucie passait de la photo à l'animal empaillé, puis repassait sur la photo et ainsi de suite. Jo empaillé le p'mier à 5 ans, j'a app'is toua seul, voua savez. Je garde tous ceux que j'aime à portée de main... Je vous aime bien...

— Ouais pas mal, répondit Lucie avec une petite voix tremblante.

Elle avait soudain très peur, il avait empaillé tous les êtres qui avaient compté dans sa vie.

— Pour ce que j'en ai à foutre, reprit-elle,

Il la regardait en bavant de désir, littéralement, il s'essuyait régulièrement son menton avec sa manche...

Elle remarqua dans le fond de la cabane un coin qui devait lui servir de poste de travail pour ses « œuvres ». Tout le matériel de taxidermiste était accroché au mur et sur le plan de travail se trouvaient des touffes de poils. Elle sortit de sa torpeur quand il lui mit un verre sale dans la main et y versa du vin rouge. La bouteille était en plastique, sans étiquette. Puis il partit mettre un disque de Michel Sardou, un 33-tours de ses meilleurs morceaux, la compilation débuta par « Dix ans plus tôt ». Ils écoutèrent la chanson dans un silence gênant.

— TU VOUA POA BOIRE ? lui demanda-t-il soudainement en criant.

Dégoutée des dépôts qui flottaient dans son verre sale, elle le but malgré tout cul sec et faillit vomir.

— TU VOUA MANGER UN TRUC ? hurla-t-il.

— Non merci ! répondit-elle en cachant son dégout en imaginant ce qu'il aurait pu lui servir à manger : des amuse-gueules aux asticots, du saucisson au moisi ou du pâté de rat ?

Elle regarda un dessin sur le mur qui avait dû être réalisé par un enfant de 3 ans.

— C'té Moua qu'il l'fait.

— Oh ! vous avez beaucoup de talent.

— Voua c'est bien polie d'un coup, c'ta voua po ?

Il lui lança un regard suspicieux.

— Ta gueule, j'té rien demandé et donne-moi un autre verre connard ! répondit Lucie rapidement pour reprendre son personnage. Tu vis là du con ?

— Voui m'dame.

— Mademoiselle, sac à merde. Et tu t'organises comment ?

— Oh bé, j'ouvre lo matin à 9 heures et jo ferme à 19 heures et pis quand ya des vieilles qui essayent de se sioucider sur lo tombe de leur chien, j'lo met vite dehors. La nuit aussi fo qu'jo tourne parc'qu'à des jeunes que ça excite de venir faire lo chose sur des tombes. Même qu'une fois y'en a un qui disait à sa femelle que la tombe du chien Boby c'té la tombe d'un tueur. À cou'd'pied au cul qu'j't'lé fait partir !

— Ah ouais, et à quelle heure tu fais ta ronde ? demanda Lucie avec une expression de défi.

— Loquelle ? J'en fais plusieurs.

— Accouche !

— Ah !

Max crut qu'elle se renseignait pour savoir quand il était libre pour lui faire la chose.

— Bah la prochaine c'té dans une heure, répondit-il en essuyant l'écume qu'il avait aux lèvres du revers de sa chemise à carreaux. On a le temps s'ti veux.

— T'es con, une heure c'est pas assez pour moi, dit Lucie en se levant faisant mine de s'en aller. Il lui attrapa le bras pour la faire rassoir.

— 'tends, oprès jy'rva quo minouit ! On…

— Ouais c'est ça ben j'reviens après minuit alors.

— C'té après minouit j'me dors, porce que j'mo lève à 6 heures pour faire lo ménage avant l'ouverture.

— Tant pis alors ! lui répondit-elle en se levant pour de bon.

— Attends ! cria Max en se jetant devant la porte pour lui barrer le passage. J'croye quo j't'aime, t'en vo po !

Lucie resta sans réponse quelques instants puis eut une illumination.

— Laisse-moi sortir du con, j'peux pas ce soir j'ai les Anglais qui viennent de débarquer.

Devant le regard interrogatif de Max, elle dit en criant :

— J'ai mes règles !

Celui-ci fit une grimace de dégoût et se mit sur le côté lui laissant le passage vers la sortie. Mais avant de partir il l'attrapa de nouveau, colla son ventre contre son dos, lui prit les seins, et il lui dit tout en les malaxant gauchement :

— T'sens l'effet quo tu moua fais ?

— À plus ! lui répondit précipitamment Lucie en lui mettant un coup de talon sur les orteils pour se libérer de son étreinte.

Elle s'enfuit d'un pas rapide et l'entendit au loin hurler :

— R'viens vite et écris mouai !

« Quoi ? Pensa Lucie, mais pourquoi il veut que je lui écrive ? »

29

Lucie rentra chez elle au volant d'une FIAT 500 violette de location.

Songeuse, elle repensait fébrilement à l'entrevue qu'elle venait d'avoir avec Max. Ce type était un malade mental, un fou, « un psychopathe ! » Elle ne voulait plus jamais avoir affaire à lui. Elle sortit de sa poche son enregistreur numérique pour vérifier que sa conversation avec lui avait bien été enregistrée. Elle l'éteignit rapidement sentant ses poils se dresser sur sa peau, dans un mélange d'angoisse et de dégoût, au son de la voix du gardien du cimetière.

Mais grâce à son courage et à sa persévérance, Lucie avait à présent une idée assez claire de comment il faudrait qu'ils agissent : il n'y avait qu'une solution, il fallait y aller de nuit, après minuit, et mettre le corps dans les tombes déjà existantes… Dans les cercueils. Et il faudrait que tous ses complices soient présents !

Sans s'en être rendu compte, Lucie était rentrée chez elle. Elle sortit de la voiture en soufflant, elle était crevée, mais en sécurité. Enfin, c'est ce qu'elle crut jusqu'à ce qu'elle arrive dans le couloir de son bâtiment.

— Ah quoi jouez-vous ?

Fabienne ouvrit si rapidement sa porte d'entrée que Lucie n'eut pas le temps de se cacher.

— De quoi parlez-vous ?

— C'est quoi encore ce déguisement ? Qu'est-ce que vous manigancez ?

Fabienne l'avait vue déguisée en jeune fille ultra sexy, en vieille dame puis en punk.

— Rien, c'est rien ! lui répondit Lucie. Écoutez, je suis fatiguée, je rentre…

— Est-ce que vous vous prostituez ? Parce que je vous préviens, c'est dangereux et vous n'avez pas intérêt à ramener des clients pervers ici !

— N'importe quoi, vous racontez N'IM-POR-TE QUOI.

— Ne croyez pas que je n'ai pas remarqué votre petit manège, je vous ai vu l'autre jour, dans une tenue très suggestive…

— Je cherche mon style ! cria Lucie. Et ça ne vous regarde pas.

— C'est cela même, et pourquoi vous déguiser en vieille dame si ce n'est pas pour satisfaire les désirs d'un pervers. Vous étiez de concert avec monsieur Soinel déguisé lui aussi en… je n'ai pas de mot et de sa part cela ne m'étonne pas, mais de la vôtre ! Une infirmière !

— Vous ne vous êtes pas dit qu'on allait à une soirée costumée ? Mais réfléchissez un peu ! lui répondit Lucie.

— Et depuis quand êtes-vous amis tous les deux ?

— Mais… euh… ça n'a rien à voir. On a… des amis communs, c'est ça… euh c'est tout ! Encore une fois ça ne vous regarde pas.

— Et cet accoutrement ce soir ? C'est pourquoi ? Courtiser un gardien de cimetière peut-être ?

— Quuoi… qui vous a… quoi !?! Lucie se retint de justesse, l'expression de Fabienne exprimait la moquerie et pas la dénonciation. Merde, je vais me coucher !

— Je suis d'accord avec Lucie, il faudra aller sur le site après minuit et il faut qu'on soit tous présents, confirma Jérôme à l'assemblée.

À nouveau réuni chez Lucie, chacun avait apporté de quoi boire et grignoter. Toutes sortes d'amuse-gueules étaient disposés sur la table basse de Lucie comme s'ils se préparaient à prendre l'apéro.

— J'ai fait une impression de la vue du cimetière sur Google Maps, continua Jérôme en déposant sur la table basse une impression format A3 du cimetière avec de nombreuses indications inscrites en rouge.

— Ah non ! pas sur la table on peut plus attraper les chips, râla Edward.

— Attendez, dit Lucie en partant dans sa chambre, elle en revint avec un chevalet et y déposa le plan de Jérôme.

Celui-ci put reprendre l'exposé de son plan pendant qu'Edward satisfait lui aussi reprit la dégustation de ses chips à la moutarde.

— Sophie, tu te posteras à l'entrée du cimetière, tu resteras dans la voiture. Si quelqu'un approche, fait croire que tu es fatiguée, au vu de ton état, on ne pourra que te croire. Mais surtout rien d'autre, pas de malaise ou de contractions, un bon samaritain appellerait immédiatement les secours. Lucie, tu surveilleras la cabane du gardien…

— Ah non merde ! J'ai assez donné avec ce taré ! répliqua Lucie.

Cela dit, elle regarda Jérôme qui lui lança un regard si encourageant qu'elle se reprit.

— Tu surveilleras juste qu'il reste chez lui.

— OK, mais c'est la dernière fois que je m'approche de lui.

— Nous autres, nous nous chargerons d'ouvrir les tombes et de cacher les sacs dans les cercueils.

— Attends une minute ! dit Edward, en se levant et en secouant la main. Personne n'avait parlé d'ouvrir les cercueils ! Je n'ai certainement pas parlé d'ouvrir les cercueils, on devait juste les mettre dans les tombes, continua-t-il en secouant la tête.

— C'est trop risqué de ne pas le faire. À cause de l'odeur, répondit Jérôme.

— Oui tu as raison, dit David. Et imaginez qu'ils ouvrent les tombes pour rajouter un autre animal. Ils tomberaient sur un sac de restes humains ? Ce ne serait pas malin !

— Mais, mais… dit Edward en bredouillant.

Il comprit qu'ils avaient raison et qu'il n'y avait rien à rajouter.

Ils étudièrent minutieusement le plan de Jérôme encore une heure afin que les garçons puissent bien assimiler leur secteur.

— Ça va, merci, j'ai compris, j'ai le secteur rouge ! répondit Edward à David quand ce dernier lui montra une troisième fois son secteur sur le plan.

Puis il se leva de nouveau, posa ses mains sur les hanches et leur dit :

— Vous n'oubliez pas une question importante dans votre plan mes cocos ?

Encore une fois, il se tut pour laisser place au suspense.

— Qui va le couper !

— C'est moi qui le ferais, répondit aussitôt Jérôme. Je l'ai déjà dit.

Sophie l'enlaça cette fois-ci, elle ne pouvait pas faire semblant de ne pas comprendre. Elle cacha son visage pour ne pas montrer les larmes qui lui montaient aux yeux et lui murmura :

— Ça pourrait être quelqu'un d'autre ? Non ?

— Tu sais bien que non mon amour, lui chuchota-t-il en retour.

Personne ne faisait attention à leur échange, Edward et David étaient rassurés de ne pas être obligés de participer à cette horrible tâche et Lucie, elle, repensait à ses années à l'école d'infirmière.

Quand les chirurgiens voyaient une nouvelle élève dans leur service, il arrivait qu'ils les convient à venir assister à une intervention, donc quand on lui avait proposé d'aller au bloc opératoire, elle avait dit « oui » pour se faire bien voir de l'équipe. Et c'était comme cela qu'elle s'était retrouvée à observer une ablation de prostate. Elle se remémora particulièrement le moment où le chirurgien lui avait expliqué :

— Alors vous voyez, future jeune infirmière, pour remonter la prostate je dois enfoncer la moitié de mon avant-bras dans le rectum du patient ainsi je la fais remonter et il ne reste plus qu'à…

Elle n'avait plus suivi ses explications à partir du moment où elle avait vu des morceaux de chair gicler au-dessus du champ stérile. Elle entendit dans le lointain :

— Séverine, veuillez ramasser l'étudiante et la poser sur un brancard.

Quand elle fut remise de son malaise, Lucie chercha à sortir du plateau technique pour retourner dans son service, et c'est à ce moment qu'un infirmier du bloc voyant son badge d'élève infirmière la convia à venir assister à un autre bloc. Elle n'était pas restée longtemps devant ce bloc non plus, car la première chose qu'elle vit en rentrant dans la salle, ce fut un chirurgien qui exposait les intestins de sa patiente, heureusement endormie, sur le ventre de celle-ci en disant :

— Et merde ! elle est métastasée de partout ! On remballe et on referme.

— Le mardi après-midi, je te dis ! Fabienne est chez son psy et les autres voisins travaillent tous ! cria Lucie en s'adressant à Edward.

— Non, tu as tort ! Le mercredi c'est mieux.

— Puisque je te dis que Fabienne a parfois ses petits enfants le mercredi.

— C'est rare !

Lucie et Edward se disputaient depuis 20 minutes pour choisir le jour où ils découperaient le cadavre de Nicolas. Le reste avait été réfléchi et programmé : ils préviendraient de travaux importants et dangereux, avec interdiction d'aller dans l'arrière-cour. Jérôme serait caché derrière la bâche pour découper Nicolas à l'abri des regards indiscrets. Edward et David feraient semblant de couper des branches et les filles feraient comme d'habitude le guet à l'entrée du parking.

— Et avec quoi tu vas le couper ? demanda soudainement Edward à Jérôme.

C'en fut trop pour Sophie qui se sentant nauséeuse, s'excusa et rentra chez elle. Jérôme la raccompagna jusqu'à la porte d'entrée de l'appartement de Lucie et quand il revint il dit :

— Je ne suis pas sûr qu'on puisse couper des os humains avec une scie normale ou une tronçonneuse.

Tous se tournèrent alors vers Lucie.

— Ne me regardez pas comme ça, je travaille en service, pas au bloc, leur répondit-elle. Cela dit, je crois qu'ils utilisent des scies spéciales.

Elle essaya de se rappeler des ustensiles qui étaient dans les plateaux quand elle avait visité les blocs pendant ses études, mais ne se rappela pas avoir vu de scie. Alors chacun se mit à chercher s'il était possible de couper des os humains avec une scie à bois ou à métaux, Edward, David et Jérôme sur leur smartphone et Lucie sur sa tablette.

— Regardez ! J'ai trouvé une scie à os ! dit fièrement Edward en leur montra le résultat.

Il était tombé sur un site pour boucher et la scie en question était un appareil aussi grand qu'un homme.

— Comment veux-tu qu'on apporte ça dans le jardin ? lui dit David méprisant. Et t'as vu le prix !

La machine valait environ mille euros.

— Ne me prends pas pour un jambon. Je ne suis pas complètement demeuré, ça prouve qu'il faut des scies spéciales pour les os.

— Oh ! regarde celle-là, plus bas ! dit Lucie en indiquant une scie spéciale os, mais qui ressemblait à une scie à bois normale. Va voir sur le site.

— Voyons… c'est bien pour les os… 30€… livraison en 4 jours… je la prends, on partage les frais ?

Il y eut un moment de flottement, où tout le monde observa Edward pour être sûr qu'ils avaient bien compris ce qu'il venait de dire.

— Mais non malheureux, on ne va pas commander la preuve de notre implication dans le camouflage d'un cadavre sur internet, s'insurgea David.

C'est alors que Lucie eut une nouvelle idée.

30

Lucie et Edward avançaient dans les sous-sols glacés de l'hôpital, les murs en béton n'avaient pas été peints laissant une impression de travaux non finis. Le plus dérangeant pour Edward qui découvrait cette atmosphère c'était justement l'odeur de bâtiment juste réalisé et la poussière, il avait la sensation que le gros œuvre avait été fait à la va-vite puis que les travaux avaient été laissés à l'abandon, que le bâtiment risquait à tout moment de s'écrouler et de les enterrer vivants.

Il leva les yeux pour suivre les gros tuyaux accrochés au plafond. Il pensa qu'il s'agissait probablement de l'eau, de l'électricité, peut-être aussi les fluides médicaux. Mais comment les employés s'y reconnaissaient-ils dans tout ce méli-mélo de gaines ?

Il songea aussi que les infirmières avaient bien du courage d'emprunter ces couloirs pour rejoindre leurs vestiaires. C'était un coup à se faire violer. Il y avait trop de recoins, trop de cachettes susceptibles de dissimuler un agresseur potentiel. Il ne quitta pas Lucie d'un pouce.

Lucie avait récupéré, « volé », deux tenues de bloc lors de sa dernière nuit de travail. Ils se dirigeaient dans les couloirs en direction du bloc, en tuniques bleues en papier, portant leur masque en tissu et leur calot pour ne pas être reconnus.

— Tu me laisses parler si on croise quelqu'un ! recommanda Lucie.

— Oui ! Ça va, je sais ! répondit Edward en soufflant.

— Ed ! Lucie l'interpella pour être sûre qu'il allait s'en tenir au plan.

— Ne m'appelles pas Ed. Mon prénom c'est Edward !

Lucie savait où se trouvait l'entrée du bloc, mais ne savait pas comment le plateau technique était agencé passé ces portes. Elle voulait qu'on les prenne pour des élèves ainsi, si jamais ils se faisaient accoster ils donneraient l'excuse d'être perdus. Si personne ne les remarquait, ils se mettraient à la recherche du local de stérilisation ou de la réserve de matériel, à la recherche d'une scie à os… humains ! Mais une fois entrés dans le plateau technique, rien ne se passa comme prévu, heureusement personne ne fit vraiment attention à eux.

Le bloc de l'hôpital était immense, il y avait des couloirs et des salles partout et des gens qui s'activaient, couraient parfois. Les bruits étaient omniprésents : les soignants hurlaient des consignes, des machines poussaient la chansonnette, ils auraient pu se croire dans les rues de New York aux heures de pointe. Il était impossible de se repérer si on ne connaissait pas ces lieux. Des brancards passaient devant eux, portant de patients à moitié endormis sur les consignes de médecins qui ne voulaient pas avoir à gérer une crise d'angoisse juste avant l'intervention.

Ils passèrent bien une heure à tourner en rond revenant régulièrement devant le local à poubelle sans avoir atteint leur objectif. En passant devant les salles d'opération, ils pouvaient entendre diverses atmosphères musicales. Le docteur Dupont, urologue, aimait le classique, le docteur Durant, cardiologue aimait la variété française quant au docteur Dupuis, l'orthopédiste c'était le hard rock des années 70 qui le motivait et en plus ça allait bien avec les coups de marteau qu'il devait distribuer pour casser les os.

— J'en ai marre, on tourne en rond ! se plaignit Edward. J'ai mal aux pieds et j'ai vu assez de sang pour le reste de ma vie.

Il n'avait pu s'empêcher de regarder par les vitres des portes des salles de bloc, les interventions en cours.

Lucie aussi en avait assez. Elle voulait passer inaperçue, mais tant pis, elle interpella une infirmière :

— Excusez-moi, le docteur Gauthier voudrait une scie à os. Pourriez-vous nous dire où se trouve la réserve, s'il vous plait ?

Edward verdit sous l'effet de la peur.

— Là-bas ! lui répondit l'infirmière sans s'arrêter, lui indiquant la direction par un geste rapide de la main. Putain d'élève !

Lucie et Edward se dirigèrent dans la direction indiquée, ils franchirent des portes battantes et se retrouvèrent devant la porte de la morgue. Edward se plaça derrière Lucie et la poussa pour qu'elle passe en premier.

La pièce était heureusement vide, les employés avaient dû sortir pour leur repas de midi. Sur le mur du fond se trouvaient les tiroirs réfrigérés et sur la gauche le plan de travail du médecin légiste, heureusement vide lui aussi.

— Ça ressemble à ça une morgue ? J'en ai la chair de poule ! dit Edward en s'avançant vers les tiroirs des frigos tel un aimant vers du métal. C'est effrayant et à la fois cela m'attire.

Il allait ouvrir un tiroir quand Lucie posa sa main sur son épaule.

— Ah mais t'es conne ! tu m'as fait peur ! hurla-t-il.

— On n'est pas là pour étancher ta curiosité morbide, cherche une scie et vite.

Edward attendit qu'elle lui ait tourné le dos pour lui tirer la langue. Puis il se mit en chasse…

— Là ! Regarde ! dit Edward à Lucie lui montrant une scie accrochée au mur.

Sans hésitation cette fois-ci, elle se précipita pour l'attraper, et la cacha dans son pantalon.

— OK on se casse. Chuchota Lucie. Y a plus qu'à trouver une date, poser des congés et on est bon !

Edward était dans le bureau de son médecin de famille :

— Docteur ça va pas, je suis stressé, je ne dors plus, je ne mange plus non plus, j'ai des idées noires… Il souffla… si noires, je pense beaucoup au mort… Je veux dire à la mort.

— Je vois, répondit son médecin.

C'était un homme de petite taille, ayant un léger embonpoint.

Il était très à l'écoute des plaintes psychologiques de ses patients. Pour lui 80 % des problèmes de santé étaient dus au stress.

— Et ça fait longtemps que vous êtes dans cet état, reprit-il.

— Non, docteur, pas très, mais je ne peux plus supporter, il faut que je dorme… il faut que je me repose.

Après une demi-heure à se plaindre de ses symptômes et à pleurer, son médecin lui signa son arrêt de travail et lui fit une ordonnance pour des anxiolytiques avec la consigne de revenir le voir sans attendre si cette obsession autour de la mort ne disparaissait pas après 3 jours de repos.

Edward se félicita, il pourrait se joindre au groupe le lendemain pour découper Nicolas.

— Merci beaucoup docteur ! dit-il en reniflant, en sortant du cabinet.

À l'entrée du parking, Lucie avait installé un transat afin que Sophie puisse s'installer pour surveiller les allées et venues et prévenir les autres en cas d'urgence. Elle avait été désignée à ce poste, car trop fragile, elle n'aurait pu se trouver dans l'arrière-cour et entendre les bruits de la scie sans défaillir.

Son rôle était simple : si quelqu'un approchait, elle devait crier à Lucie, qui attendrait à l'entrée de l'arrière-cour, avec Edward et David, « Lucie, ton chat est là ». À ce signal, ils devaient tous les trois se dépêcher de venir recouvrir la scène avec la bâche.

Dans l'arrière-cour Lucie, Jérôme, Edward et David étaient réunis autour de la bâche. Ils avaient déjà enlevé la remorque qui la maintenait sur la tombe de fortune de Nicolas. Malgré une longue discussion lors de leur dernière réunion, une fois devant la tâche déplaisante qui les attendait, ils hésitèrent, cherchant d'autres solutions.

— On devrait commencer par le déshabiller ? proposa Edward.

— Pourquoi ? demanda son époux.

— Si la police le trouve, elle pourra moins facilement l'identifier, répondit-il fier de lui.

— Si on suit ton raisonnement, pourquoi ne pas lui arracher les dents, lui brûler les doigts et modifier son ADN tant qu'on y est ! répliqua Lucie.

— En vérité à part pour l'ADN ce ne sont pas de mauvaises idées, dit à son tour Jérôme.

Lucie et David en restèrent cois, observant la bâche.

LeChat était en train de jouer avec un bout de ficelle qui dépassait. Il avait un regard de fou, ses pupilles se dilatant et se rétractant en fonction du jeu, il poussait de drôles de miaulements comme si cette ficelle lui faisait perdre la tête :

« Ah putain un fil, je vais te tuer ! »

Il la mordait puis la jetait au-dessus de sa tête puis il faisait des saltos, filait rapidement derrière la roue de la remorque pour se mettre en position de chasse et jaillissait de nouveau sur elle.

Solennellement, lentement, Jérôme finit de se vêtir. Il portait un jean noir. Ses chaussures et son sweat-shirt étaient aussi noirs. Il enfila une cagoule. Ils avaient pensé qu'au cas où ils seraient surpris, le sang se confondrait avec de la boue sur des vêtements noirs.

— Pour l'odeur ! lui conseilla Lucie en lui tendant un pot.

Il appliqua alors du Vicks sous son nez en la remerciant puis leur fit signe d'aller rejoindre leur poste. Ce que ses complices ne se firent pas répéter 2 fois, trop contents de ne pas être proche de la tombe à son ouverture.

En l'appliquant, l'odeur du menthol lui fit prendre conscience de ce qu'il s'apprêtait à faire. Il eut pour la première fois des sueurs froides. Des gouttes d'eau coulaient dans son dos, sur son front et ses joues.

Il tenta de se reprendre en se focalisant sur l'ordre des tâches qu'il devait à présent effectuer : « OK, soulève la bâche… ça va… respire ! L'odeur n'est pas si terrible… prends la pelle pour enlever la chaux… doucement… voilà, c'est bien… tout va bien… OK, voilà le corps… »

Soudain, il se sentit étouffer, il n'arrivait plus à respirer que superficiellement et trop rapidement, il faisait trop chaud et la tête commençait à lui tourner. L'atmosphère était très lourde, il avait l'impression de ressentir, en plus de la sienne, les angoisses de ses complices qui l'observaient de loin. Il se recula rapidement, en rampant sur les fesses et enleva violemment sa cagoule pour reprendre son souffle.

Lucie, qui l'observait, avait de la peine pour lui, mais pour rien au monde elle n'aurait pris sa place.

— LUCIE… LUCIE ! LU-CIE ! il y a quelqu'un qui arrive ! cria Sophie en se précipitant hors de son transat.

31

Entendant cette nouvelle alarmante, ils se mirent tous à paniquer.

Edward se précipita dans les bras de son conjoint et ils restèrent un moment à se regarder comme si la fin du monde allait arriver dans l'instant.

Jérôme essayait de retrouver son souffle, toujours assis en haut de la fosse.

Seule Lucie réagit, elle rattrapa violemment Sophie qui se précipitait vers Jérôme, en l'attrapant à la taille. Elle la força à faire demi-tour :

— Remets-toi à ton poste, immédiatement, tu vas nous faire choper ! ordonna Lucie.

Sophie ne put que lui obéir. Elle retourna sur le transat et reprit son magazine qu'elle ouvrit à l'envers, les mains tremblantes.

— Les garçons la bâche ! Bougez-vous !

Ils s'exécutèrent, se précipitant vers la fosse, Edward se prit les pieds dans la bâche et tomba à terre. Son corps était sur la bâche, mais sa tête était tombée au niveau de la fosse, juste devant la main de Nicolas fraichement déterrée par Jérôme. Elle était déjà bien abimée, mordillée par Igor, gloutonnée par des vers, l'os des phalanges était presque à nu.

— Aaaah ! cria Edward, avec une voix aiguë, presque hystérique.

Lucie rejoignit David pour l'aider à faire rouler Edward hors de la bâche puis ils la tirèrent afin de la replacer pour cacher la fosse et son contenu.

Jérôme n'avait toujours pas bougé, il tenait à présent sa tête dans ses mains. Il avait failli, il s'en voulait énormément.

Quand Sophie releva la tête, elle reconnut la voiture qui venait de se garer sur la place visiteur du parking de la résidence. Elle se releva, lentement, son ventre l'empêchant de faire des mouvements brusques. Elle laissa tomber son magazine à terre et se mit à pleurer sans bruit.

Boris et Igor sortirent de la voiture d'un même mouvement. Igor qui conduisait se dirigea vers l'arrière de la voiture pour ouvrir la portière à son patron qui sortit avec les bras chargés d'un énorme bouquet de fleurs et un panier garni de mets de son pays.

Quand il vit Sophie debout, devant le transat en train de pleurer, il se débarrassa de ce qui lui encombrait les bras, confiant ses paquets à Boris, pour venir la réconforter. Boris qui avait récupéré les fleurs et le panier lança un coup d'oeil discret à Igor pour voir sa réaction. Lui aussi était surpris en voyant faire leur chef.

— Petite fille, pleurrrer pas kom ça, pas bon pourrr vous et pas bon pourrr le bébé.

Igor était très inquiet pour son patron, il se demandait si celui-ci ne perdait pas la tête, aurait-il contracté la maladie d'Alzheimer ? Normalement, Alexey Iougov serait arrivé sur elle en lui criant d'arrêter de chialer et si elle ne s'était pas exécutée dans les deux secondes il lui aurait mis un coup de pied dans le ventre au mieux, un coup de crosse de revolver sur la tête au pire.

— Vous avoirrr peurrr pourrr le bébé ? dit Alexey Iougov, qui la fit asseoir sur le transat.

Elle ne répondit pas le regardant de ses grands yeux mouillés, en reniflant, ne comprenant pas pourquoi cet homme se montrait à présent si prévenant avec elle.

Un bruit dans l'arrière-cour attira soudain l'attention d'Alexey Iougov, il s'agissait d'Edward qui se relevait en époussetant ses vêtements.

— Mais k'es' ce ke… ? demanda-t-il en se dirigeant vers le groupe, suivi d'Igor, de Boris et enfin de Sophie qui n'avait toujours pas ouvert la bouche.

Arrivant devant Jérôme, toujours à terre, il remarqua à côté de sa main droite la scie à os, il connaissait très bien ce matériel.

— Ah, je vois ! on rrrentrre dans la courrr des grrrands et on n'a pas les rrreins pourrrr ça. Il sourit, fit un signe de tête à ses hommes.

Laissez fairrre.

Les hommes de main du chef mafieux s'exécutèrent sans discussion. Boris fut soudain très enthousiaste quand il vit la scie, et sachant ce qu'il y avait sous la bâche :

— Igorrr rrregarrrde vrrrai matérrriel de prrro ! Puis s'adressant aux complices : on garrrde scie aprrrés.

Pendant qu'ils enlevaient leurs vestes et retroussaient leurs manches, se préparant à leur tâche, Alexey Iougov leur expliqua :

— Kamarrrades ! Notre rrrencontrrre avoir changé ma vie. Grrrace à vous, moi trrrouvé amourrrr. Alorrrs finies petites disputes entrrre nous.

« Mais de quoi il parle ? » se demanda Lucie.

— Fabienne êtrrre si grrracieuse...

Lucie lança un regard à Edward voulant vérifier si elle avait bien compris :

« Fabienne ? Gracieuse ? Il est fou ou quoi ? »

Edward lui renvoya un regard qui voulait dire :

« C'est clair, faut qu'il achète des lunettes ! »

Il venait de vivre un pur moment de transmission de pensées.

— Et si sensuelle...

Edward réprima un sourire, ce qui amusa Lucie qui fut obligée de mettre ses mains devant sa bouche, pour réprimer un fou rire naissant. Mais la bonne humeur fut de courte durée. Jérôme les avait rejoints, chassé, car déjà Igor avait commencé à scier le bras de Nicolas, bras maintenu par Boris. Lucie remarqua qu'ils ne s'étaient pas posés de questions sur un éventuel déshabillage du corps. On leur disait de couper : ils coupaient ! En fredonnant une chanson russe en plus ! Il faisait cela dans la joie et la bonne humeur. Mais après tout, c'était la routine pour eux.

— Oh putain ! c'est dégueulasse ! Vous pourriez prévenir ! leur cria Lucie quand elle vit le bras de Nicolas atterrir à côté d'elle.

Sophie et Edward hurlèrent sous les yeux amusés des hommes de main. David et Jérôme détournèrent le regard. Ils attendirent en silence que ce moment d'horreur passe...

Lucie s'accroupit, se boucha les oreilles et ferma les yeux, essayant d'oublier ce qui était en train de se passer. Mais une fois les yeux fermés le souvenir de la prostatectomie lui revint en mémoire.

Elle essaya de retenir un effort de nausée.

— Pourrr infirrrmièrre toi pas trrrès courrrageuse ! se moqua Boris.

— Je ne découpe pas les gens moi ! On voit bien que vous ne connaissez rien au métier d'infirmière !

Pour toute réponse, il se mit à rire. Alexey Iougov s'approcha d'elle et l'aida à se relever. Mais cela accentua sa nausée et en entendant cela, Edward se mit à vomir pour de bon, juste à côté d'elle. C'en fut trop pour Lucie qui vomit à son tour ne pouvant se retenir plus longtemps.

— Pas la peine de me rrremerrrcier, reprit Alexey Iougov, c'est moi ki ai une dette enverrrs vous à prrrésent.

— Com… mment ? demanda Lucie s'essuyant la bouche avec le mouchoir en tissu qu'il venait de lui remettre.

— Ce jourrr là, vous m'aviez tellement énerrrvé parrr votrre effrronterie, que j'allais te tuer toi et le PD. Mais si vous avoirrr pas discuté mes orrrdrrres, je serrrais entrrré dans l'apparrrtement et n'aurrrais pas rrrencontrrré Fabienne.

— Euh, oui ? Oui ! c'est vrai, disons que comme vous nous aidez aujourd'hui avec le… euh le corps, on est quitte. Vous oubliez cette histoire de « vriche » ! Enfin je veux dire le truc que vous cherchez et sur quoi nous ne savons rien du tout, se reprit Lucie avec un ton moins autoritaire.

— Da ! répondit Alexey Iougov avec un geste de la main pour exprimer que cela était oublié. Mais je dois vous avouer que vous m'imprrressionner parrr votre sang-frrroid mademoiselle, si vous cherrrcher un nouveau trravail…

— Non merci, le coupa Lucie, elle n'avait plus l'intention de le revoir, jamais !

Après cette histoire, elle allait vendre et déménager ! Elle partirait se cacher dans un trou perdu, juste au cas où. Elle envisageait sérieusement la possibilité de changer de nom.

— Bien comme vous voulez. On finit le petit démembrrrement et on vous laisse vous débrrrouiller ou vous voulez aussi qu'on se débarrrasse des morrrceaux pourrr vous ?

— Non merci, on va se débrouiller pour les morceaux, répondit Lucie.

Edward s'approcha d'elle et lui demanda à l'oreille :

— T'es sûre ?

— Tu veux avoir une nouvelle dette avec eux, ou qu'ils aient de quoi nous faire chanter ? chuchota-t-elle.

— Pas con !

Soudain, Lucie fut prise de sueurs froides :

— Et pourquoi vous êtes là d'abord ? Elle se retourna vers Alexey Iougov. Fabienne ne rentre jamais avant 19 h le mardi ! Vous n'allez pas me dire que vous avez déjà échangé vos clés ?

— Non et non pas aujourrrd'hui, lui répondit l'intéressé, je l'emmène en voyage surrrprrrise à Moscou, elle ne le sait pas enkorrre, je lui ai demandé de rrrentrrrer tôt.

La panique envahit de nouveau les cinq complices. Mais elle fut de courte durée, car un bref moment après cette annonce alarmante, Boris s'écria :

— Et chef ! Regarrrdez ce k'Igor à trrrouver.

Boris montrait ce qui semblait être une boîte en argent pas plus grosse qu'un paquet de cigarettes.

— Spasibo ! Votrrre dette est bien klose, nous avons rrretrrrouvé notre bien !

— QUOI ? C'est ça le truc ! cria Edward, proche de la crise de nerfs. Mais c'est tout petit ! C'est quoi ? C'est quoi ? C'EST QUOI !

Alexey Iougov fit mine de ne pas l'entendre, Igor et Boris avaient fini leur tâche et avaient rangé tous les morceaux de Nicolas dans les sacs-poubelle et cela en un temps record.

Fabienne n'était pas encore rentrée quand ils finirent de disposer le dernier sac dans la fosse, sous la bâche. Ils s'étaient nettoyés et on ne remarquait pas le sang sur leurs vêtements noirs. Mais justement, entendant une voiture, le groupe se dirigea vers le devant de la résidence.

— C'est quoi ? redemanda Edward en trépignant.

Igor, en passant devant lui, lui lança un regard glacial qui lui fit comprendre que ce n'était plus la peine de redemander.

— Je vais mourir si je ne sais pas ce que c'est ! chuchota Edward, mais pas assez discrètement, Igor l'entendit et se retourna :

— Je pouvoirrr arrrranger !

Ce furent les premières et dernières paroles que le groupe entendit de la part d'Igor, manifestement quand il parlait c'était pour aller droit au but. Il montra à Edward son révolver avant de remettre sa veste. Puis se mit à rigoler à gorge déployée en voyant le visage mortifié d'Edward. Tous en eurent des sueurs froides.

32

Assis de dos, devant une table en bois, l'homme était concentré sur une tâche très importante. Cette fois, c'était un 33-tours de Jacques Brel que Max écoutait : « La Valse à Mille Temps ».

Il était vêtu d'une chemise à carreaux en mauvais état : sale et trouée. Ses cheveux mi-longs, grisonnants, ébouriffés laissaient voir, en haut de son crâne, son cuir chevelu.

Il s'agitait avec des gestes brusques, attrapant un objet dans une boîte sur sa droite, l'utilisant et le rejetant ensuite dans la même boîte.

Parfois, il se tournait vers un chien qui se trouvait à ses pieds, alors il lui parlait, mais Lucie n'arrivait pas à entendre ce qui pouvait lui raconter.

— Touai a… tu… olie…

En apercevant le chien, Lucie eut peur. Elle n'avait pas remarqué de chien durant sa précédente enquête sur le cimetière. Il fallait rapidement qu'elle prévienne les autres. Ce qu'elle fit en leur envoyant un SMS, et qui eut pour résultat de geler l'intervention. Les cinq complices avaient décidé de garder le contact via leur téléphone mobile, par SMS uniquement, en mode silencieux sans vibreur.

Lucie continua à observer par la fenêtre de la cabane de Max. Décidément, elle le trouvait très étrange ce chien ! Déjà, il ne l'avait pas flairée et puis il n'avait pas bougé d'un pouce.

En se levant précipitamment pour attraper quelque chose sur une étagère, Max lui mit un coup de pied. Le chien tomba sur le côté, d'un bloc. Lucie comprit et renvoya un SMS :

Fausse alerte ! C'est un chien empaillé. Je continue la surveillance.

Lucie se focalisa sur la table, Max levé, elle put apercevoir sur quoi il travaillait : il dessinait quelque chose. Elle se cacha de nouveau quand il revint s'assoir avec un pot de colle et des ciseaux. Il se remit à sa tâche avec des gestes toujours aussi brusques et rapides. Il coupa, colla, coloria de nouveau.

Quand il eut fini, il leva le dessin au-dessus de sa tête… Il avait collé un cadre sur une grande feuille de dessin et dans ce cadre il avait dessiné un homme qui portait une chemise à carreaux semblable à celle qu'il portait. Lucie pensa que ce dessin le représentait lui.

Sur le papier, il était accompagné d'une femme, qui ressemblait beaucoup à…

Mais non, Lucie se reprit.

Le dessin n'était pas plus abouti que celui d'un enfant de 3 ans, Lucie pensa que son imagination lui jouait des tours, elle avait cru se reconnaître le jour où elle était venue au cimetière, déguisée en gothique. Elle regarda plus attentivement la fille sur le dessin qui était coiffée et habillée de la même manière qu'elle ce jour-là. Seule la taille de sa poitrine était disproportionnée. Les seins étaient dessinés aussi gros que la tête.

Max avait également dessiné des cœurs, des fleurs et avait collé des plumes autour des personnages. En haut à droite il avait écrit « JE TÈMEUX ».

Il embrassa alors son dessin très… trop langoureusement au goût de Lucie. Puis il l'accrocha ensuite sur un clou fixé au mur.

C'est ainsi que Lucie remarqua que ça n'était pas le seul dessin d'elle à y être accroché !

Elle se sentit souillée, salie et dégradée. Il était hors de question qu'elle raconte aux autres ce qui était en train de se passer, elle avait trop honte d'avoir tapé dans l'oeil d'un taré. Elle avait encore plus peur de lui que d'Alexey Iougov. Elle reprit son smartphone :

« BON LES MECS, ON SE DEPECHE, IL N'A PAS L'AIR DE VOULOIR SE COUCHER ! »

Dans une voiture de location noire garée à droite du portail d'entrée du cimetière, Sophie cherchait une station radio. Elle était énervée, car elle ne tombait que sur des chansons déprimantes et finit par éteindre l'autoradio. Or, à ce moment précis, elle avait besoin de courage et de bonne humeur. Sur les recommandations de Jérôme, le moteur de la voiture était allumé, pour faciliter leur fuite, mais aussi pour lui permettre d'avoir du chauffage.

Le groupe était arrivé une demi-heure plus tôt. Ils s'étaient garés après avoir fait le tour du cimetière, plusieurs fois en voiture.

— À partir de maintenant c'est silence radio ! avait dit Jérôme. Vérifiez vos portables. Tous s'exécutèrent. Chacun sait ce qu'il a à faire donc pas la peine de parler sauf urgence. Lucie, on compte sur toi.

— Yes ! chuchota Lucie en hochant la tête. On y va ?

Elle avait envie d'y aller pour se débarrasser de cette corvée une bonne fois pour toutes et rentrer chez elle.

Une fois leurs sacs de sport sortis du coffre et montés sur leurs dos, ils se préparèrent à partir, Jérôme alla alors embrasser rapidement Sophie.

— Je t'aime ! lui avait-il chuchoté.

— Moi aussi, je t'en supplie soit prudent.

— Toujours ! Suis bien les consignes ma puce. Allez ! On y va, dit Jérôme au reste du groupe.

Et ils l'avaient laissée pour rejoindre leur poste.

Sophie était donc toute seule depuis une éternité, lui semblait-il. Elle commençait à se sentir mal, se demandant pourquoi ils étaient aussi longs. Elle tressaillait à chaque fois qu'une voiture passait sur la route devant elle, angoissée à l'idée que l'une d'entre elles la remarque et s'arrête pour lui parler.

Elle aurait tant voulu ne pas être là ! Elle aurait tant voulu être chez elle devant un bon film, ou mieux dans un bon bain chaud à manger des raviolis à la moutarde, envie de femme enceinte, mais Lucie avait insisté, il fallait deux personnes pour surveiller et si on mettait un garçon à cette tâche, la mission aurait pris trop de temps.

Cette fille commençait à sérieusement l'agacer, mais elle ne pouvait en parler à personne et surtout pas à Jérôme, sans casser son image de fille adorable, douce et patiente.

Elle paniqua totalement quand elle ressentit une première douleur au ventre :

« Mon Dieu je vais accoucher là ? »

Après être sortis de la voiture et avoir quitté Sophie, Lucie, Edward, David et Jérôme avaient fait le tour du cimetière pour se rendre à l'endroit que Lucie avait repéré et qui leur permettrait de rentrer discrètement à l'intérieur.

Il était situé au fond, du côté opposé de la cabane du gardien. À cet endroit se trouvaient les conteneurs à poubelles du cimetière et c'était en les escaladant qu'ils pourraient passer par-dessus le mur en béton, plus discrètement qu'en escaladant la grille de l'entrée.

Jérôme passa en premier, car il était le plus habitué à inspecter les lieux grâce à sa formation d'agent de sécurité. Il monta sur le premier conteneur après avoir vérifié que celui-ci était stable. Il observa longuement par-dessus le muret avant de bouger à nouveau puis l'escalada. Il se suspendit avec ses deux mains pour ensuite glisser jusqu'au sol. Et ceci dans un silence de mort. Lucie fut impressionnée par la maitrise qu'il avait de son corps. Il se déplaçait comme un chat : fluide et gracieux. Elle le trouva encore plus séduisant.

Il lui fit un signe de la main pour dire que la voix était libre. Ce fut alors son tour. Elle escalada le muret et se suspendit pour se laisser glisser au sol. Comme elle était plus petite que lui, Jérôme l'aida à descendre en la maintenant par la taille. Elle sentit une agréable brûlure au niveau de son plexus solaire. Une fois à terre, toujours maintenue, elle se retourna rapidement pour se retrouver face à lui, elle le regarda droit dans les yeux, intensément, elle avait enlacé ses bras autour de son cou.

— Ça va ? lui demanda Jérôme qui confondit son état d'excitation sexuelle avec une bouffée d'angoisse.

— Voui... répondit langoureusement Lucie, devenant entreprenante.

Elle le renifla, et se laissa envoûter par son parfum.

Jérôme qui ne la regardait pas, occupé à surveiller les alentours lui lâcha la taille, mais Lucie lui reprit les mains pour les replacer là où elles se trouvaient.

— Ça va aller ! Jérôme se voulait rassurant, persuadé qu'elle avait juste besoin de réconfort. Va à ton poste et ne t'inquiète pas, si tu as un problème je viendrai immédiatement.

Lucie, dont le cœur venait de se liquéfier, ferma les yeux et tendit sa tête attendant un baiser, mais Jérôme qui n'avait pas remarqué son attitude la lâcha pour de bon, la mettant dans la direction de la cabane et se concentra sur sa prochaine tâche : faire passer Edward, dont il voyait le regard angoissé qui dépassait du haut du muret.

Lucie était déçue, mais elle devait rapidement rejoindre la cabane du gardien, avant qu'ils ne commencent leur avancée dans le cimetière. Ce qu'elle fit, avançant discrètement, rêvant au contact des mains de Jérôme sur ses hanches. Dès qu'elle arriva et qu'elle eut la confirmation que Max était chez lui, elle leur envoya un SMS.

Jérôme lut le message et fit un autre signe de la main pour lancer la suite des opérations. Edward escalada à son tour le muret, Jérôme l'aida à descendre. Ensuite, David leur fit passer les sacs un à un en les faisant glisser le long du muret. Puis il descendit à son tour.

Ils jetèrent un dernier coup d'œil sur le plan du cimetière. Jérôme leur confirma leur direction d'un geste de la main puis ils se séparèrent pour aller rejoindre leur secteur respectif.

Chacun dans leur secteur, Jérôme et David menaient leur mission rapidement et en silence. Ils ouvraient discrètement les tombes en poussant précautionneusement les pierres tombales, puis les cercueils et y jetaient dedans un de leur sac-poubelle. Ensuite, ils remettaient tout en ordre. Ils étaient tous les deux efficaces, méthodiques et concentrés.

Ce n'était pas le cas d'Edward. De nature hystérique, il était assailli par une terrible angoisse. Il se souvenait que Lucie avait décrit Max : « qu'il avait l'air d'un fou, d'un homme des bois ». D'ailleurs, qui pouvait vivre dans un cimetière à part un psychopathe ? C'était peut-être un tueur ? Lucie avait parlé de ses animaux empaillés. Et s'il le surprenait ? Edward regarda nerveusement autour de lui par des mouvements de tête rapides, tel un oiseau inquiet… Est-il cannibale ? Allait-il le couper en morceaux et le manger s'il l'attrapait ?

Edward haletait à présent, il transpirait et se mit à hyperventiler. Cela dit, il finit par trouver la tombe d'un Terre neuve. Pragmatique, il se dit que le cercueil de ce chien devait être assez grand pour contenir tous ses sacs. Ainsi il pourrait se débarrasser de sa corvée en une seule fois et fuir cet endroit épouvantable.

Il entendit alors un premier bruit inquiétant qui lui fit abandonner sa tâche et il partit se cacher derrière une tombe trop petite et trop basse pour le dissimuler : il s'était jeté à terre, se cachant la tête sous les bras, de telle manière que ses fesses et le sac à dos qu'il portait sur ses épaules dépassaient au-dessus de la stèle.

Après quelques secondes, il revint vers la tombe, mais un nouveau bruit le contraint à se cacher derrière un arbre où il attendit encore quelques minutes dans l'angoisse, son sac à dos dépassant derrière le tronc sans qu'il s'en aperçoive, si bien que si quelqu'un était arrivé à ce moment-là il l'aurait très facilement repéré.

Après plusieurs minutes, il dégagea son sac à dos des épaules, le posa par terre et l'ouvrit. Il entreprit alors de repousser la stèle. Il essaya d'abord de la pousser avec son pied, mais elle était bien trop lourde, il n'eut pas d'autre choix que de s'accroupir et de pousser. Cette stèle était vraiment lourde, il mit alors toute son énergie pour la repousser, mais le sol était boueux, il finit par déraper : ses genoux glissèrent dans la boue et sa tête tomba dans la gamelle du chien, remplit de fleur qui avait été confectionnée avec amour par la maîtresse de feu le Terre neuve Bobby.

Cela dit, il réussit à bouger la stèle.

Il se releva, pestant sur l'état de son pantalon, pensant qu'il était foutu et qu'il allait devoir le jeter, puis il attrapa du bout des doigts un premier sac-poubelle, celui-ci fit un bruit de succion quand il le souleva. Dégoûté, il lâcha le sac qui tomba par terre, heureusement pour Edward, le sac n'éclata pas.

« Merci, Jérôme d'avoir pensé à prendre des sacs ultrarésistants ! »

— C'est dégueulasse ! Il tapa du pied, poings serrés. Il regarda en direction du sac-poubelle rempli des restes de Nicolas, puis regarda le cercueil et finit par s'accroupir auprès de la tombe du Terre neuve en enserrant ses jambes avec ses bras, il se mit alors à se balancer d'avant en arrière.

— Non, non et non ! Je ne veux pas faire ça ! Mais pourquoi je me retrouve dans ce genre de pétrin ! marmonnait-il. C'est pas juste. Je devrais être chez moi avec mon homme en train de regarder Vampire Diaries.

Soudain, il sentit quelque chose qui grimpait sur sa jambe :

— AAAAH, mais c'est quoi ce truc, cria-t-il en se cachant la bouche de ses mains en apercevant un escargot sur sa jambe, il donna un violent coup de pied qui envoya l'escargot s'écraser sur une tombe avoisinante.

Alors il se releva maladroitement, pris de panique et manquant de trébucher. Il se rattrapa à une pierre tombale trop fragile qui tomba à terre et se brisa en mille morceaux. Une lampe à huile qui servait de décoration tomba à son tour rependant de l'huile, qui s'enflamma, sur la stèle. Il poussa un autre cri et attrapa son sac à dos pour éteindre le feu en donnant des coups sur la tombe. Faisant cela il répandit encore plus d'huile et son sac s'enflamma à son tour.

Il le lâcha et alla se soutenir à un arbre, il était terrifié, heureusement l'huile se consuma rapidement, et le feu sur la tombe s'estompa. Il poussa un autre cri quand il se trouva nez à nez avec un écureuil.

33

Lucie reprit son courage à deux mains et regarda de nouveau par la fenêtre de la cabane de Max. Rassurée au début, car elle ne le vit pas, elle se rappela soudain sa mission et s'inquiéta.

Était-il sorti sans qu'elle s'en rende compte ?

« Non impossible, j'aurais entendu la porte s'ouvrir ! » pensa-t-elle.

Elle s'agita, hésitante, ne sachant que faire. Soit, elle prévenait immédiatement les autres au risque de les faire paniquer et d'écourter la mission. Soit, elle patientait pour s'assurer de l'absence de Max au risque de faire prendre ses complices. Il lui restait une troisième solution, peu plaisante, s'assurer qu'il était à l'intérieur au risque de se faire démasquer.

Toujours hésitante, elle fit mine de se lever puis s'accroupit de nouveau. Fallait-il qu'elle aille à sa porte pour frapper ? Quelle excuse trouverait-elle ? Et s'il en profitait pour la séquestrer ? Est-ce qu'elle arriverait à lui crever un œil avec ses clés d'appartement, parce qu'elle n'avait que ça sur elle qui pouvait lui servir d'arme.

Plus elle hésitait et plus l'angoisse la submergeait. Elle culpabilisait de ne pas avoir mené à bien sa mission. Elle décida d'aller à l'entrée de la cabane pour espionner depuis un autre angle de vue. Elle se mit à quatre pattes et commença à ramper, elle s'arrêta soudain, prise d'une grosse angoisse à l'idée qu'il soit devant la porte de la cabane et fit demi-tour, toujours à quatre pattes.

Elle finit par se lever carrément d'un coup, pour regarder à nouveau à travers la fenêtre au moment précis où Max entrait dans la pièce.

Heureusement, il ne la remarqua pas et elle se laissa retomber à genoux rapidement, puis se remit à observer discrètement.

Et ce qu'elle vit, elle aurait préféré ne jamais le voir. Max était en petite tenue : slip kangourou blanc… Enfin sur les côtés, car sur le devant il était jauni par des traces d'urine. Passé ce détail choquant, Lucie observa ses jambes maigres, se demandant comment elles arrivaient à transporter le reste de son corps et ses fesses flasques et poilues. D'où lui venait cette force ? À le voir, on aurait pu le croire anorexique, il était décharné. Décharné et poilu.

Mais ce n'était pas le pire, il était entré dans la pièce accompagnée d'une poupée à taille humaine. Comme dans les dessins, il l'avait habillée et coiffée comme l'était Lucie le jour de leur dernière rencontre. Il la posa sur une chaise pour se diriger vers sa stéréo et l'allumer. C'est ainsi que Lucie, à la forme de sa bouche en cul de poule, vit qu'il s'agissait d'une poupée gonflable.

Max mit dans le lecteur de cassette, le numérique n'était pas arrivé chez lui, la compilation de ses slows préférés. Elle débutait par « When a Man Loves a Woman, Percy Sledge ».

Max revint vers la poupée, dans une sorte de parade nuptiale, se dandinant d'une manière qui, Lucie supposa, se voulait excitante.

Max tourna autour de la poupée, se déhancha, puis il fit volte-face pour attraper l'un des dessins de Lucie qui ne représentait que son visage. Il le superposa sur le visage de la poupée et le scotcha tout en continuant à danser. Il recommença alors sa danse désarticulée autour de la chaise, Lucie put apercevoir qu'il avait une érection. Une goutte de sueur lui coula dans le dos.

Brusquement, Max attrapa la poupée pour danser le slow avec elle. Lucie le vit l'embrasser. Il avait des mouvements bien étranges au niveau du bassin…

« Mais il est en train de se frotter le sexe sur moi… sur elle. Quel gros dégueulasse ! Il va se la faire ! »

Elle se retourna, dos à la fenêtre, se laissa glisser le long du mur jusqu'au sol et resta assise tétanisée pendant quelques secondes avant de se reprendre, elle avait tellement envie de vomir, qu'elle ne put que bouger son pouce pour envoyer un message de secours à ses complices.

LUCIE : VENEZ ME CHERCHER ! J'AI PEUR !

— Tais-toi ! chuchota une voix derrière lui.

— Hiiiii… il se retourna et aperçut David. TU M'AS FAIT PEUR ! dit Edward, la main sur la poitrine. Tu veux ma mort ? Non, mais dis-le ! Je peux me jeter dans les flammes si ça peut te satisfaire…

— Edward, s'il te plait tais-toi ! dit Jérôme en les rejoignant à son tour. Ce n'est pas le moment.

— Mais…

Il fut coupé par un signe de la main de Jérôme qui lui montrait où il se trouvait. Il reposa de nouveau ses mains sur sa bouche, mais cette fois pour s'empêcher de crier, ouvrant de gros yeux et tendant l'oreille pour être sûr que Max n'était pas en train de les rejoindre, après avoir entendu les cris qu'il avait poussés. Pendant qu'Edward prenait conscience de la situation, Jérôme retourna le sac à dos de ce dernier afin d'éteindre les flammes qui commençaient à le consumer.

— Ce n'est pas vrai, je rêve ! chuchota David. Ton sac est encore plein ! Combien en as-tu caché ?

Edward ne lui répondit pas, il se contenta de tourner la tête en signe de mépris.

— Combien ? David grinça des dents. Il s'agenouilla pour regarder. Son sac est plein !

Mais à ce moment précis, ils reçurent simultanément deux messages :

LUCIE : VENEZ ME CHERCHER ! J'AI PEUR !

SOPHIE : JE CROIS QUE J'AI DES CONTRACTIONS.

— Finis ! ordonna Jérôme à David, avant de se précipiter auprès de sa femme, laissant le couple en plan.

Ils regardèrent à leur tour les messages.

— Qu'est-ce qu'on fait ? On va chercher Lucie ? demanda Edward à son conjoint.

— Impossible, Jérôme a raison, il faut finir de cacher les sacs, c'est la priorité.

David prit le sac de sport qui était resté au sol et le mit sur son épaule.

— Pendant que je finis de cacher les sacs, reprit David, demande-lui ce qu'elle a.

— OK, mais reste à côté de moi.

— Tu es chiant ! Suis-moi et fais attention à ce que tu fais.

Lucie était restée prostrée ce qui lui semblait avoir duré une éternité quand enfin, elle reçut un SMS d'Edward.

EDWARD : QU'EST-CE QU'IL Y A ? IL T'A CHOPEE ?

« Non ! c'est pas moi qu'il chope connard ! » pensa Lucie.

LUCIE : JE COMMENCE A TROUVER LE TEMPS LONG ET IL N'EST TOUJOURS PAS COUCHE. VOUS POUVEZ VENIR ME CHERCHER ?

EDWARD : NON IMPOSSIBLE ON FINIT AVEC DAVID, CAR JEROME EST PARTI AU SECOURS DE SOPHIE QUI NE SE SENT PAS BIEN.

« Et moi alors ? »

EDWARD : TU DOIS ATTENDRE ENCORE, ON A PRESQUE FINI !

LUCIE : DEPECHEZ-VOUS PAR PITIE !

— David ? chuchota-t-il, on a bientôt fini ?

— Oui c'est bon, c'était le dernier ! lui répondit son conjoint en refermant la dernière tombe.

EDWARD : C'EST BON, ON A FINI.

LUCIE : J'ARRIVE ET ON RENTRE !

« J'ai besoin d'une douche et de désinfectant ! »

Et Lucie rampa le plus loin possible de la cabane.

Pendant ce temps-là, Jérôme avait rejoint Sophie à la voiture. Il se dépêcha d'y entrer.

Il trouva sa femme en pleurs, transpirante et haletante. Elle tenait le volant des deux mains, sa tête posée dessus. Elle la tourna lentement pour le regarder. Jérôme comprit à son regard qu'elle paniquait.

— Ça va ma chérie ?

— Nan ! J'ai mal au ventre.

— Est-ce que tu as perdu les eaux ?

— J'ai mal au ventre !

— Mais est-ce que tu as perdu les eaux ?

Sophie le regarda comme s'il ne parlait pas la même langue qu'elle. Alors Jérôme toucha lentement son pantalon à l'entrejambe pour voir s'il était mouillé. Ce n'était pas le cas.

— Tu as mal comment mon amour ?

— Je ne sais pas trop, ça me brûle, j'ai envie de vomir, c'est comme une énorme crampe qui se déplace dans mon ventre.

— Mais tu as des contractions ?

— Je ne sais pas… Aaaah, ça recommence… Oui, je crois que j'en ai une, elle éclata en sanglots de plus belle.

Lucie rejoignit rapidement les autres au muret qu'ils escaladèrent bien plus vite qu'à leur arrivée. Le message de Sophie était inquiétant et si elle avait perdu les eaux, Lucie se voyait mal finir l'accouchement devant le cimetière ! Et que pourraient-ils dire aux pompiers : on se baladait quand les contractions ont commencé ? Ils coururent aussi vite et discrètement qu'ils le purent puis s'engouffrèrent rapidement à l'arrière de la voiture.

Jérôme était à présent du côté conducteur, il démarra avant même qu'Edward ait refermé sa portière.

— À combien les contractions ? Tu as perdu les eaux ? Où dois-tu accoucher ? Jérôme, va plus vite ! hurla Lucie.

— J'AI MAL ! Sophie criait à présent tout en pleurant.

— RE-PONDS À MES QUES-TIONS ! hurla Lucie.

« Elle va perdre le bébé, c'est un signe du destin, Jérôme sera alors pour moi ! »

— JE NE SAIS PAS ! hurla à son tour Sophie.

L'effort de ce cri lui fit lâcher un gaz aussi bruyant que long.

Un silence gênant s'installa. Sophie ne criait plus, ne pleurait plus.

Une odeur nauséabonde envahit l'habitacle de la voiture.

— As-tu encore mal ? demanda Jérôme pendant que les passagers ouvraient les fenêtres arrière de la voiture, se demandant comme un si petit corps avait pu contenir autant de gaz.

— Ça va mieux, chuchota Sophie.

— Pardon ? demanda Edward. Tu es sûre ? Mais tu as mangé un âne pourri ?

Lucie, David et Edward éclatèrent de rire. Jérôme essayait de ne pas les suivre.

— Bon c'est bon ! On n'est pas obligé d'en parler toute la soirée, leur dit Sophie, vexée.

— En parler non, mais le sentir… dit Edward en s'éventant à l'aide de sa main.

— Jérôme ! supplia Sophie. Fais quelque chose.

— S'il vous plaît… il retenait mal son envie de rire.

— Merde c'est pas drôle ! cria Sophie. J'avais vraiment super mal. Vous êtes que des cons !

Ils finirent le chemin en silence, entrecoupé de rires par moment, mais qui finirent par se tarir pour de bon.

Lucie était songeuse, elle croisait les doigts pour ne pas avoir à parler de ce qu'elle avait vu dans la cabane de Max. D'ailleurs, elle n'avait rien vu !

Rien que d'y repenser, elle en avait des sueurs froides et la nausée. Si on lui posait la question, elle dirait que Max passait ses soirées à parler à ses animaux empaillés en les nettoyant. Fin ! « Je n'ai rien à déclarer ! JAMAIS JE N'AVOUERAI CE QU'IL FAISAIT AVEC SA POUPÉE ! Ce n'est pas la peine d'insister ! »

Quelle honte si quelqu'un l'apprenait, ce serait mille fois plus gênant que l'accouchement du pet de Sophie !

Elle pensa ensuite à la réaction des garçons et surtout de Jérôme : aucun n'était venu l'aider. Certes, elle ne courait pas de véritable danger, Max étant occupé avec la poupée, mais quand même !

Malgré le moment d'intimité qu'elle avait eu avec lui au passage du muret, Lucie commençait à douter sérieusement que Jérôme ait des sentiments pour elle. Il ne l'avait pas embrassé lors de ce moment romantique et il avait couru vers sa femme plutôt que vers elle. Peut-être avait-elle mal interprété ses regards et ses intentions.

Elle observa attentivement le couple à l'avant de la voiture. Jérôme parlait doucement, réconfortant Sophie. Il la touchait avec des gestes lents et sensuels, et la regardait amoureusement.

Rien à voir avec la manière dont il regardait Lucie.

— Eh bien, bonne nuit, dit Jérôme.

Rentrés à la résidence, les garçons se serrèrent la main et embrassèrent les filles pour se dire bonsoir. Chacun rentra chez soi. Il n'avait pas été nécessaire de préciser qu'ils ne parleraient plus jamais de cette histoire. La suite dirait s'ils étaient en sécurité ou s'ils finiraient leurs jours en prison. Mais chacun rentra chez lui avec une sensation de soulagement. Intuitivement, ils savaient que tout irait bien.

Ce soir-là quand Lucie rentra dans le confort sécurisant de son appartement, elle trouva Fred endormi sur le canapé du salon. Il lui fit penser à un phoque échoué sur le bord d'une plage. Il avait mis le chauffage à fond, s'était dénudé puis avait fini par s'endormir. Il avait voulu lui faire le coup du « Naked man ».

Dans un épisode de « How I Met Your Mother » qu'ils avaient vu la semaine dernière, un homme réussissait à coucher avec des filles, car il se mettait nu dans leur salon. Les filles ainsi émues se laissaient attendrir.

Lucie et Fred n'avaient pas eu de moment intime depuis des semaines à présent et Fred avait remarqué qu'elle avait beaucoup ri en voyant Josh Radnor, l'acteur qui incarnait Ted Mosby, se mettre nu. Il avait pensé que cela fonctionnerait pour lui aussi. Mais après quelques heures passées à attendre Lucie, il avait fini par s'endormir.

Lucie se retrouva donc devant l'image de Fred endormi, sa peau était pâle et recouverte de longs poils noirs. La proéminence de son ventre l'empêchait de voir son visage. L'une de ses jambes était allongée sur le canapé pendant que l'autre pendait à terre dévoilant ses parties intimes tombant mollement sur le côté. Lucie ne le trouva ni drôle, ni sexy, ni attendrissant, elle se demanda comment elle avait pu le trouver attirant. Elle partit se coucher sans le réveiller.

Un an plus tard…

La police, malgré des mois d'investigation, ne réussit pas à mettre la main sur Nicolas, vivant ou mort. Les deux policiers affectés à l'affaire venaient régulièrement sur la résidence soit pour informer Nadia de leur avancée, enfin de la non-avancée de l'affaire dans son cas, soit pour interroger de nouveau le voisinage dans l'espoir que des souvenirs leur soient revenus.

Edward et David retrouvèrent leur routine et une certaine sérénité. Ils avaient adopté un Terre neuve. Ils étaient régulièrement informés sur l'affaire, et qu'elle ne fut pas leur surprise quand ils apprirent par les officiers, que Nicolas aurait été vu traversant la frontière pour se rendre en Espagne. La rumeur disait qu'il avait volé un dangereux mafieux russe et qu'il partait se cacher dans une zone déserte où même les tueurs à gages ne pourraient le retrouver.

Alexey Iougov prit sa retraite. Il épousa Fabienne et ils partirent vivre en Russie au grand désespoir d'Igor qui ne supportait plus le froid malgré des boots aux quatre pattes et les manteaux luxueux en fourrure que sa maîtresse lui achetait.

Le parrain avait passé la relève à Igor, mais deux mois après son sacre celui-ci se fit assassiner par Boris qui lui-même mourut dans un accident stupide. En voulant faire peur à une de ses victimes, il fit accidentellement partir un coup de revolver sur son pied, il avait hurlé, crié, sauté à cloche-pied et était tombé d'un pont atterrissant sur les rails d'un chemin de fer, il s'était relevé miraculeusement, sans blessures, quand soudain un accident se produisit sur le pont et une voiture vint s'écraser sur lui, le tuant pour de bon.

Fabienne ne sut jamais qui était réellement son époux et le prit jusqu'à la fin pour un entrepreneur. Elle passa toujours à côté des indices qui auraient pu lui permettre de se douter de quelque chose. Comme ce jour où ils visitèrent un entrepôt en bord de mer et où le garde du corps avait dû assassiner un homme de main de l'un des ennemis d'Alexey. Il avait tiré avec son silencieux et l'homme était tombé à l'eau pendant que Fabienne observait les bateaux au loin. Le temps que Fabienne tourne la tête vers eux tout était fini, le cadavre avait coulé, le garde du corps avait rangé son arme et Alexey souriait.

Nadia finit par quitter la résidence. L'appartement lui rappelait trop de mauvais souvenirs, elle était à présent persuadée que Nicolas était en fuite avec un joli magot. D'ailleurs, elle ne fut pas surprise d'apprendre qu'il avait été vu à la frontière espagnole. Il s'était probablement enfui avec cette salope de Maria, depuis le temps qu'elle lui agitait ses seins sous le nez, il avait dû craquer. Alors, à quoi bon rester dans cet appartement qui lui rappelait cette trahison ? De plus, elle risquait de se faire agresser par des tueurs à gages s'ils leur prenaient l'envie de la questionner sur son ex.

Sophie et Jérôme aussi déménagèrent après la naissance de leur petite Céline. Ils vendirent et trouvèrent une petite maison confortable, au grand désespoir de Lucie qui dut se faire à l'idée que leur couple était solide et que Jérôme n'était en réalité pas attiré par elle. Il ne lui avait même pas dit au revoir quand ils avaient déménagé. De toute façon, cela n'avait plus d'importance, elle aussi allait bientôt partir. Dans deux mois, elle quitterait de Bordeaux, elle avait tout plaqué du jour au lendemain : son travail et surtout Fred.

L'hôpital ne renvoya pas Lucie malgré l'agression de la patiente qui avait fini par écrire au directeur pour dénoncer le comportement de cette folle. Les supérieurs de Lucie décidèrent de la changer d'affectation. Ils la mirent de jour dans le service de gérontopsy. Elle comprit qu'on voulait la faire craquer et elle démissionna au bout de deux semaines à la grande satisfaction de sa direction.

Fred, le pauvre garçon, n'avait pas pris au sérieux les nombreuses mises en garde de Lucie. Ou peut-être ne les avait-il pas comprises. Peu importe, c'est avec soulagement et assurance qu'elle le convia à prendre ses affaires et à disparaître avant la fin du mois suivant leur visite au cimetière.

Elle rentra un soir, après sa première journée dans le nouveau service où elle était affectée, déposa ses affaires et partit dans la cuisine pour préparer un repas rapide. Elle voulait se coucher tôt, car à présent elle devait se lever à 5 heures du matin. Fred était déjà devant la télévision avec son plateau repas.

— Alors ça va ? Elle s'est bien passée ta première journée de jour ! Ah ! c'est drôle : journée de jour !

Lucie vit les traces de cambouis un peu partout dans la cuisine, sur le frigo, sur le plan de travail, sur les tiroirs et sur son plateau.

— Quel connard ! lui échappa-t-elle.

— Tu as dit quelque chose ma chérie ?

Fred mâchouillait une cuisse de poulet.

Lucie comprit que : à son réveil ou après une journée épuisante de travail, elle ne pourrait plus supporter Fred. De plus travaillant de jour, elle était bien plus fatiguée et avait moins de temps pour faire son ménage.

— Chérie ? reprit Fred, il avait déposé son plateau sans le nettoyer et venait vers elle dans la cuisine. Tu as dit quelque chose.

— Oui, j'ai dit quel connard ! et oui je parlais de toi ! Tu te casses à la fin du mois, j'ai plus envie de toi, j'ai plus envie de te voir, j'ai plus envie de coucher avec toi, j'ai plus envie de te parler. C'est fini. Ah et tu pues, non, mais vraiment tu es repoussant !

Quant à Nicolas, il trouva paix et sérénité, dispersé aux quatre coins du cimetière pour animaux de Saint-Médard-en-Jalles.

La vie reprit son cours.

Lucie déménagerait le mois prochain pour commencer une nouvelle vie, avec un nouveau travail, dans sa nouvelle région. Elle avait mis son appartement en location, après tout, pourquoi ne pas le garder, vu que son rapport avec la Mafia s'était arrangé.

Un bel après-midi de septembre, alors que Lucie flânait dans l'arrière-cour qui était à présent totalement aménagée. Edward vint à sa rencontre, il était venu s'occuper de son coin du potager. Il en profita pour échanger deux mots avec elle, quand ils furent interpellés par un nouveau voisin par-dessus le muret.

Avec sa femme, ils venaient d'acheter une des maisons derrière le muret. Ayant entendu des voix il grimpa sur son échelle pour se présenter.

— Bonjour ! dit-il. Je suis votre nouveau voisin. Puis-je… ?

Il demandait l'autorisation de passer dans l'arrière-cour.

— Oui, répondit Edward, s'approchant de lui pour lui serrer la main.

Lucie les rejoignit. Elle se présenta en lui serrant la main à son tour.

— Je suis content de tomber sur vous, je voulais vous parler du mur, dit le voisin, un homme brun d'une quarantaine d'années. Je vais refaire le crépi.

— Ah bien, il en a bien besoin, dit Edward.

— Oui, enfin je voulais vous demander une participation financière.

— Ah… murmura Lucie.

« Merde, on aurait mieux fait de l'éviter celui-là », pensa-t-elle.

— Ne vous inquiétez pas, c'est trois fois rien, nous avons fait le calcul avec ma femme et vous en aurez pour 120€ à peine.

— Excusez-moi, monsieur, mais le mur, à ma connaissance, n'est pas mitoyen ? demanda calmement Edward.

— Oui, il est à moi, reprit le voisin.

— OK et bien il va falloir qu'on voit ça à la prochaine AG, dit Lucie. Il faut voir cela avec notre syndic, nous sommes en copropriété alors tous les travaux doivent être votés en AG. Il faudrait nous envoyer un courrier, je vais vous chercher l'adresse du syndic et…

Le voisin lui coupa la parole et devint immédiatement agressif, gonflant la poitrine, faisant de grands gestes et haussant le ton.

— Mais enfin, c'est pas possible d'être aussi informatisé !

Ce comportement impulsif agaça immédiatement Lucie et Edward et eut pour résultat de le classer dans les emmerdeurs.

— Pardon ? Lucie ne comprenait pas sa réaction. Pourquoi vous m'insultez ? Je vous expliquais juste la procédure.

— C'est mon mur ! Je vous préviens que si vous ne participez pas, je ne fais pas votre côté.

— Mais monsieur, si c'est votre mur, on n'a pas à payer pour le crépi, répondit Edward lucide.

Lucie se demanda si ce nouveau voisin était un imbécile.

— Alors voilà, je viens, en bonne intelligence, pour avoir de bons rapports de voisinage, d'ailleurs je m'entends bien avec tous les autres voisins sauf vous, comme par hasard…

— C'est votre mur ! s'énerva Edward.

Il continua ainsi, agressivement, s'imposant physiquement, car ses arguments douteux n'étaient pas convaincants.

Lucie l'observait qui reculait en direction du muret, il ne faisait pas attention où il marchait et s'il continuait ainsi, il risquait de trébucher sur le seau qu'Edward avait laissé par terre. S'il trébuchait là, il pourrait bien tomber et s'empaler sur la mini clôture en bois qui délimitait le potager d'Edward.

Lucie et Edward se regardèrent et échangèrent un regard entendu…

FIN

« COMMON PEOPLE, PULP »

Bien qu'inspiré par des faits réels, ce roman est une fiction. Toute ressemblance avec des personnes vivantes ou disparues, des faits réels, des lieux ou produits serait fortuite.

L'auteure tient à rassurer ses lecteurs : pour réaliser cet ouvrage, aucun mal n'a été fait à des animaux, à une personne âgée, à une poupée gonflable ou un voisin indélicat.

L'auteure espère que vous prendrez le temps d'écouter les chansons dont elle parle.

Trois personnes et un logiciel de correction ont été employés pour corriger ce livre. Si malgré tous nos efforts il reste encore des coquilles, n'hésitez pas à me les signaler : aurore.benito@orange.fr.

Merci.

www.ingramcontent.com/pod-product-compliance
Lightning Source LLC
Chambersburg PA
CBHW051410170626
46809CB00006B/2103